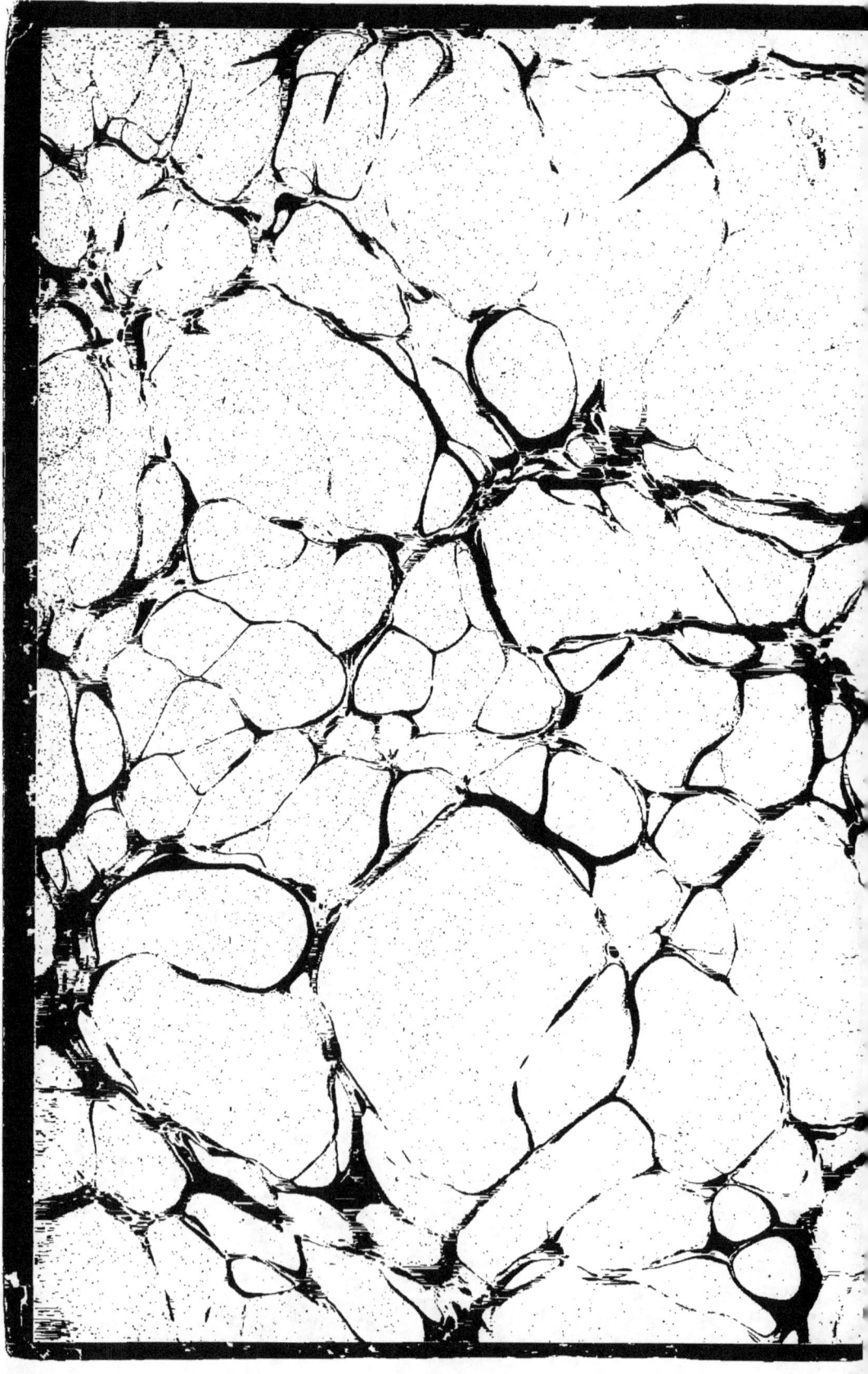

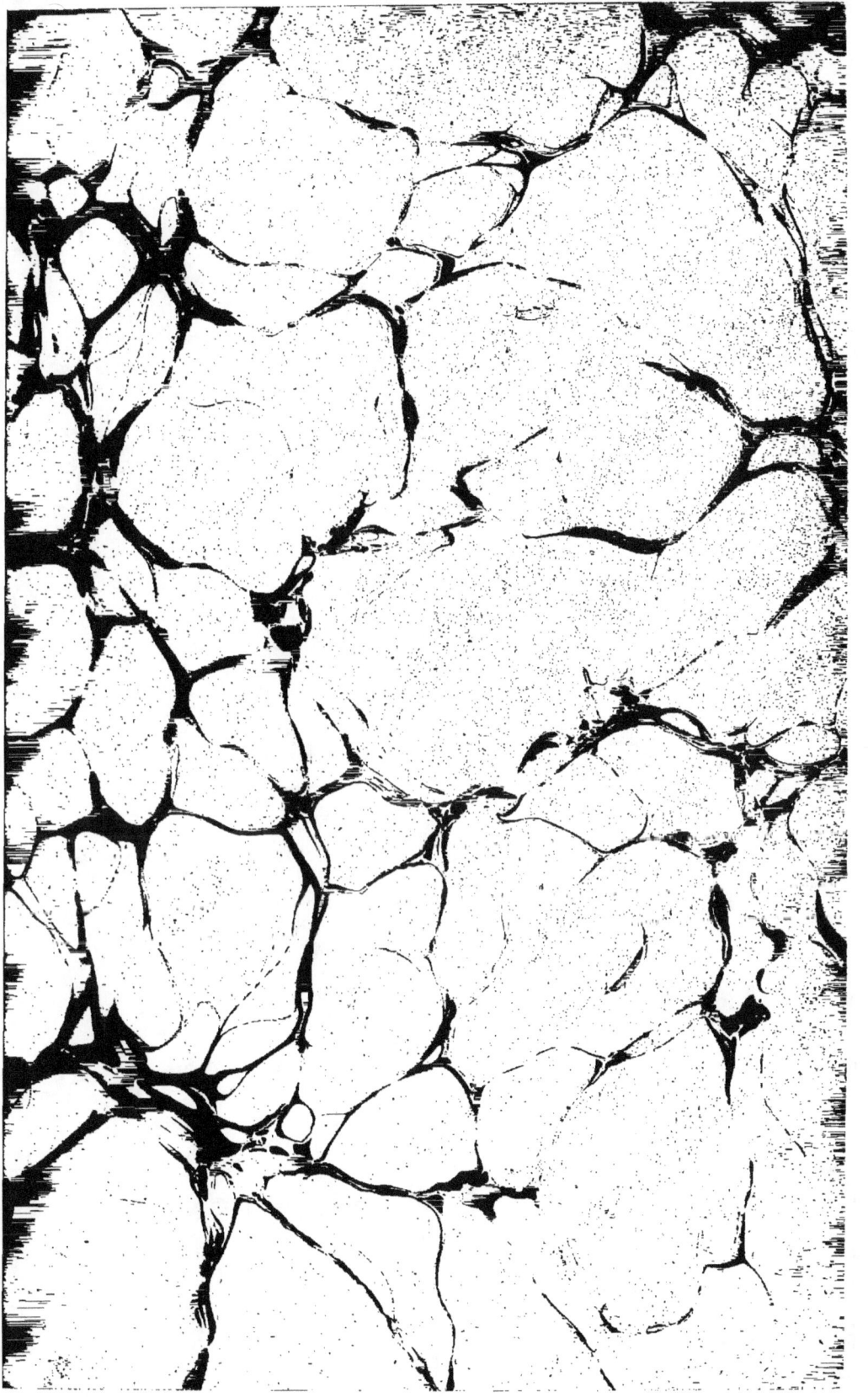

ADOLPHE BADIN

Jean-Baptiste Blanchard

au Dahomey

Journal de la Campagne

PAR UN MARSOUIN

« Je suis fier d'avoir commandé aux premiers soldats du monde. »
(Allocution du général Dodds à Porto-Novo, le 30 novembre 1892.)

Illustrations par P. KAUFFMANN

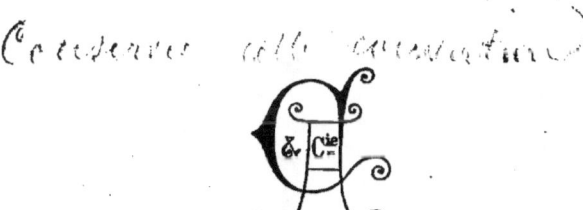

PARIS

Armand Colin & Cie, Éditeurs

Libraires de la Société des Gens de lettres
5, rue de Mézières, 5

Jean-Baptiste Blanchard

au Dahomey

COULOMMIERS

Imprimerie Paul Brodard.

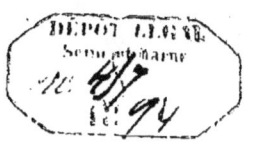

ADOLPHE BADIN

Jean-Baptiste Blanchard

au Dahomey

Journal de la Campagne
par un Marsouin

« Je suis fier d'avoir commandé aux
premiers soldats du monde. »

(*Allocution du général Dodds à
Porto-Novo, le 30 novembre 1892.*)

Illustrations par P. KAUFFMANN

PARIS

ARMAND COLIN ET Cᵢᵉ, ÉDITEURS

Libraires de la Société des Gens de lettres

5, RUE DE MÉZIÈRES

1895

Jean-Baptiste Blanchard

au Dahomey

CHAPITRE PREMIER

Numéro Un.

— Le Un ! J'ai le Un ! criai-je aux camarades, en dégrin-
golant quatre à quatre les marches de l'escalier de l'Hôtel
de Ville.

Ce fut alors une explosion de cris de surprise et de
joyeuses exclamations.

Tout Montmorency était là. Au premier rang le père et
la mère, avec mes frères et la petite Marie, ma fiancée.
Derrière, les familles des autres conscrits, avec leurs
amis et les amis de leurs amis, de sorte que la Place de
l'Hôtel-de-Ville, qui n'est pas déjà si grande, était noire
de monde. Heureusement encore que les conscrits des
autres communes avaient tiré avant nous, et qu'ils avaient

déjà regagné leur chez eux; sans cela, on n'aurait pas pu seulement se retourner.

Tous ceux qui étaient là me connaissaient et je les connaissais tous. Aussi vous voyez d'ici l'ovation qu'on me fit. C'était à qui s'approcherait de moi, à qui me donnerait une poignée de main ou une claque dans le dos. Il y en avait même qui voulaient absolument me porter en triomphe.

Tout le monde semblait très fier que ce fût un conscrit de la Commune qui eût amené le numéro Un.

Chez nous, bien qu'il n'y ait plus maintenant de bons numéros, le tirage au sort est resté populaire. C'est encore un jour de fête, ce jour-là, et non seulement pour ceux de la classe, mais aussi pour leur famille et leurs amis.

Jeunes et vieux, les femmes, les enfants, tous accompagnent au Chef-lieu de canton le contingent de la Commune, les papas avec la redingote, le chapeau de soie et la chemise à petits plis et à boutons en or gros comme des pièces de cinquante centimes, les mamans avec le tablier de soie changeante et le bonnet ruché de dentelles.

La journée tout entière se passe à s'amuser du mieux qu'on peut, quel que soit d'ailleurs le numéro tiré par le futur soldat. La gravure coloriée piquée sur le devant du chapeau, le flot de rubans tricolores épinglé à la boutonnière, on se promène, tambour et drapeau en tête, à travers les rues de la ville; on s'arrête pour trinquer au « Cheval-Blanc » et chez Mme Homo; on cavalcade en forêt sur les ânes de la gare; enfin on fait les cent dix-neuf coups. Aussi, le soir, quand on regagne en

chantant la maison, les jambes ne sont plus guère
solides et les voix sont passablement éraillées.

Dans la famille nous sommes habitants de Montmorency de père en fils depuis des centaines et des centaines d'années, aussi n'avions-nous pas beaucoup de
chemin à faire pour nous rendre à l'Hôtel de Ville, surtout que notre maison est à trois minutes, rue du
Marché.

N'empêche que le père, la mère, mes frères, Marie,
tout le monde s'était mis sur son trente et un pour la
circonstance. Au fond, la mère n'était pas autrement
ravie que j'eusse amené le Un; car elle savait que les
premiers numéros sont affectés aux régiments d'Infanterie de Marine, aux Marsouins comme on les appelle;
et c'est si loin, ces diablesses de colonies! Il faut des mois
et des mois pour faire connaître seulement si on est mort
ou vivant. Sans compter qu'on en rapporte plus souvent
qu'à son tour de ces mauvaises fièvres qui ne lâchent
plus leur homme, une fois qu'elles le tiennent.

Quant au père, il prit la chose avec plus de philosophie.

— Ah! bien, mon grand, me dit-il de sa bonne voix
qui rit toujours, en m'embrassant sur les deux joues,
c'est affaire à toi de mettre comme ça du premier coup
dans le mille!

Puis, se tournant vers Marie qui me regardait avec
ses bons yeux gris bleu, si tendres, sans rien dire, il
ajouta :

— Eh bien, et toi, la petite? Tu ne fais pas ton com-
pliment à Jean-Baptiste?

Marie s'approcha de moi alors; mais voilà qu'au
moment d'ouvrir la bouche un gros sanglot lui monta

brusquement à la gorge et, sans prononcer une parole, elle se jeta en pleurant sur ma poitrine.

— Qu'est-ce que c'est? Qu'est-ce que c'est! Des larmes? fit le père avec son gros rire bon enfant. Bah! les moricauds ne te le mangeront pas, ton promis!

— Bien sûr! ajoutai-je de l'air le plus crâne que je pus trouver. Tu peux compter que je me mettrai en travers.

Au fond, j'étais bien un peu gagné par l'émotion de la petite, mais je me raidissais pour ne pas avoir l'air troublé devant tous ces gens qui me regardaient. Pensez donc si on s'était aperçu que, moi aussi, je n'avais pas les yeux très secs!

Renfonçant les larmes que je sentais monter, j'embrassai hâtivement Marie sur les cheveux; et, me dégageant de ses bras qui ne voulaient pas me lâcher, j'arrachai le drapeau des mains d'un camarade et je pris la tête du cortège qui commençait à s'organiser; pendant que la pauvre petite s'écartait de la foule, pour pleurer tranquillement tout son saoûl, le tablier ramené sur la tête.

A ce moment, M. l'adjoint Brouchon sortait à son tour de l'Hôtel de Ville.

— Eh bien, mon brave Blanchard, me dit-il en m'apercevant, te voilà donc dans les Marsouins!

— Oh! moi, vous savez, monsieur Brouchon, répliquai-je en me redressant, pourvu que mes cheveux frisent!...

— Bien riposté, clampin! fit une grosse voix derrière moi. Voilà comment il faut parler. Tu es un brave garçon, Blanchard, tu feras un bon soldat; et dans trois

ans, c'est moi qui te le dis, tu nous reviendras plus
solide que jamais, avec un galon d'or sur la manche.

C'était M. Marchand, un ancien chef de bataillon, ori-

Marie s'approcha de moi.

ginaire du pays, qui était venu manger sa retraite dans
sa jolie maison du Chemin de Saint-Brice, tout près de
l'Ermitage de Jean-Jacques. Il passait pour un braque,
mais il était si bon, si chaud de cœur que tout le monde
l'aimait à Montmorency.

Lui aussi, il avait voulu assister au tirage au sort, et la joyeuse humeur avec laquelle j'avais répondu à M. l'adjoint Brouchon l'avait transporté d'aise.

— En route! continua-t-il. En route, tas de clampins! Vous allez tous venir à l'Ermitage. C'est moi qui régale aujourd'hui.

Faisant ranger les conscrits sur deux rangs, les parents et les amis par derrière, il commanda un ban à Martin, le tambour de ville, et, manœuvrant sa grosse canne à béquille comme il eût fait d'un sabre, il nous cria :

— Peloton, garde à vous! Par le flanc droit, droite! En avant... arche!

Lorsque la vieille Marie-Anne, qui gouvernait la maison du Commandant, vit envahir son domaine par la joyeuse colonne, elle poussa un cri de détresse. Il fallut que son maître lui répétât jusqu'à trois fois l'ordre d'aller chercher une vingtaine de bouteilles de vin blanc, pour qu'elle se décidât à descendre à la cave.

Pendant ce temps-là nous transportâmes à cinq ou six une grande table sur la pelouse du jardin, avec toutes les chaises que nous pûmes trouver pour les papas, les mamans, et les autres personnes âgées.

Quand les verres furent tous remplis, le commandant leva le sien et dit :

— Mes amis, je bois à la santé des conscrits de la classe 1890, de gais lurons qui n'ont pas froid aux yeux et qui feront dignement, j'en suis sûr, leur devoir de soldat. Il n'y a qu'à vous regarder, parbleu! pour deviner que vous n'êtes pas de ces poltrons qui ne savent qu'imaginer pour échapper au service. Ma parole d'honneur! ça me fait froid dans le cœur quand je vois des gars

— Peloton, garde à vous!

qui ont bon pied bon œil remuer ciel et terre pour
arriver à être dispensés. Je me dis qu'il faut que le pays
soit tombé bien bas pour que ses enfants n'aient plus la
volonté de le servir et, au besoin, de mourir pour lui.
De mon temps, ça ne se passait pas comme ça. Quand on
était appelé par le sort, on partait en chantant et ceux
qui étaient reconnus impropres au service ne songeaient
qu'à se cacher. Et ils avaient bien raison ; car un homme
n'est vraiment un homme que lorsqu'il a payé sa dette
à son pays. Quant aux dangers qui vous attendent si
vous avez la chance de faire campagne, je vais vous
donner une recette, une recette infaillible, qui m'a toujours réussi, à moi, pendant trente-sept ans, c'est de
garder toujours la tête haute en face du danger. Vous le
verrez, mes amis, comme je l'ai vu moi-même ; à la
guerre il n'y a que ceux qui regardent derrière eux qui
sont touchés. En voulez-vous une preuve? En 70, le
14 août, à Borny sous Metz, — j'étais alors attaché
comme officier d'ordonnance au général Montandon, qui
commandait la 1re division du 3e corps, — l'armée exé-
cutait son mouvement de retraite, lorsque les Prussiens
arrivent en force et se jettent sur la 2e division, au
moment où elle allait passer la Moselle. Le général
commandant le 3e corps envoie à la 1re division, qui était
déjà passée, l'ordre de revenir en arrière pour se porter
au secours de la 2e. Nous retournons, nous prenons nos
positions et nos trois batteries ouvrent le feu tant bien
que mal, car on était déjà passablement débordé. Je
revenais au galop de porter un ordre, lorsqu'un capitaine
d'artillerie m'arrête : « La 1re batterie, lieutenant, où
est-elle? — La 1re batterie, mon capitaine, droit devant

vous, sur le mamelon ! » répondis-je en montrant un
mamelon à cinq ou six cents mètres de nous ; le diable
c'était que ces cinq ou six cents mètres il fallait les traverser sous le feu de l'ennemi. « Il n'y a pas d'autre
chemin? me demande le capitaine. — Si, mon capitaine, il y a la tranchée-abri que le 90e a faite pour se
couvrir en rejoignant. — C'est bien ! » Et le voilà qui se
dirige vers la tranchée en question. Il n'avait pas fait
dix pas qu'un obus arrive en sifflant par le travers de la
tranchée et coupe mon homme en deux. Quant à moi,
j'enfonce mes éperons dans le ventre de mon cheval, un
grand diable de cheval blanc qui semblait fait tout exprès
pour servir de cible, et je traverse à fond de train les
fameux cinq cents ou six cents mètres sous une grêle de
balles, sans qu'une seule m'atteigne au passage. Et combien d'autres exemples je pourrais vous citer! Mes
camarades Barbe et Crassous, pour n'en nommer que
deux, firent l'un et l'autre l'admiration de l'armée par
leur bravoure folle et ne furent même pas blessés légèrement de toute la campagne. Barbe commandait une
batterie de mitrailleuses, qui causa un mal horrible aux
Prussiens à cette même bataille de Borny sous Metz, dont
je vous parlais tout à l'heure. Je le vois encore au milieu
de ses hommes, debout sous un feu épouvantable. Trois
fois de suite sa batterie fut démontée, trois fois de
suite il la remit debout, la répara tant bien que
mal avec des ficelles, des mouchoirs, des cravates d'ordonnance, tout ce qui lui tomba sous la main, et la
ramena en ligne. « Allons! mes enfants, retournons! »
Et ils retournaient, les braves garçons. Ce n'est pas une
fois, c'est vingt fois, c'est cent fois qu'il aurait dû être

tué, cet enragé de Barbe. Eh bien, il n'attrapa pas la moindre égratignure! Aujourd'hui il est général de Division. Mais je m'emballe, moi, ma parole d'honneur! Allons, Martin, un ban pour le général Barbe et les conscrits de la classe!

Puis, remplissant les verres à la ronde, le commandant Marchand ajouta :

— Et maintenant, mes amis, avant de nous séparer, un dernier coup à la Patrie et à l'emblème qui la personnifie pour le soldat, au drapeau!

CHAPITRE II

De Montmorency au Dahomey.

—— · ———

2ᵉ CORPS D'ARMÉE
———

SUBDIVISION   **ORDRE D'APPEL SOUS LES DRAPEAUX**

DE VERSAILLES   ——▸★◂——

Par ordre du Ministre de la Guerre, il est prescrit au nommé Blanchard, Jean-Baptiste, résidant à Montmorency, canton du dit, département de Seine-et-Oise, de se rendre le 13 novembre 1891, à midi au plus tard, à la caserne Montholon, à Versailles, pour de là être dirigé sur le 1ᵉʳ Bataillon du 3ᵐᵉ Régiment d'Infanterie de Marine, caserné à Rochefort-sur-Mer (Charente-Inférieure).

A Versailles, le 1ᵉʳ novembre 1891.

Pour le Commandant du Bureau de Recrutement

M...

En conséquence de cet Ordre d'appel, je quittai Montmorency le 13 novembre au matin.

Le père et la mère me firent la conduite, avec mes

frères, jusqu'à la gare. La mère avait les yeux rouges. Quant au père, il affectait une bonne contenance; mais, à la façon dont il me serra contre sa poitrine, je sentis qu'il était plus ému tout de même qu'il ne voulait le paraître.

Au moment où, après avoir embrassé mes parents, j'allais monter en wagon, j'aperçus M. Marchand qui accourait tout essoufflé, en agitant sa grosse canne à béquille.

— Je n'ai pas voulu te laisser filer, clampin, sans te souhaiter bon voyage! me dit-il avec sa grosse voix.

Puis, il ajouta, en me serrant chaleureusement la main :

— Ah! tiens! tu me rappelles mon bon temps. Ce que je donnerais ma retraite, ma croix d'officier, mes petites rentes et ma maisonnette pour avoir ton âge et partir avec toi!

Et, tirant d'une poche de côté de sa longue redingote une fiole enveloppée dans un numéro du *Progrès Militaire*, il me la tendit en disant :

— Ce sera pour la route, clampin.

Mais déjà Piquet, le conducteur du train, fermait les portières. Je n'eus que le temps de serrer la main de M. Marchand et d'embrasser une dernière fois le père et la mère.

Mais le train démarré, qui est-ce que j'aperçus, assise en face de moi, sur la banquette, et me regardant moitié souriante, moitié pleurante? la petite Marie, ma fiancée, qui m'attendait avec son amie, Gabrielle Pinson.

La veille au soir, j'avais été lui faire mes adieux chez sa mère; nous nous étions juré de nous attendre fidèlement, pour nous marier aussitôt mon retour. Elle aurait

bien voulu venir m'embrasser le lendemain matin avant
mon départ, mais elle ne savait pas si sa maîtresse d'ap-
prentissage le lui permettrait. Aussi n'avais-je pas été
autrement étonné en ne la trouvant pas sur le quai de la
gare. Ça m'avait fait quelque chose tout de même de
quitter le pays — Dieu savait pour combien de temps?
— sans l'avoir vue une
dernière fois.

Mais la petite co-
quine avait son plan.
Elle s'était arrangée
pour s'échapper de
l'atelier, avec l'idée de
me reconduire jusqu'à
Enghien. Si elle ne
s'était pas montrée plus
tôt, c'était parce qu'elle
avait peur qu'on ne
l'empêchât de m'ac-
compagner, et qu'elle
avait mis dans sa tête
qu'elle serait la der-
nière qui m'embras-
serait.

Marie agitait son mouchoir.

Les dix minutes que dure le trajet de Montmorency à
Enghien passèrent comme un éclair. A peine eûmes-nous
le temps d'échanger quelques paroles qui s'étranglaient
dans notre gorge. Assis l'un en face de l'autre, nous nous
tenions par la main, en nous regardant dans le fond des
yeux, comme pour mieux nous graver dans la mémoire
notre image à l'un et à l'autre.

A Enghien, en attendant le circulaire qui devait m'emmener à Asnières pour prendre la correspondance de
Versailles, nous eûmes encore quelques minutes à nous,
mais elles passèrent bien vite également et le train arriva
en sifflant qu'il nous restait un tas de choses à nous dire
et un plus gros tas de baisers à nous donner.

Je peux bien le dire sans rougir, n'est-ce pas? En me
séparant du père et de la mère, j'avais eu certainement
beaucoup de chagrin, mais enfin je m'étais comporté
comme un homme et personne ne pouvait dire qu'il
m'avait vu pleurer. Tandis qu'en sentant la pauvre Marie
palpiter sur ma poitrine comme un petit oiseau tombé
du nid, mon cœur se fondit tout à coup et un sanglot me
monta aux lèvres.

Et même lorsque de la portière de mon wagon je vis
Marie sur le quai agitant son mouchoir en pleurant, pendant que Gabrielle Pinson cherchait à l'entraîner par la
manche de sa robe, je ne songeai plus à retenir mes
larmes.

Mais au tournant de la voie tout avait disparu, la fil-
lette, le quai, les dernières maisons d'Enghien. Je repris
peu à peu mon sang-froid et, quand le train s'arrêta de
nouveau, j'étais complètement remis.

A Versailles, je tombai au milieu d'une foule de conscrits arrivant de tous les coins du département et qui
se rendaient comme moi à la caserne Montholon. Là,
on me remit ma feuille de route avec un mandat de
quinze francs quatre-vingt-douze centimes.

Quinze francs quatre-vingt-douze centimes de frais de
route pour un voyage de treize heures, c'était maigre.
Heureusement le père Blanchard avait largement fait

les choses, et la mère, en m'embrassant, m'avait glissé
dans la main deux jolies pièces de vingt francs, soigneusement enveloppées dans un prospectus. Mon gousset
était donc assez bien garni.

Ordinairement, quand on est cinq conscrits dirigés
sur un même régiment, c'est un caporal dudit régiment qui reçoit les feuilles de route, touche les mandats et emmène les hommes jusqu'à leur destination.
Quand on est plus de cinq, c'est un sergent qui vous
emmène; enfin quand on est vingt-cinq ou davantage,
c'est un officier.

Comme nous n'étions que deux pour le 3e d'Infanterie
de Marine, un garçon de Pontoise nommé Recullé et
moi, nous touchâmes nous-mêmes nos mandats avec
notre feuille de route, et nous partîmes bras dessus bras
dessous, sans personne pour nous commander.

Pendant notre voyage d'ailleurs aucun incident digne
d'être noté. A la gare Montparnasse nous prîmes le train
de 8 heures 30 du soir, qui nous mit à Rochefort le lendemain à 7 heures 8 du matin.

Vingt minutes après nous étions rendus à la caserne
Richelieu pour l'appel.

Recullé fut versé à la 2e compagnie, et moi à la 1re,
4e escouade.

J'avais entendu dire bien souvent que les commencements étaient durs au régiment. Je ne m'en aperçus
guère, quant à moi. Il est vrai que je n'avais pas mauvais caractère ni mauvais appétit et que depuis l'école
j'avais toujours été ce qu'on appelle un débrouillard.

Dès le premier jour je m'attachai à me montrer ponc-
tuel dans le service, à ne jamais rechigner devant une

corvée, à ne jamais tirer de carottes; aussi ne tardai-je pas à être bien noté à la compagnie. Estimé par les chefs, je réussis en même temps à me faire aimer des camarades, les bons de poste qui m'arrivaient régulièrement de Montmorency à la fin du mois me permettant d'offrir à l'occasion une petite politesse à l'un ou à l'autre.

Trois mois après mon arrivée au Corps, j'étais un marsouin fini, et le 2 avril je recevais le galon de premier soldat. En outre, mon capitaine me promit qu'aussitôt mes six mois réglementaires achevés la première place de caporal qu'il aurait de libre serait pour moi.

Cette place de caporal, ce n'était pas moi cependant qui devais la prendre. Le 15 juin, en effet, après le rapport, le fourrier vint lire dans les chambrées un ordre de la Place portant que le bataillon était invité à fournir vingt hommes de bonne volonté au Corps expéditionnaire du Dahomey, en voie d'organisation sous le commandement du colonel Dodds, du 4ᵉ régiment.

Naturellement cet ordre causa une grande agitation au bataillon. De toute la journée on ne parla pas d'autre chose; et, avant cinq heures du soir, quatre-vingts hommes s'étaient déjà fait inscrire.

Je n'avais pas été le dernier, comme on pense, à donner mon nom; car pour rien au monde je n'aurais laissé échapper cette occasion inespérée d'avoir de l'avancement en me battant pour la France.

Ce ne fut qu'à la réflexion, le premier moment de fièvre passé, que je pensai à la famille, au père et à la mère, à la petite Marie, à tous ceux enfin que mon départ pour cette lointaine campagne allait forcément inquiéter.

La lettre où il me faudrait leur annoncer la chose en

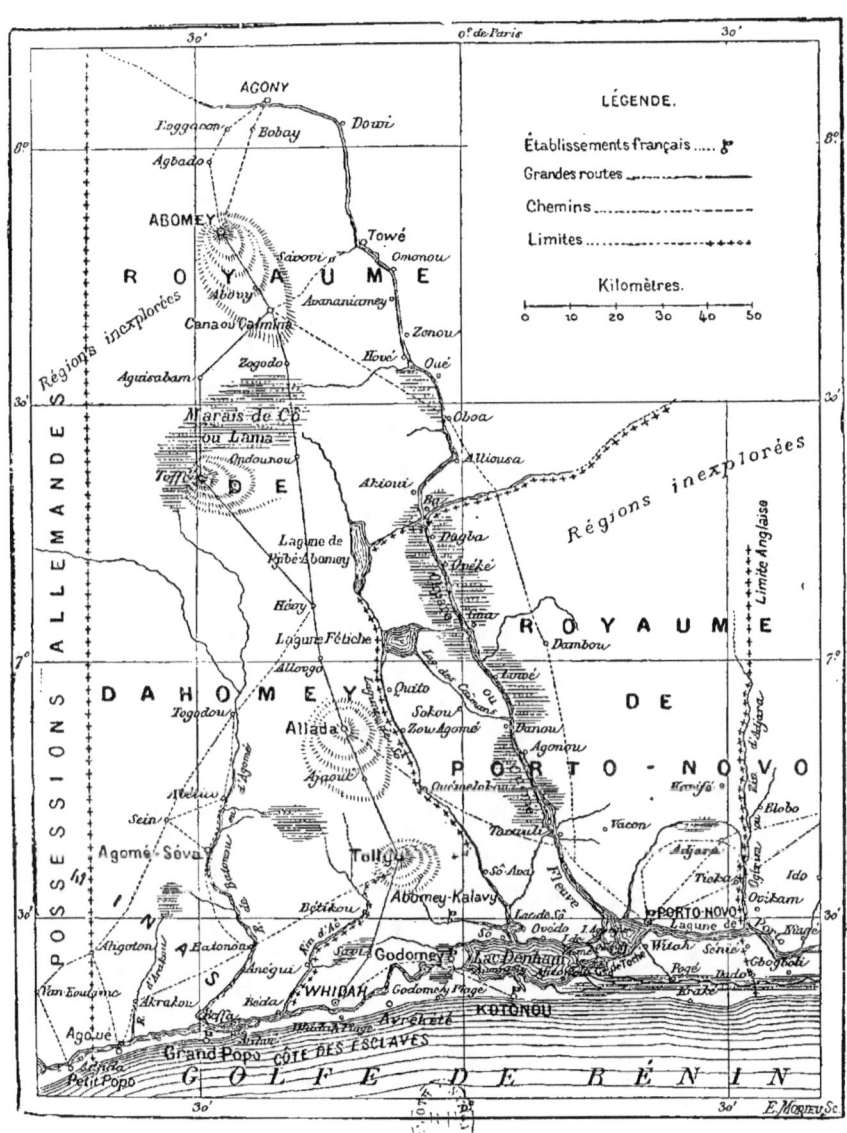

Carte du Dahomey.

douceur n'allait pas être commode à écrire. Heureusement j'avais encore le temps d'y penser. Je ne savais même pas si je serais désigné, puisqu'on n'avait demandé que vingt hommes seulement et qu'il s'en était présenté plus de quatre-vingts.

J'avais, à la vérité, des chances sérieuses de figurer parmi les élus, attendu que mon éducation de soldat était complètement achevée, que je passais pour bon tireur, bon marcheur et que je jouissais en outre d'une santé excellente. Avec cela, comme je l'ai dit, je comptais parmi les mieux notés du régiment : pas une heure de salle de police, pas un jour de consigne à mon livret.

Mon nom fut en effet porté sur la liste, et le 1er juillet un ordre du colonel m'informait que j'étais désigné, sur ma demande, pour passer au nouveau régiment exclusivement formé de volontaires pris dans les quatre régiments de Rochefort, de Toulon, de Brest, et de Cherbourg, et qu'en conséquence, aussitôt l'ordre du ministre reçu, je serais dirigé sur Bordeaux, port d'embarquement du Corps expéditionnaire.

L'ordre arriva le lendemain.

Il fallut bien alors me décider à écrire à Montmorency. Je pris mon courage à deux mains et j'accouchai non sans peine de l'épître suivante :

« Rochefort-sur-Mer, caserne Richelieu,
le dimanche 3 juillet 1892.

« Mes chers parents,

« Je mets la main à la plume pour vous apprendre une grande nouvelle. Je vous dirai donc que je viens d'être désigné au choix pour faire partie du Corps expédition-

naire en formation pour le Dahomey. C'est pour moi un
grand honneur en même temps qu'un grand bonheur.
Nous étions plus de quatre-vingts au bataillon qui avions
demandé à partir; mais, le nombre des partants étant très
limité, on a choisi les vingt plus méritants et j'ai été
compris dans les vingt. Vous sentez combien cela peut
m'être avantageux; car en campagne les chances d'avancement sont beaucoup plus grandes, comme de juste. Je
me réjouis aussi de penser que je vais voir des pays
que très peu de gens ont encore vus. Aussi en aurai-je
long à vous raconter, à mon retour. Dites à Marie que
je lui rapporterai un bonnet d'amazone : ce sont des
femmes noires dont il y a tout un régiment dans l'armée
du roi Béhanzin. Il paraît que ces amazones sont horriblement laides, mais qu'elles se battent comme des
hommes. Enfin nous verrons bien.

« Je vous dirai aussi que Just Avrial, de Soisy, et
Nicolas Joly, de Domont, que j'ai retrouvés au régiment,
comme je vous l'ai déjà écrit, partent avec moi. Vous
voyez que je serai en pays de connaissance et que nous
pourrons causer des parents et des amis pour nous distraire, quand nous aurons un moment.

« On vient de nous annoncer que nous nous embar-
quons le dimanche 10 juillet. Il faut donc que nous soyons
rendus à Bordeaux le 9, d'aujourd'hui en huit. Vous voyez
que je n'ai pas trop de temps pour préparer mon départ
et me précautionner de tout ce qui peut m'être utile
en campagne. L'argent ne me manque pas. Si cependant
vous pouviez m'en envoyer un peu par retour du courrier
ou bien par mandat télégraphique, cela me ferait plaisir.
Cependant il ne faudrait pas vous priver.

« J'espère que pendant mon absence vous vous porterez tous bien, papa, maman, ainsi que mes frères et toute la famille. Embrassez pour moi la petite Marie, à qui j'écrirai là-bas, dès que j'aurai à lui mander quelque chose d'intéressant. Donnez le bonjour pour moi à la parenté et aux amis, sans oublier le commandant Marchand qui sera bien aise, j'en suis sûr, de la bonne chance qui m'arrive. Vous lui direz de ma part que je me souviendrai à l'occasion des bons conseils qu'il m'a donnés et que je me propose bien de mettre à l'épreuve sa fameuse recette pour ne pas attraper de mauvais coups.

« Je vous embrasse.

« Votre fils affectionné et respectueux pour la vie,

« Jean-Baptiste BLANCHARD,

« soldat de première classe au 1er bataillon du 2e régiment d'Infanterie de Marine, détaché au Corps expéditionnaire du Dahomey. »

« P.-S. — Si vous voulez m'écrire, écrivez-moi tout de suite et à Bordeaux directement; car autrement votre réponse courrait grand risque de ne pas m'arriver à temps. »

Ma lettre expédiée, je m'occupai sans perdre de temps de mettre mes petites affaires en ordre, car je tenais à ne rien laisser derrière moi. Je donnai à mes camarades d'escouade ce que je ne voulais pas emporter et le 9 juillet au matin je quittai Rochefort pour rejoindre Bordeaux par le chemin de fer.

Enfin, le lendemain dimanche, après avoir passé la nuit à la Caserne des Fossés, nous traversâmes la ville du vrai bon vin pour aller embarquer à bord du vaisseau la

Ville de Maranhao, de la Compagnie des Chargeurs Réunis, à destination du Dahomey.

Quand nous arrivâmes sur le quai des Chartrons, nous le trouvâmes déjà encombré d'une foule de gens venus pour nous souhaiter bon voyage, bien que nous ne dussions partir qu'à sept heures du soir.

En attendant l'appareillage, nous échangeâmes avec les personnes massées sur le quai des colloques pleins d'entrain et de bonne humeur.

A quatre heures et demie l'ordre est donné de lever l'ancre. A ce moment une véritable explosion d'enthousiasme se produit dans la foule. On crie : « Vive la France ! Vive la République ! Vive l'Armée ! Vivent les Marsouins ! » Les chapeaux et les mouchoirs s'agitent.

Du navire nous répondons par les cris de : « Vive la France ! Vive Bordeaux ! Vivent les Bordelais ! »

C'est un spectacle vraiment émouvant.

Tout à coup, du gaillard d'avant où nous sommes groupés, nous entonnons la *Marseillaise*, une dizaine de camarades et moi. Les autres se joignent à nous et bientôt l'hymne national s'élève en un crescendo formidable, aux applaudissements frénétiques de la foule.

Le navire s'éloigne majestueusement ; mais il n'est pas encore parti pour de bon : à quelques centaines de mètres, il s'arrête pour attendre l'arrivée des dépêches. Aussitôt tous les bâtiments voisins du nôtre sont pris d'assaut par la foule ; les équipages français et étrangers se prêtent de bonne grâce à l'envahissement ; et la nuit vient que les chants n'ont pas encore cessé à bord et autour de la *Ville de Maranhao*. A la *Marseillaise* succède le *Chant du Départ*, puis nous reprenons la *Marseillaise* et pendant plus d'une heure, sans que personne ne se lasse de chanter ou d'applaudir, les deux hymnes alternent l'un avec l'autre.

Tout à coup nous entonnons la *Marseillaise*.

Enfin il est huit heures. Les dépêches attendues ont été embarquées. Le navire appareille définitivement et dans la nuit tout fait à tombée montent encore nos derniers

cris de : « Vive Bordeaux! Vivent les Bordelais! » pendant que des navires à l'ancre, du quai, de partout
d'autres voix nous répondent : « Vive la France! Vive
l'Armée! Vivent les Marsouins! »

Nous sommes à bord cent cinquante-quatre volontaires
de l'Infanterie de Marine, y compris trois officiers : le
capitaine Roulland, le lieutenant Genest et le sous-lieutenant Badaire; nous avons aussi avec nous la 8ᵉ batterie
bis d'Artillerie de Marine (volontaires), capitaine Delestre;
soit cent vingt-quatre hommes, cinq officiers et quarante
mulets.

Le colonel Dodds est parti dès le 5 mai avec son État-
major et un simple détachement d'ouvriers d'artillerie,
destinés à construire les baraquements nécessaires aux
troupes. Ce n'est pas que les volontaires aient manqué à
l'appel. Partout où on en a demandé, il s'en est présenté
deux fois plus qu'il n'en fallait, comme chez nous. Le
Colonel aurait donc pu facilement emmener un plus
grand nombre d'hommes, s'il avait voulu; mais il a préféré ne faire venir au Dahomey son effectif qu'au fur et
à mesure que les baraquements indispensables seraient
en état de le recevoir.

De Bordeaux — ou de Marseille — au Dahomey il y a
quelque chose comme sept mille kilomètres, et la traversée demande ordinairement une vingtaine de jours.

Nous fîmes escale quelques heures à Saint-Louis du
Sénégal, le temps seulement d'embarquer deux sections
de Tirailleurs et une section de Spahis sénégalais,
recrutés sur place et organisés par l'ordre du Colonel.

Originaire lui-même du Sénégal — car c'est à Saint-
Louis qu'il est né et qu'il s'est marié — le Colonel jouit,

paraît-il, dans le pays d'une popularité et d'une autorité immenses. Il venait, en outre, d'y passer quatre années, en qualité de Commandant des troupes, et il y avait même dirigé, avec une grande sûreté de coup d'œil, les opérations difficiles et dangereuses qui ont amené la pacification du Fouta.

Aussi lui avait-il été fort aisé de s'assurer promptement le recrutement de six cents Tirailleurs, de cent

Petit Popo. (Côte des Esclaves.)

cinquante Spahis et d'un certain nombre de volontaires, avec le concours du Gouverneur civil et du Commandant supérieur; ces dispositions arrêtées, il avait réuni à Saint-Louis même les chefs du Fouta et obtenu également d'eux d'importants contingents qui, incorporés dans les Tirailleurs avec des cadres européens, fourniraient sans doute de bons services.

Nous nous amusâmes beaucoup à bord de la frimousse couleur de caoutchouc de nos nouveaux camarades et du baragouin inintelligible dont ils se gargarisaient la bouche en montrant leurs dents blanches.

Au surplus, bien que ce fût ma première traversée, elle ne me parut pas trop dure. Mon estomac se comporta vaillamment, malgré un fort coup de vent que nous essuyâmes par le travers des îles Canaries.

Ce qui m'empêcha de trouver le temps long aussi, c'est que par un curieux hasard j'eus la chance de retrouver dans l'équipage de la *Ville de Maranhao* un gabier nommé Yves Ladevent, dont la famille habitait Rochefort, à deux pas de la caserne Richelieu.

Il n'en faut pas plus, en campagne ou en mer, pour rapprocher deux hommes d'humeur volontiers sociable. D'ailleurs, comme disait Ladevent, Marins et Marsouins ne sont-ils pas un peu cousins?

Le brave gabier m'initia aux diverses manœuvres du bâtiment que je suivais avec curiosité, sans y comprendre grand'chose. De mon côté, je donnai à l'occasion un coup de main à mon nouvel ami, de sorte qu'au bout de très peu de jours nous ne pouvions plus nous passer l'un de l'autre.

Cependant, la traversée tirait à sa fin. Le 24, nous franchîmes le Cap des Palmes et nous pénétrâmes dans le Golfe de Guinée.

Trois jours plus tard nous entrâmes dans celui de Bénin, et enfin, le 29, vers neuf heures du matin, nous aperçûmes une longue ligne de terre grise. C'était la Côte des Esclaves, autrement dit le Dahomey.

Il y avait juste dix-neuf jours que la *Ville de Maranhao* avait levé l'ancre dans le port de Bordeaux.

CHAPITRE III

A Cotonou.

Brrr! Pas gai le premier aspect de la Côte des Esclaves!
Qu'on se figure une plage basse, sablonneuse, couverte de
lagunes, invisible à huit kilomètres du large, par suite
des vapeurs qui s'élèvent sans cesse du sol; une côte
absolument nue, dont aucun arbre ne vient rompre
la monotone aridité. D'habitations encore moins, bien
entendu. Pas de port naturel, pas le plus petit golfe où
un bateau puisse chercher un abri.

Comme pour ajouter à la tristesse de cette première
impression, c'est par une pluie torrentielle que nous
arrivons en vue de ces sombres parages, dont la physionomie répond bien à la réputation sinistre qui leur est
attachée de par le monde. Nous sommes, paraît-il, dans
la saison des grandes pluies.

A mesure que nous approchons, nous distinguons une
lagune indiscontinue en arrière de la plage et, derrière
cette lagune, une large plaine marécageuse, avec de-ci de-là

quelques ondulations de terrain. Tout au fond, à une
centaine de kilomètres peut-être, les premiers contreforts
d'une chaîne de montagnes.

La fureur, avec laquelle les vagues viennent déferler
sur le rivage, est telle qu'elle en rend l'accès impossible.
Ces vagues s'élèvent en approchant de la côte et s'avancent rapidement avec un bruit sourd. Mais, avant d'atteindre la terre, elles sont arrêtées à leur base par des
bancs de sable accumulés au fond de la mer, se brisent
et refoulent violemment celles qui viennent derrière
elles. Cela forme une sorte de remous tumultueux, ou,
comme on dit dans le pays, une *barre*, absolument infranchissable avec des embarcations ordinaires. Il n'y a que
des pirogues, d'une forme toute spéciale, et montées par
des nègres habitués de longue date aux difficultés de la
manœuvre, qui puissent s'y risquer sans crainte d'y
rester.

Yves Ladevent, le gabier, me raconta que lors de
l'expédition de 1889-1890, une pirogue dans laquelle il
était monté avec dix camarades et une équipe de douze
noirs avait été culbutée par une lame énorme. Tous alors,
blancs et noirs, avaient dû se jeter précipitamment à
la mer sous peine d'être écrasés contre les bords de
l'embarcation par les masses d'eau qui déferlaient sur
leurs têtes. Il est vrai d'ajouter qu'aussitôt la lame passée
l'équipe de moricauds avait repêché fort dextrement les
dix matelots et les avait réintégrés au grand complet
dans la pirogue. Mais c'est égal, le brave gabier avait
passé là un moment désagréable.

Encore s'en était-il tiré sans trop de mal avec ses
camarades, tandis qu'une autre pirogue avait été roulée

par la barre à cent mètres du rivage, et que quatre des
fusiliers marins qui la montaient avaient été happés par
les requins, très nombreux dans ces parages.

Aujourd'hui heureusement de pareils accidents ne
sont plus à redouter. Pour les éviter, on a construit une
sorte de grande jetée en fer qui s'avance dans la mer

Le wharf dépasse la zone infranchissable.

jusqu'au delà de la zone où la barre se fait sentir. Cette
jetée, qu'on appelle le *wharf*, d'un mot anglais qui veut
dire appontement, n'a pas moins de 280 mètres de long
sur 3 mètres 30 de large; elle est supportée par de forts
pieux en acier plein, solidement fixés au sol par une large
vis en fonte de fer et réunis entre eux par des entretoises,
de façon à laisser passer librement les vagues sans que
l'édifice en soit ébranlé.

Grâce à ce wharf, les débarquements peuvent désormais s'opérer sans le moindre danger. Les bâtiments stoppent à bonne distance et envoient passagers et marchandises dans leurs embarcations jusqu'à l'extrémité du wharf, d'où les uns et les autres sont transportés au rivage par un petit chemin de fer.

Ce wharf n'est pas encore achevé, mais il est assez avancé pour dépasser la zone infranchissable, de sorte que nous pûmes nous en servir, en nous aidant des mâts de charge et des échelles installés sur un de ses côtés, et faire la nique aux requins.

Ce qui nous divertit beaucoup, ce fut le débarquement des quarante mulets que nous avions à bord. Chaque animal était mis dans une sorte de box sur le pont même de la *Ville de Maranhao* et descendu au moyen d'une grue dans une embarcation qui l'amenait au wharf. Là une autre grue saisissait le box entre ses crampons de fer et venait le déposer sur un wagonnet qui le transportait jusqu'à terre.

En moins d'une journée les quarante mulets furent tous débarqués sans accident, et l'on n'eut plus à s'occuper que du matériel, des approvisionnements et des fourrages.

Quant à moi, je l'avoue, ce fut avec une véritable satisfaction que je touchai terre après nos dix-neuf jours de traversée.

Notre première étape sur la terre dahoméenne fut le Fort de Cotonou, qui s'élève presque en face du point où nous avons débarqué. Ce fort, un grand bâtiment en briques avec montures en fer, a été construit au commencement de 1890 par le colonel Terrillon, qui voulait prendre

pied solidement dans la région et tenir en respect les
tribus du voisinage. Bien qu'il ne soit point terminé
encore, il peut dès aujourd'hui abriter trois cents hommes.
Nous nous y installâmes, l'Infanterie de Marine et la
Légion à l'intérieur, et le contingent sénégalais sur
l'espace débroussaillé qui entoure le fort de tous les
côtés pour le mettre à l'abri des surprises.

Passage de la barre.

Quant au village de Cotonou lui-même, il se compose
d'une agglomération de cases misérables accroupies sur
une langue de sable, et de trois établissements européens, un assez grand édifice tout en fer qui est la sta-
tion télégraphique et deux maisons en bois à un étage
qui servent d'entrepôts de marchandises à divers com-
merçants établis à Porto-Novo, et qu'on appelle des
factoreries.

Cotonou n'a d'importance qu'à cause de sa situation
sur le bord de la mer, qui en fait le point d'embarquement

et de débarquement des factoreries et permet d'opérer
dans de bonnes conditions le transit des produits d'im-
portation européenne, en évitant les droits de douane très
élevés qu'on serait obligé de payer si on introduisait
ces produits par la colonie anglaise de Lagos, la plus
proche voisine de la région.

On pense bien, d'après cela, que Cotonou n'offre pas de
nombreuses distractions. Son nom même n'est point pour
exciter une gaîté folle. Cotonou signifie en effet, nous
dit-on, Lagune de la mort ou Lagune des morts; et ce
nom lui viendrait de ce qu'il y a cent cinquante ans environ les Dahoméens fondirent brusquement un beau jour
sur les habitants du pays et en firent un tel massacre que
le lit de la lagune fut presque comblé par l'entassement
de leurs cadavres.

Heureusement nous n'avions que vingt-quatre heures à
rester ici, sauf les ouvriers d'artillerie chargés de construire les baraquements et une section de tirailleurs qui
doit rester pour protéger jusqu'au bout l'opération du
débarquement.

Dès le lendemain de notre arrivée, on nous dirigea sur
Porto-Novo, la capitale du petit royaume du même nom
soumis à notre protectorat depuis quatre ans.

Cotonou est relié à Porto-Novo par une lagune ou
plutôt par une succession de lagunes, au travers desquelles
on a pratiqué un chenal d'une trentaine de kilomètres.

Nous nous y rendîmes sur les pirogues du pays qui
sont taillées dans un seul tronc d'arbre; elles n'en
mesurent pas moins quinze à dix-huit mètres de longueur. Elles n'ont pas de quille proprement dite, comme
nos barques européennes, et sont rondes par-dessous.

Pendant les cinq ou six heures que dura la traversée, nous fûmes littéralement dévorés par des nuées de moustiques, dont rien ne pouvait nous défendre. Les eaux, jaunes et sales, encombrées de plantes aquatiques, avaient par moments de sinistres clapotements; c'étaient des bandes de caïmans qui prenaient leurs ébats en famille. Des cris de bêtes sauvages partaient un peu de tous les côtés, et de grands oiseaux noirs, ressemblant vaguement aux cigognes de nos pays, passaient par bandes nombreuses au-dessus de nos têtes.

Parfois du milieu même de la lagune surgissaient de bizarres constructions, élevées de deux mètres au-dessus de l'eau à l'aide de grands piquets servant de pilotis. Au-dessous de chacune de ces habitations fantastiques était attaché le tronc d'arbre creusé en forme de pirogue qui servait sans doute à leurs propriétaires pour aller à la pêche. Souvent aussi une nuée de petits noirs, nus comme des vers, accouraient sur les deux côtés du rivage et suivaient en courant notre bateau, d'où nous nous amusions à leur jeter des morceaux de biscuit, pour le plaisir de les voir se les disputer avec force bourrades.

De loin Porto-Novo paraît assez joli. La ville haute se dresse au milieu d'une végétation luxuriante, orangers, palmiers, cocotiers, grands arbres de forêts vierges avec leurs troncs enserrés par des lianes aux fleurs superbes. Cette épaisse verdure fait un contraste étrange avec la terre, d'un rouge foncé, qui ressort par endroits, au pied des arbres.

Ce n'est pas une ville à proprement parler que Porto-Novo — nous le vîmes bien en y arrivant, — encore qu'elle soit la capitale du petit royaume et la résidence du Roi. C'est plutôt une agglomération de villages séparés les uns des autres par des bosquets, des fondrières, des terres incultes.

Le Palais du Roi n'est qu'une modeste maison blanche à un étage, avec trois fenêtres garnies de volets jadis verts, et un toit couvert en paille. La porte principale de ce Louvre de pacotille, qui s'ouvre sur la rue la plus importante, est ornée de grossières sculptures représentant sans doute les génies protecteurs du royaume. De vastes dépendances et d'immenses cours attiennent au Palais. C'est dans une de ces cours que nous établissons notre campement.

Les noirs que nous avons rencontrés jusqu'ici sur notre route n'ont pas de type bien caractérisé; on dirait qu'ils proviennent de croisements. Leur teint est d'un noir rougeâtre. Quant à leur costume, il est difficile d'en trouver de plus primitif; pour les femmes aussi bien que pour les hommes, il se compose en tout et pour tout d'un pagne, c'est-à-dire d'un simple morceau d'étoffe enroulé autour des reins.

On dit ces noirs paresseux, menteurs, voleurs et, par dessus le marché, très poltrons : ils n'en ont pas moins l'air fort intelligent.

Deux jours après notre arrivée, une corvée que je fis avec mon sergent-fourrier et dix hommes de ma compagnie me permit de nouer plus ample connaissance avec cette singulière ville. Elle ne gagne guère à être vue de près. Ses rues, sinueuses et étroites, n'ont aucun rapport avec l'Avenue de l'Opéra ou même avec notre Boulevard de l'Ermitage à Montmorency; et l'aspect misérable et

malpropre des habitations ne donne pas la moindre envie
d'y retenir un logement.

Ces maisons, ou plutôt ces cases, où grouille une population excessivement agglomérée, sont très basses; elles
n'ont qu'un rez-de-chaussée, avec une sorte de véranda.
Leur toit est fait de feuilles de palmiers superposées.

La terre dont elles sont construites est rougeâtre, argi-
leuse, et acquiert en séchant une grande solidité.

Quelqu'un nous raconte l'incroyable incurie avec
laquelle on procède à la construction de ces maisons.
Un noir éprouve-t-il le besoin d'édifier un nouveau foyer,
il creuse tout simplement le sol en face de l'emplacement
qu'il a choisi, pour s'éviter la peine d'un long transport,
et met en œuvre séance tenante les matériaux recueillis
de cette façon primitive, sans même se donner la peine,
une fois le travail achevé, de reboucher le trou d'où il les
a tirés. Il suit de là que la ville est criblée d'excavations
plus ou moins profondes, où croupit une eau stagnante,
remplie de cadavres d'animaux et de débris de toute
sorte.

En outre, jusqu'à ces dernières années, les noirs
avaient la coutume d'ensevelir les morts dans leurs
cases mêmes, au-dessous de l'endroit où ils avaient rendu
le dernier soupir. Cet usage absurde engendrait naturellement de terribles épidémies.

Rien ne peut donner l'idée de la puanteur de ces rues
infectes; et, comme l'eau qu'on boit n'est pas saine,
la plus grande partie provenant des infiltrations de la
lagune, l'état sanitaire est des plus déplorables. Le major
assure qu'ici tout le monde a la fièvre un jour sur dix
et que, pendant l'expédition de 1890, un tiers de l'effectif

était toujours malade. Aussi déclare-t-il que, pour peu qu'on tienne à revoir son pays natal, on ne doit pas faire un long séjour sous ce climat ingrat, où l'air même que l'on respire est meurtrier pour l'Européen. Son intention est de demander au Colonel, dès que les baraquements de Cotonou seront terminés, d'y envoyer aussitôt les malades du Corps expéditionnaire, afin de les faire bénéficier de l'air du large.

Dans nos courses à travers la ville, nous avons rencontré un peu partout de grandes calebasses remplies de terre, de hautes perches fixées dans le sol et garnies à leur sommet de banderoles de linge blanc, des troncs d'arbre grossièrement sculptés : ce sont, paraît-il, autant de fétiches, c'est-à-dire autant de divinités honorées par les habitants, lesquels sont tout aussi superstitieux, quoique un peu moins sauvages, que leurs voisins et ennemis les Dahoméens.

Ce que nous vîmes de plus intéressant, c'est le marché qui se tient trois ou quatre fois par semaine sur une place, en face le Palais du Roi. Comme chez nous, chaque catégorie de denrées se vend séparément : ici le piment et le riz ; là le manioc ; là des boules de viande enveloppées dans des feuilles de palmier ; plus loin le sel, les poissons séchés, les tiges de maïs qui cuisent en plein air dans de gros chaudrons de cuivre. Ailleurs encore, ce sont les tissus, les étoffes de soie, les cotonnades que l'on débite ; à côté de ces Bon Marché ou de ces Printemps portonoviens, voici un pseudo-Bazar de l'Hôtel-de-Ville, où l'on trouve de tout, des nattes, des poteries, des coraux, et quantité d'ustensiles en bois ou en fer-blanc.

Ici les pièces d'argent et les gros sous sont remplacés

Voici un pseudo-Bazar de l'Hôtel-de-Ville.

par des petites coquilles d'un blanc de lait, qu'on appelle
des *cauris*, et dont il ne faut pas moins de deux mille pour
faire vingt-cinq francs. Elles sont percées au milieu
et enfilées quarante par quarante sur un brin de jonc.
Avec deux cents de ces filières, on peut se payer un
esclave, mâle ou femelle, au choix. C'est pour rien.

Quoi qu'il en soit, et si peu commode que puisse être
une monnaie aussi encombrante, les noirs n'en acceptent
pas d'autre dans leurs transactions commerciales, ils la
préfèrent même à l'or.

Il y a aussi une espèce de quartier européen dans les
rues qui avoisinent le Marché, avec des magasins de
détail tenus par des Français, des Anglais, des Allemands
et des Portugais; on y trouve toute sorte de marchandises, des tissus de couleurs voyantes, des armes et de la
poudre, des chapeaux, du riz, de la quincaillerie, des
objets de toilette et de parfumerie, mais surtout du sel
et du tafia, espèce de rhum ou d'alcool de basse qualité,
savamment manipulé dans les docks de Marseille en vue
des bons noirs à qui on le vend sous les noms pompeux
d'*Anisado*, de *Moscatel*, etc. Les enseignes d'alcool (*Spirit*)
et de sel (*Salt*) sont les plus communes.

Un autre jour, en me promenant avec deux de mes
camarades, Just Avrial, de Soisy, et Nicolas Joly, de
Domont, dans les environs immédiats de la ville, nous
tombâmes sur une forêt de palmiers et d'autres arbres
gigantesques, qu'on appelle le Bois sacré et où, il y a
quelques années encore, on immolait de nombreuses
victimes humaines à certaines fêtes dites des Fétiches
ou des Coutumes. Le sol est tout jonché d'ossements
en certains endroits.

J'eus aussi la chance de voir le Roi Toffa en personne, un jour que je faisais partie de l'escorte qui accompagnait le Colonel et son État-major.

Le Roi reçut le Colonel, assis ou plutôt couché sur un lit à colonnades dorées, et entouré d'une soixantaine de femmes fort peu vêtues, mais qui n'en étaient pas plus belles pour cela.

C'est un noir de haute stature, fortement musclé, avec un crâne pointu, des yeux éteints, une figure glabre. Il a l'aspect très dur et paraît quarante-cinq à cinquante ans, autant qu'on en peut juger à première vue, l'âge étant difficile à déterminer d'après ces faces couleur chocolat.

Il avait arboré pour la circonstance un magnifique chapeau de livrée à large cocarde d'argent, et se drapait dans un grand pagne de soie coloriée ; il portait en outre des chaussettes rouges dans des pantoufles noires, sur lesquelles on lisait, brodés en lettres d'or, ces deux mots : *King Toffa*. Il tenait à la main une grande canne ornée d'argent, qui lui sert à l'occasion de procuration ou de carte de visite ; lorsqu'il charge d'une mission un de ses courtisans, ou même un simple messager, il leur confie ladite canne, qui est censée le représenter en personne ; ce procédé commode et peu dispendieux lui permet de transmettre ses ordres d'un bout à l'autre de son royaume sans se déranger.

Le vrai nom de cette majesté rien moins que majestueuse est, paraît-il, Houcnou Baba-Dassy, dit Toffa, c'est-à-dire le Doux, le Bon.

Est-il vraiment si doux et si bon que cela ? Certainement, il ne semble point d'humeur belliqueuse, mais

son caractère n'en est pas moins, dit-on, très violent
et très autoritaire. On assure même que, si nous lui lais-
sions la bride sur le cou, si ses mauvaises dispositions
naturelles n'étaient point refoulées et paralysées par notre
protectorat, qui ressemble singulièrement en somme à

Palais du Roi Toffa.

une suzeraineté, il serait tout aussi féroce que Béhanzin
lui-même. Néanmoins, ce monarque, despote et sanguinaire par nature, s'est forcément radouci et comme
civilisé à notre contact. Quelqu'un qui le connaît bien
m'a dit que sous son allure rude et maussade, sous son
apparente insouciance, il cache un véritable fond de
sagacité. Il se donne pour un grand admirateur de la

France; mais ce qu'il en apprécie surtout, disent les mauvaises langues, c'est son tafia, à preuve qu'il est presque toujours à moitié ivre.

Quoi qu'il en soit, l'accueil qu'il fit au Colonel et à ses officiers fut des plus gracieux. Comme il ne parle que la langue de son pays, le *djejié*, ce fut par le canal de son interprète qu'il présenta au Colonel ses compliments et ses salutations, dont je n'ai retenu que le mot *Okoudea*, c'est-à-dire bonjour.

Outre cet interprète, un métis portugais qui répond au nom d'Epaminondas, le Roi Toffa avait autour de lui ses *larrys* et ses *cabécères*, qui forment sa cour.

Les *larrys* tiennent auprès de lui l'emploi de Ministres. On les distingue à leur coiffure, espèce de casque en cheveux divisés par petites tresses régulières. Une ligne rouge ou blanche, tantôt à droite, tantôt à gauche du front, indique ceux qui sont de service.

Quant aux simples chefs, aux *cabécères*, ils ont la tête complètement rasée, et portent une petite calotte blanche de la même forme que celle de nos prêtres.

A l'entrée de la salle où avait lieu la réception, je remarquai une statue grossière en bois, image sans doute de quelque divinité. Les murailles étaient également décorées de dessins très primitifs, figurant toute espèce de dieux plus monstrueux les uns que les autres et des bonzes tirant la langue.

Enfin il y avait des sortes d'armoires, à l'intérieur desquelles on apercevait un entassement de bibelots et d'objets hétéroclites : crachoirs en argent, cannes sculptées, uniformes chamarrés de broderies d'or, pipes monumentales, casquettes à plusieurs ponts, gravures d'Épinal et jusqu'à des chromos représentant des soldats de l'armée française grandeur naturelle.

Enfin le plus drôle c'est qu'au milieu de cette cour, qui affectait des allures solennelles, des canards, des dindons et des poules circulaient gravement, pêle-mêle avec une foule d'enfants et d'esclaves.

La réception terminée, le Roi se leva péniblement et reconduisit le Colonel à travers la cour du Palais, jusqu'à la porte qui donne dans la rue.

Il fallait voir alors avec quelles démonstrations de terreur, réelle ou simulée, tous les noirs qui se trouvaient sur le passage du cortège royal se prosternaient contre terre. Quelques-uns cependant ne s'étant pas rangés assez vite, les *larrys* se chargèrent de les rappeler à l'ordre, en les bourrant de coups de poing.

Un officier de la Compagnie, le lieutenant Genest, m'a raconté comment ce bon Roi Toffa fut en partie cause de la présente expédition.

De père en fils, les rois de Porto-Novo étaient tributaires de ceux du Dahomey. Un beau jour, Toffa eut assez de cet état de choses, il ne fit ni une ni deux, il envoya carrément promener son suzerain et se déclara indépendant.

C'était parfait; seulement Béhanzin, qui n'est pas endurant, trouva la plaisanterie mauvaise, il entra dans une colère bleue et jura qu'aussitôt la saison des pluies passée il se mettrait en campagne pour aller couper la tête à Toffa.

Elle n'est pas jolie, jolie, cette grosse tête noire aux lèvres lippues; mais, telle qu'elle est, le brave Toffa avait la faiblesse d'y tenir.

Or il n'était pas de taille à se défendre contre Béhanzin, avec ses deux cent mille sujets fort peu belliqueux de leur nature, et les cinq ou six cents soldats qui composent en tout et pour tout son armée. Une drôle d'armée et de drôles de soldats, bons tout au plus à piller des ennemis sans défense, voire même à leur couper le cou, mais qui n'auraient rien de plus pressé que de se sauver comme des lapins le jour où ils seraient attaqués par les Dahoméens, qu'ils craignent comme le feu.

Alors il se dit, lui pas bête : je n'ai qu'un moyen d'en sortir, c'est de mettre les Français dans l'affaire. Suzerain pour suzerain, autant m'en donner un qui, au lieu de me trancher la tête, se chargera de la défendre.

Il le fit comme il le dit et offrit aux agents français en résidence à Porto-Novo et à Cotonou de se placer, lui et son royaume, sous le protectorat de la France. Le Gouvernement, avisé de la situation par ses agents, demanda à réfléchir. Il y avait du pour et du contre en effet.

Accepter était tentant. On s'assurait ainsi le principal débouché par lequel les productions de l'intérieur arrivent jusqu'à portée de la côte, en même temps qu'un centre commercial très actif, qui pourrait devenir un jour le noyau d'une fort belle colonie.

Mais d'autre part c'était prendre l'engagement de sauvegarder Toffa de la vengeance de Béhanzin et risquer, par suite, d'être entraîné dans l'aventure d'une guerre avec celui-ci.

Enfin, après de longues délibérations, on finit par se décider à accepter, et un résident français, M. Victor Ballot, vint s'installer à Porto-Novo avec le titre de Gouverneur des établissements français du Bénin.

Béhanzin, furieux, ne voulut pas entendre de cette oreille-là. Toffa était son sujet, Toffa était son tributaire, Toffa n'avait pas le droit d'aliéner un royaume qui ne lui appartenait pas. Il ne sortait pas de là.

Toutefois, comme il ne se sentait pas les reins assez solides pour l'instant, il patienta, se contentant d'avoir l'air d'ignorer ce qui s'était passé à Porto-Novo.

Il rongea son frein toute une année, mais en faisant sous main ses préparatifs, convaincu d'ailleurs que, lorsque ses guerriers seraient au complet et bien armés, il ne ferait qu'une bouchée de la poignée de Français qui avaient l'aplomb de venir fourrer le nez dans ses affaires.

Il faut vous dire que ce potentat couleur cacao est fier comme un pou, ainsi qu'on dit à Bordeaux, et qu'il ne doute de rien. En outre il avait autour de lui un tas de gens aussi bêtes qu'ignorants et qui lui répétaient du matin au soir que les Dahoméens étaient cent fois plus intelligents, plus civilisés, plus braves, plus beaux, etc., que les Français, et qu'à côté de lui Béhanzin Ahy-Djéré — l'Œil du Monde et le fils du Requin — le président Carnot n'était qu'un petit garçon.

Mais plus fort encore. Tout le monde a entendu parler de ces égorgements de prisonniers de guerre qui à certaines époques, notamment à la mort du Roi, et lors des fêtes annuelles qu'on appelle les Grandes Coutumes, ont lieu à Abomey et changent la cour du Palais en un épouvantable charnier. Eh bien, croirait-on que ce féroce tyranneau soutenait hardiment qu'il était beaucoup moins inhumain que nous-mêmes; et que les horribles massacres périodiques qui ensanglantaient son royaume n'étaient rien à côté des crimes que nous avions commis

dans nos guerres civiles ou religieuses, ou dans celles
soutenues contre les autres nations européennes?

Vous comprenez s'il était facile de s'entendre avec un
gaillard de cette espèce-là.

Cependant, comme on ne se souciait pas de s'embar-
rasser d'une lutte tout au moins fort coûteuse dans une
région aussi éloignée, on y mit de la complaisance, afin
d'arriver à un compromis qui aurait arrangé les choses à
l'amiable. Mais, va te promener, plus on affectait de se
montrer bienveillant avec cet orgueilleux moricaud, et
plus son arrogance augmentait. Impossible de lui faire
comprendre que nous étions patients précisément parce
que nous étions forts, mais que, s'il ne voulait pas nous
écouter de bonne volonté, nous saurions bien nous faire
entendre de force.

Enfin, un beau jour, quand il n'y eut plus moyen de
douter qu'on ne gagnerait rien à se montrer coulant, il
fallut se résigner à entamer une autre gamme. D'où la
première expédition de 1890, sous le commandement du
Colonel Terrillon; elle ne fut pas longue, mais elle fut
décisive.

Malgré tout, on ne voulut pas se montrer trop exigeant,
après la victoire. On se contenta d'abolir la traite des
noirs, qui était la grosse affaire de Béhanzin et sa principale source de revenus, et de placer le Dahomey sous
une sorte de demi-protectorat, plutôt nominal qu'effectif,
moyennant une subvention annuelle de vingt mille francs
à payer par nous.

Mais c'est ici que la mauvaise foi de Béhanzin se fit
voir dans toute sa beauté. Tant qu'il n'eut pas touché la
première annuité de sa subvention, il fit le bon apôtre

et se tint coi bien tranquillement; mais, dès qu'il eut
encaissé nos vingt mille francs en bonnes espèces son-
nantes et trébuchantes, il leva brusquement le masque
et reprit avec une nouvelle ardeur son petit commerce
d'esclaves, qui lui procurait de si jolis bénéfices. Il con-
clut avec l'État libre
du Congo et la Colo-
nie allemande du
Cameroun de nou-
veaux traités par les-
quels il s'engageait à
leur fournir un cer-
tain nombre de tra-
vailleurs soi-disant
libres à tant par tête;
quand sa réserve d'es-
claves fut épuisée,
pour la renouveler il
prit la campagne, et
razzia d'abord le ter-
ritoire des Ouatchis,
dépendant de notre
protectorat de Porto-
Novo, puis, mis en

Blanchard écoutant son Lieutenant.

appétit par cette première récolte, il se jeta sur le royaume
du Roi Toffa, le pilla et le ravagea.

Le pauvre Toffa, épouvanté et croyant déjà Béhanzin
aux portes de son Palais, poussa des cris de détresse
et appela notre résident à son secours. Celui-ci ne s'était
jamais fait beaucoup d'illusions sur la bonne foi de
Béhanzin, aussi fut-il médiocrement surpris de l'aven-

ture. Toutefois il voulut se rendre compte par lui-même de la situation et s'embarqua sur la canonnière *Émeraude* pour remonter le fleuve Ouémé. Il n'eut pas besoin d'aller bien loin afin d'être fixé. Dès les premiers jours de sa navigation, la canonnière, assaillie à coups de fusil, dut rebrousser chemin.

Il était clair désormais qu'il n'y avait qu'un parti à prendre : réduire radicalement à l'impuissance ce tyranneau sans scrupules, qui ne reconnaissait qu'un frein et qu'un maître : la force, et en finir avec lui avant qu'il eût eu le temps de se procurer les armes et les munitions dont il manquait, mais que ses voisins européens, les Allemands du Togoland, se feraient un plaisir de lui fournir moyennant finances.

Heureusement cela fut compris en haut lieu; et voilà pourquoi le 29 mai le Colonel Dodds avait débarqué à Cotonou avec les pouvoirs les plus étendus et pourquoi le 4 août suivant Jean-Baptiste Blanchard ici présent, soldat de première classe à la compagnie d'Infanterie de Marine, écoutait en fumant sa cigarette dans la cour du Palais du roi de Porto-Novo les explications que M. Genest, son lieutenant, voulait bien lui donner.

CHAPITRE IV

Ouverture des opérations.

Enfin la saison des grandes pluies touche à sa fin; les effectifs sont à peu près au complet. Nous allons donc pouvoir entrer en campagne; ce n'est vraiment pas trop tôt.

Dame! c'est qu'on ne s'embarque pas dans une pareille expédition comme s'il s'agissait d'aller à la pêche aux grenouilles. Il faut penser à tout, prendre garde de rien oublier et emporter avec soi un matériel considérable, indispensable à un véritable petit corps d'armée lancé dans l'intérieur d'un pays inconnu, sous un climat des plus meurtriers.

Il est vrai qu'on a pu mettre à profit l'expérience chèrement acquise dans des campagnes du même genre par les autres nations européennes, notamment par les Anglais en Afrique ou dans les Indes, par les Italiens en Éthiopie, etc.

Aucune précaution n'a été négligée en ce qui concerne

la santé et la vie des hommes, et c'est assez rassurant
pour le soldat de pouvoir se dire qu'il sera secouru
immédiatement s'il tombe malade en route ou s'il attrape
quelque mauvais coup, n'est-ce pas?

On a eu soin, en outre, pour ménager nos forces et
nous maintenir toujours en train, de diminuer jusqu'à
l'extrême limite du possible la charge que nous emportons avec nous.

C'est ainsi qu'en sus de nos armes — le fusil Lebel
modèle 1886, avec la bretelle et l'épée-baïonnette — et
de nos quinze paquets de cartouches, nous ne portons
absolument sur nous que notre nécessaire d'armes, notre
petit bidon plein avec le quart, et nos deux étuis-musettes
dont l'un contient notre paquet de pansement individuel,
et l'autre un jour de vivres. Le tout, y compris nos vêtements, notre casque en liège et nos souliers brodequins,
ne pèse guère plus de 15 kilos 500.

Quant à notre sac et à notre paquetage, comprenant
notre couverture, nos vêtements de rechange, notre toile
de tente, nos ustensiles de campagne et de cuisine avec
deux jours de vivres, ils sont confiés à des auxiliaires
indigènes qui marchent avec la colonne et qui ont chacun
leur affectation désignée.

Les officiers supérieurs ont quatre de ces porteurs
attachés à leur personne, deux pour les vivres et deux
pour les bagages; les officiers subalternes en ont deux,
un pour les vivres, un pour les bagages. Les sous-officiers n'en ont qu'un. Quant à nous autres, nous en avons
un pour deux.

Mon porteur, c'est-à-dire celui que je partage avec
mon camarade Avrial, s'appelle d'un nom très compliqué,

que nous n'avons jamais pu prononcer. Pour simplifier
les choses, nous l'avons baptisé *Double-blanc*, à cause
des deux rangées de dominos qu'il nous montre chaque
fois qu'il ouvre la bouche pour rire, et il rit tout le temps.
Nous ne comprenons, bien entendu, pas un mot de son
langage, ni lui du nôtre ; ce qui n'empêche pas que nous
fassions très bon ménage
ensemble, surtout quand
nous partageons nos ra-
tions ou notre tabac avec
lui. Il est doué en effet
d'un appétit énorme et
fume avec délices.

Un chef allié de la France.

Ce n'est point sans
peine qu'on est parvenu
à recruter le chiffre de
sept mille porteurs né-
cessaire pour que tous
les services soient pour-
vus. Il est vrai que le Roi
Toffa s'était chargé de nous les fournir moyennant
finances, — d'où le nom de Toffauis que nous leur donnons ; mais, comme tous les noirs, il est nonchalant et
insouciant, et on a dû joliment lui secouer les puces pour
le forcer à fournir ses hommes en temps utile.

Quand ils furent enfin tous réunis dans la cour de la
Résidence, on les répartit entre les trois groupes de la
colonne, et la section du Génie, l'Ambulance principale et
le Convoi administratif. Chacun d'eux reçut un numéro
d'ordre et une calotte de coton de couleur différente suivant le corps ou le service auquel il était affecté. *Double-*

blanc, lui, porte la calotte rouge, celle des porteurs du deuxième groupe dont nous faisons partie, Avrial et moi, et son numéro d'ordre est 888 : aussi l'appelons-nous quelquefois *Trois-Huit*.

Ces braves Auvergnats porto-noviens reçoivent par jour une haute paye de 0,50, de 0,75 et de 1 fr. pour les simples porteurs, les sous-chefs porteurs et les chefs porteurs, plus une allocation de cinq cents grammes de riz et de vingt-deux grammes de sel.

Ils paraissent pleins de bonne volonté. Cependant, comme par nature ils sont indolents et rien moins qu'héroïques, il est à craindre que les premiers coups de feu, ou bien les fatigues, les privations, la soif ne déterminent chez eux des défections nombreuses. Aussi, pour plus de sûreté, les fait-on marcher à l'arrière-garde, avec les cantines et les ambulances, sous la surveillance d'un détachement de Spahis sénégalais.

En tout, porteurs à part, notre colonne comprend, en chiffres exacts, treize cent quatre-vingt-six combattants européens décomposés en Infanterie de Marine, Légion étrangère, Artillerie, Génie, et deux mille auxiliaires noirs, Tirailleurs sénégalais, Volontaires et Spahis du Sénégal et Tirailleurs haoussas, plus les services sanitaire et administratif.

Évidemment le contingent européen, qui forme un peu moins de la moitié des troupes, est de qualité très supérieure à l'autre moitié.

Presque exclusivement composée de volontaires, l'Infanterie de Marine est pleine d'entrain ; si on peut lui reprocher quelque chose, c'est sa jeunesse qui la rendra sans doute moins résistante à la fatigue et à la dureté du climat.

La Légion étrangère, constituée à Oran avec les meilleurs éléments de nos bataillons d'Afrique, et dans
laquelle les Alsaciens-Lorrains entrent pour une grosse
part, est excellente.

Enfin les corps spéciaux, Artillerie, Génie, ne comprennent que des hommes d'élite, tous volontaires également.

Sans valoir les troupes françaises, les troupes indigènes, bien entraînées, bien commandées, feront sans
doute bonne figure au feu. Il faut reconnaître qu'elles ne
peuvent pas avoir la même ardeur que nous, étant d'un
sang analogue, identique même, à celui de l'ennemi
qu'elles vont combattre. En outre, pour assurer l'unité
du service, on a été forcé de leur donner des officiers
français, ce qui naturellement devait leur retirer de la
cohésion. C'est l'Infanterie de Marine qui a fourni les
cadres de ces troupes indigènes.

La cavalerie se compose de deux cent vingt-cinq Spahis
sénégalais, commandés par huit officiers.

Il y a, d'ailleurs, des éléments excellents dans ces
troupes. Les Tirailleurs sénégalais réguliers se battent
admirablement. Peut-être, il est vrai, pourra-t-on un peu
moins compter sur les Volontaires, qui n'ont pas suffisamment l'habitude de notre discipline.

Pour ce qui est de l'armement, l'Infanterie de Marine
et la Légion seules sont pourvues du fusil Lebel et des
cartouches à poudre sans fumée; les troupes indigènes
ont le fusil Gras, modèle 1874, une très bonne arme du
reste.

Tout cela forme, en somme, un petit corps d'armée
très compact, se tenant bien, largement pourvu de tout
et parfaitement commandé.

Au surplus, le Colonel ne laisse à personne le soin de maintenir l'ordre et la discipline ; il ne se repose que sur lui-même, il veille à tout, il est partout à la fois. On sent qu'il a la pleine conscience de sa responsabilité. Avec sa grande habitude des guerres coloniales, il sait que rien ne doit être laissé à l'aventure dans une pareille campagne, où le succès final ne peut être obtenu que si on a mis tous les atouts dans son jeu ; que la vie de chacun de nous est d'autant plus précieuse que nous sommes moins nombreux ; que la perte d'un seul homme est un danger pour le reste de la colonne, et un danger auquel il sera impossible de parer, puisqu'une fois que nous serons engagés dans l'intérieur les vides causés par l'ennemi ou par la maladie ne pourront pas être comblés.

Aussi s'est-il attaché par-dessus tout à ménager ses troupes. Il a pris les dispositions les plus judicieuses pour que rien ne nous manque, et pour que toutes les précautions hygiéniques soient rigoureusement observées. Il nous est interdit de boire l'eau des puits ou des sources que nous pourrons rencontrer sur notre route, avant que cette eau ait été filtrée ou bouillie, et mêlée avec du thé ou du café. Lorsque cette eau sera boueuse ou terreuse, elle devra être alunée avant d'être filtrée. Les cantonnements et les casernements, entre les intervalles des marches et des engagements, seront consignés tous les jours, de huit heures et demie à trois heures et demie, c'est-à-dire pendant les heures les plus chaudes de la journée. Enfin un appareil à douches sera installé dans chaque cantonnement toutes les fois que les locaux se prêteront à cette installation et les hommes y seront conduits deux fois par semaine. On le voit, nous sommes traités ni plus ni moins que des jolies femmes. Tous les détails de notre vie sont réglés de même avec un soin minutieux.

A peine levés et notre toilette achevée, nous buvons d'abord un quart de quinquina, puis nous faisons le café. Jamais nous ne nous mettons en marche sans avoir l'estomac garni.

Nos deux autres repas ont lieu à dix heures et quart du matin et à cinq heures du soir, si les circonstances le permettent, bien entendu.

Quant à notre ordinaire, il est tout à fait substantiel. Nous ne serions pas mieux traités à la caserne. Nous avons de la viande fraîche à discrétion pour ainsi dire, une boule de pain frais toutes les vingt-quatre heures, ce que nous apprécions infiniment, et deux rations de vin par jour, avec du café, du thé et six centilitres de tafia après chaque repas.

Voici maintenant comment nous sommes vêtus : le paletot et le pantalon de treillis ; pour coiffure, le casque en moelle de sureau à grande visière, ou *salako* ; comme chaussures enfin, de bons brodequins avec la guêtre boutonnée sur le bas du pantalon. Un costume pratique, commode, et qui ne manque pas d'une certaine allure pittoresque.

A partir du coucher du soleil, nous quittons le casque et la tenue de toile pour le képi, la vareuse de molleton et le pantalon de flanelle.

La nuit, nous conservons toujours la chemise ou le tricot et la ceinture.

Sur la poitrine, à même la peau, nous avons notre plaque d'identité, une espèce de médaille en ruolz sur

laquelle sont inscrits notre nom, le bureau de recrutement où nous avons été incorporés, avec la date de notre
tirage au sort et le numéro que nous avons amené.
Comme cela, s'il nous arrive malheur, on pourra du
moins nous reconnaître et avertir nos familles.

Enfin nous portons tous, officiers, sous-officiers et
soldats, dans une de nos deux musettes, pour parer au
plus pressé en cas de blessure, ce qu'on appelle le pansement individuel. C'est un léger paquet renfermant sous
double enveloppe une petite provision de charpie entourée
de mousseline, une compresse en toile, deux bandes de
diachylon pour mettre en croix par-dessus la charpie, et
deux épingles de nourrice pour assujettir le tout. Une
instruction imprimée sur la couverture rappelle le mode
d'emploi dudit pansement à ceux qui pourraient l'avoir
oublié. Ce simple et ingénieux appareil est appelé à nous
rendre les plus grands services, puisqu'il permet d'empêcher le sang de couler, et d'attendre le pansement
définitif; or l'on sait qu'à la guerre c'est par suite d'hémorragie qu'on perd quatre pour cent des hommes
atteints.

Un autre avantage du pansement individuel, c'est qu'il
prévient et supprime un usage qui parfois dégénérait en
abus. Jadis, quand un homme était frappé au feu, cinq ou
six camarades se précipitaient aussitôt pour l'emporter à
l'ambulance. L'intention était excellente sans doute, mais
on comprend quels inconvénients cela pouvait avoir au
point de vue de la discipline et de la bonne marche du combat. Aujourd'hui il est absolument interdit de s'occuper
des blessés, ou des morts, qui tombent à côté de vous.
C'est l'affaire des brancardiers, qui suivent les troupes

et qui appliquent immédiatement aux hommes touchés
le pansement individuel, si ceux-ci n'ont pas pu se l'ap-
pliquer eux-mêmes, avant de les emporter jusqu'aux
ambulances volantes.

On voit que les leçons de l'expérience ont été mises à
profit, pour atténuer dans les limites du possible les conséquences d'accidents
qu'il faut toujours pré-
voir à la guerre. Alors
même que ces minu-
tieuses précautions
n'auraient d'autre effet
que a'djouter à la con-
fiance du soldat, en le
rassurant sur ce qu'il
adviendrait de lui en
cas de blessure grave,
elles seraient d'une
incontestable utilité.

Le général Dodds.

Mais mieux encore que toutes les précautions, ce qui
nous met du cœur au ventre, ce qui nous donnera la
force de tout supporter et le courage de tout oser, c'est
la présence continuelle au milieu de nous du Colonel,
du Colo, comme nous l'appelons familièrement.

D'une taille supérieure à la moyenne, d'une com-
plexion sèche et nerveuse, jamais il ne laisse voir la
moindre trace de fatigue. Avec son teint brun foncé qui
décèle son origine coloniale, sa moustache à peine gri-
sonnante et ses cheveux encore touffus, il ne paraît certainement pas ses cinquante ans. Bien qu'il soit plutôt
d'un abord froid, l'extrême simplicité de ses manières et

sa politesse excessive lui gagnent tous les cœurs. Il donne bien l'impression d'un officier sérieux, tout à son affaire, à qui le panache et la fantaisie sont inconnus.

Quand on ne connaîtrait pas ses brillants états de service, quand on ne saurait pas combien il compte à son actif de campagnes — et de campagnes victorieuses, — on devinerait ce dont il est capable rien qu'au feu de son regard, à l'énergie indomptable, à l'incroyable force de volonté qui émanent de toute sa personne.

Le Colonel peut nous mener où il voudra, nous le suivrons partout, parce qu'avec lui nous sommes sûrs d'arriver au but.

En attendant que le moment soit venu d'entrer dans la période active des opérations, le Colonel, afin de tenir son monde en haleine, a poussé des reconnaissances le long de la côte et dans les alentours de Cotonou et de Porto-Novo.

Les premiers coups de feu de la campagne ont été tirés le 9 par les Tirailleurs sénégalais et les Tirailleurs haoussas, dans une démonstration sur Zobbo, Godomey et Abomey-Calavi, pour dégager notre base d'opérations; démonstration qui fut appuyée par les avisos *Ardent* et *Héron*, et les canonnières *Opale*, *Topaze* et *Émeraude*.

Mais je n'ai pas fait partie de cette reconnaissance, et n'en puis parler que par ouï-dire. Je sais seulement que nous avons eu deux sergents tués et treize blessés.

En revanche, le 17, je partis avec ma compagnie pour une autre reconnaissance, plus importante encore et que le Colonel voulut commander lui-même. Il s'agissait cette fois de nous donner de l'air et de chasser les Dahoméens du royaume de Porto-Novo.

C'est ici, en réalité, que commence pour moi la campagne. Le 22, je reçois le baptême du feu à l'attaque des villages de Takon et de Kotogon, que nous enlevons sans rencontrer de résistance sérieuse.

Le 26, nous nous rabattons sur Késonou, village de la région de l'Ouémé désigné par le Colonel comme le lieu

La Topaze et *l'Émeraude* appuyaient l'opération.

de concentration des troupes et le point de départ définitif de la marche sur Abomey. Nous y sommes rejoints presque aussitôt par le reste de l'effectif, venant directement de Porto-Novo.

En raison des difficultés que présente le pays, il a été décidé que la colonne marchera divisée en trois groupes, le premier formant l'avant-garde et composé surtout de Sénégalais, les deux autres comprenant plus particulièrement les contingents européens avec les bagages.

Quant à nous, les Marsouins, notre compagnie est constituée comme unité de commandement, c'est-à-dire que nous sommes placés directement sous les ordres du Colonel.

Enfin, le 14 septembre, la colonne s'ébranle en suivant la rive droite de l'Ouémé. Les canonnières *Opale* et *Corail* naviguent parallèlement à nous, assurant notre base de ravitaillement avec un grand nombre de pirogues remorquées par les chaloupes à vapeur.

Nous traversons une lagune de quinze mètres de large et de trois mètres de profondeur sur un pont de chevalets établi par le Génie, et nous franchissons enfin la frontière du royaume de Dahomey.

Jusqu'à présent, Béhanzin n'a pas bronché. Où est-il? Des gens disent qu'il a échelonné quatre mille hommes entre Davon et Zaganado, et quatre mille hommes autour de Godomey pour surveiller Cotonou; et qu'il se tient lui-même avec le gros de ses forces à l'intérieur, dans un village important nommé Allada, tout prêt à les lancer sur Ouidah ou Tohoué, suivant que notre attaque se dessinera sur l'un ou l'autre de ces deux points.

Qu'y a-t-il de vrai dans cette information? Toujours est-il que nous ne tarderons pas à être fixés.

CHAPITRE V

Dogba.

Ce matin, 19 septembre, j'étais en sentinelle devant le petit poste d'Infanterie de Marine placé en avant et à droite de la deuxième face du campement.

Il était cinq heures et demie à peu près, le soleil commençait à se lever et le réveil venait de sonner, lorsque tout à coup, sans que le moindre bruit suspect ait attiré mon attention, je vois surgir d'un petit bois sur la gauche des silhouettes, que je distingue à peine; car la nuit n'est pas encore dissipée.

Je crie aussitôt :

— Halte-là! Qui vive?

Puis, ne recevant pas de réponse, je fais feu; presque aussitôt une nuée de moricauds apparaît de tous les côtés à la fois, et bondit vers moi.

Le petit poste ouvre le feu également; mais, pour ne pas être enveloppés, nous sommes obligés de nous replier rapidement sur le campement, en déchargeant nos fusils dans le tas et en criant : « Aux armes! »

Heureusement je ne perds point la tête. Je conserve même assez de sang-froid pour me dire : « Voyons si la recette du commandant Marchand est bonne! » et je regarde droit devant moi ces vilains nègres, qui se ruent sur nous avec des cris épouvantables et des gambades destinées sans doute à nous effrayer.

Est-ce la recette qui fait son effet, ou les nègres qui tirent mal? Toujours est-il que j'entends nombre de balles siffler à mes oreilles, mais que je n'en rentre pas moins au campement sans avoir rien attrapé.

Grâce à notre avertissement, l'alarme est donnée; en moins de deux minutes, après un premier moment de surprise bien naturel, nos deux groupes ont formé le carré et ouvrent le feu.

Il est temps d'ailleurs, car l'ennemi n'est plus qu'à trente mètres des tentes de l'état-major.

Sous l'éclair de chaque coup de fusil, nous voyons s'agiter devant nous une masse confuse, d'où partent des cris féroces, au milieu desquels nous distinguons ceux de : « Dahomey! Dahomey! »

C'est une chose vraiment impressionnante que cette attaque de sauvages dans la demi-obscurité; et, avec des soldats moins bien trempés que nous et que nos braves camarades de la Légion, je ne sais pas trop ce qui serait advenu. Une défaillance, une hésitation seulement et tout était perdu.

C'est, d'ailleurs, la tactique habituelle des Dahoméens : ils se glissent silencieusement dans la brousse et se jettent à l'improviste sur le camp de l'ennemi, au moment où celui-ci s'éveille.

Le Colonel pouvait d'autant moins s'attendre à être

Nous voyons s'agiter une masse confuse.

attaqué que ses émissaires noirs lui avaient annoncé que l'armée dahoméenne se trouvait à trente kilomètres plus haut, à un lieu nommé Poguessa. Voilà des émissaires bien informés; il est probable du reste que c'est intentionnellement qu'ils nous ont égarés par ces fausses indications. On leur fera sans doute payer cher cette singulière façon d'éclairer la marche d'une colonne.

De son côté, Béhanzin a été mieux servi que nous par ses espions, car peu s'en est fallu que sa surprise n'ait réussi. Évidemment son idée était de nous rejeter dans l'Ouémé, en nous forçant de lui faire face, avec la rivière à dos. Il comptait avoir bon marché de nous, d'autant plus qu'il savait que nous étions obligés de marcher en trois groupes, et qu'il n'aurait affaire qu'aux deux derniers, le premier étant à quinze kilomètres en avant.

Seulement ce dont il ne se doutait pas, c'est que nous étions résolus à défendre vaillamment notre peau et qu'il ne s'était pas levé assez matin, comme on dit chez nous, pour nous avaler d'une seule bouchée.

Dès le début de l'attaque, malheureusement, nous avions fait une perte cruelle. Le commandant Faurax, de la Légion étrangère, sortait de sa tente pour aller prendre son poste de combat, lorsqu'il fut atteint au ventre par une balle.

J'arrivais juste avec Avrial, et nous n'étions pas à dix pas de lui, lorsque nous le voyons brusquement tourner sur lui-même, en disant : « Touché! »

Le capitaine Drude, de la 3ᵉ compagnie de la Légion, s'élance vers lui.

« Pas la peine!... je suis perdu! » dit-il, et il tombe en arrière.

Les brancardiers arrivent et le ramassent : il est déjà mort.

On l'emporte quand même et le brancard passe devant le Colonel. Bien qu'on soit alors en pleine bataille, et que les balles sifflent de tous côtés, le Colonel salue de l'épée et fait présenter les armes par son escorte au brave soldat qui vient d'expirer pour la patrie.

C'était un vaillant officier en effet, qui s'était engagé en 1870 et avait conquis tous ses grades sur les champs de bataille, au Tonkin notamment où il avait fait un très long séjour. C'est lui qu'on avait chargé d'organiser un bataillon à Sidi-Bel-Abbès avec les meilleurs éléments du 1ᵉʳ régiment de la Légion étrangère, et d'amener lui-même ce bataillon sur le *Mytho*. Il avait rejoint la colonne à Késonou seulement; mais nous avions déjà pu apprécier ses grandes qualités, lorsqu'une des premières balles envoyées au camp par les Dahoméens était venue le frapper mortellement.

Du moins, il sera cruellement vengé. Nous tirons avec rage sur la masse hurlante, qui grouille à trente mètres de nous; en cinq minutes tout est nettoyé jusqu'à la lisière du bois, d'où j'ai vu sortir les premiers assaillants.

Moins d'un quart d'heure après, les enragés reviennent à la charge et roulent foudroyés à quelques pas de nous.

Cela dure ainsi pendant trois heures: à peine avons-nous balayé à coups de mitraille tout ce qui est devant nous, que les Dahoméens reparaissent presque aussitôt avec des troupes fraîches.

A plusieurs reprises, le Colonel lui-même fait le coup de feu comme un simple soldat.

Les meilleurs tireurs de Béhanzin — on les appelle les
Chasseurs d'éléphants — se sont hissés à l'aide de longues
cordes en haut de gigantesques palmiers, et de là, cachés
au milieu de l'épais feuillage, ils ajustent tranquillement
nos officiers et particulièrement le Colonel.

— Pas la peine !... je suis perdu ! dit-il.

Il y en a un surtout qui s'acharne contre lui pendant
plus d'une demi-heure. C'est un hasard providentiel que
notre brave Colo n'ait pas encore été touché.

Chaque fois qu'une balle de l'invisible tireur lui siffle
à l'oreille, il se contente de dire froidement : « Encore
mon homme ! »

Enfin, un boulet vient couper le palmier au milieu du

tronc, l'arbre s'abat, l'homme fait une pirouette énorme, et retombe, les reins fracassés. Bon débarras!

Cependant, comme le feu plongeant des autres tireurs dissimulés dans le feuillage des palmiers ne cesse pas, le Colonel finit par s'agacer; et, se tournant vers les Tirailleurs sénégalais dont il connaît le dévouement aveugle à sa personne :

— Vingt-cinq francs à celui qui fera prisonnier un de ces satanés gas-là! leur crie-t-il en *ouolof*, la langue de leur pays, la seule qu'ils entendent.

— Pour rien, Colonel! répondent les Tirailleurs en s'élançant.

Et cependant Dieu sait s'ils aiment l'argent; mais ils aiment encore plus leur chef.

Enfin, après quatre heures de combat, comme les Dahoméens reviennent encore à la charge avec de nouvelles troupes, malgré les pertes terribles que nous leur avons infligées, le Colonel nous donne l'ordre de nous porter en avant, avec la Légion.

Je vois encore M. Roulland, notre capitaine, l'épée à la main et le cigare à la bouche, magnifique de sang-froid sous la pluie de balles qui tombe autour de lui, nous criant :

— En avant, les Marsouins! Au pas de course.

Nous nous élançons à travers la brousse; l'ennemi recule peu à peu, et s'enfuit définitivement, poursuivi à bonne distance par nos feux de salve.

Cette fois nous sommes maîtres du terrain, mais ce n'a pas été sans peine. Les Dahoméens se sont battus comme des lions, et il a fallu en faire un massacre épouvantable, avant qu'ils se décidassent à abandonner la lutte.

L'aspect du champ de bataille est horrible à voir. Les
effets de nos Lebel ont été foudroyants. Nous n'avions
nous-mêmes aucune idée de l'action désorganisatrice des
balles du Lebel sur le corps humain. Elles traversent les
chairs en vrille et font en sortant des ravages effroyables.
Leur force de pénétration est extraordinaire. Des files
entières de Dahoméens ont été littéralement transformées

Les porteurs se chargent de cette sinistre besogne.

en une véritable bouillie humaine. J'ai vu des arbres
énormes traversés de part en part, d'autres sapés à
leur base et, derrière, des piles de cadavres culbutés
les uns par-dessus les autres comme des capucins de
cartes.

Nous n'avons pas compté le nombre de ces cadavres; mais le sol en est jonché sur une grande
étendue.

Nous ne pouvons pas songer à les enterrer tous : cela nous demanderait un temps trop long. D'autre part, les laisser se décomposer sur le champ de bataille serait créer des foyers pestilentiels dont nous serions les premiers victimes. Le Colonel se décide à les incinérer. Nous élevons sur divers points de vastes bûchers avec des branches sèches ; on y jette tous les cadavres, après les avoir aspergés de pétrole, et on y met le feu.

Bien entendu, ce sont les porteurs du roi Toffa qui se chargent de cette sinistre besogne. Elle ne semble pas, d'ailleurs, leur répugner le moindrement, et c'est avec un véritable entrain qu'ils traînent les corps par les pieds et les lancent au milieu des flammes.

Il se dégage de ces charniers une odeur épouvantable, et la vue en est d'autant plus saisissante que la peau des noirs se décolore après la mort, qu'elle se pèle, s'écaille et tombe ; de telle sorte que, type à part, on les prendrait pour des blancs.

C'est égal, nous sommes obligés de convenir que ces diables de Dahoméens se battent admirablement, et que Béhanzin paraît décidé à défendre énergiquement son pays.

Notre première bataille a été des plus dures et il a fallu donner un fameux coup de collier, pour emporter le morceau.

Le Colonel croit que nous avions en face de nous quatre mille hommes au moins, presque tous armés de fusils à tir rapide.

Heureusement qu'ils ne paraissent guère savoir s'en servir, de leurs fusils. Je les ai vus tirer en appuyant la crosse sur leur cuisse, de sorte que la plupart de leurs balles passaient au-dessus de nos têtes. Le seul tir qu'ils fassent au visé, c'est celui des chasseurs d'éléphants qui tirent du haut des palmiers, cachés au milieu des branches. Par exemple, les effets de ce feu plongeant sont meurtriers. Un soldat de la Légion a eu son casque en moelle de sureau traversé du haut en bas par une balle, qui rebondissant ensuite sur le sol vint l'atteindre assez profondément à la cuisse.

Mais c'est aux officiers surtout que ces tireurs d'élite réservent leurs coups.

Au surplus, nos officiers ne se sont guère ménagés. Tout le temps qu'a duré le combat, ils sont restés debout sous le feu, tandis que nous tirions à genoux dans la brousse.

Le Colonel a jugé sans doute nécessaire, dans cette première rencontre, de faire un effort considérable et d'entraîner ses troupes, ses troupes indigènes surtout, par l'exemple des chefs.

Aussi sur cinq morts avons-nous eu deux officiers, le commandant Faurax de la Légion, et le lieutenant Badaire de l'Infanterie de Marine, tué d'une balle dans la tête; et un sous-officier, le sergent Mauduit, également de l'Infanterie de Marine.

Parmi nos blessés, qui se sont élevés au chiffre de 27, dont 20 Européens, nous avons le docteur Rouch, qui s'est battu le fusil à la main, comme le dernier d'entre nous; il a été atteint assez grièvement, paraît-il, d'une balle au genou.

Nous n'avons en revanche qu'un disparu. C'est un maréchal des logis de Spahis qui, dès le premier jour de la campagne, s'est montré d'une audace folle. Il a été

victime de sa témérité. Au plus fort de la bataille, il s'est
aventuré seul au milieu d'un groupe de Dahoméens et il
a été pris. Dieu sait quelles tortures le malheureux aura
à subir, s'il est tombé vivant entre les griffes de ces bêtes
féroces !

D'après l'ordre du Colonel, on va creuser tout à l'heure
dans un coin du camp, sur un petit monticule au bord
de l'Ouémé, trois fosses dans lesquelles on enterrera
les corps du commandant Faurax, du lieutenant Badaire
et du sergent Mauduit, après les avoir entourés, en
guise de suaires, de feuilles de bananiers et de palmiers. Sur les tombes on ne mettra pas de croix, ni rien
qui puisse les faire distinguer. Bien au contraire, elles
seront soigneusement dissimulées pour que les Dahoméens ne puissent pas les ouvrir et profaner les corps.
Le sol sera foulé ensuite et recouvert de gazon, de façon
que personne ne puisse reconnaître la place où les trois
fosses auront été creusées.

L'intention du Colonel est de faire construire plus tard
à cet endroit un fort qui recevra le nom de Fort Faurax,
et dont les deux bastions seront baptisés le bastion
Badaire et le bastion Mauduit.

On vient de nous lire dans les compagnies l'Ordre du
jour du Colonel. Il se termine ainsi :

« Le Colonel, commandant en chef le Corps expéditionnaire du Dahomey, a constaté, avec une légitime
fierté, que toutes les troupes présentes à Dogba sous ses
ordres ont résisté à cette attaque inopinée avec un calme
et un sang-froid remarquables; il leur adresse, au nom
de la France, toutes ses félicitations.

« Les Dahoméens viennent d'éprouver une défaite inoubliable, et qui pèsera certainement d'un grand poids sur l'issue de la campagne.

« *Au quartier général de Dogba, le 19 septembre 1892.*

« Le Colonel Commandant supérieur des Établissements français du Bénin,

« Dodds. »

CHAPITRE VI

A travers la brousse.

Cette nuit, vers une heure du matin, nous avons été réveillés par des coups de fusil. Chacun a sauté sur ses armes, et en moins de rien tout le monde occupait son poste de combat. Mais ce n'était qu'une fausse alerte et on nous envoya presque aussitôt nous recoucher.

Les bruits répétés que les factionnaires avaient pris pour les indications d'une attaque étaient, paraît-il, produits par des singes, très nombreux dans les grands arbres des bords de l'Ouémé.

Pour empêcher de pareils malentendus de se renouveler, le Colonel, qui ne plaisante pas avec la discipline, a fait lire ce matin dans toutes les compagnies un ordre interdisant formellement de tirer, à moins d'une raison sérieuse, sous peine de quinze jours de prison et d'une nuit de garde aux avant-postes, sans armes.

Au surplus, malgré l'alerte en question, à quatre

heures nous étions tous debout, prêts à recevoir les Dahoméens s'il leur plaisait de recommencer l'attaque, comme
ils en ont l'habitude au lendemain d'une défaite.

Il semble cependant qu'ils aient renoncé cette fois à
leur tactique ordinaire. Peut-être la raclée qu'ils ont
reçue hier leur donne-t-elle à réfléchir et y regarderont-
ils à deux fois maintenant avant de se frotter de nouveau
à nos Lebel. Toujours est-il qu'ils n'ont pas reparu ce
matin.

Avant de continuer notre marche en avant, nous
allons toutefois attendre le détachement de cavalerie qui
doit rejoindre la colonne en remontant l'Ouémé dans les
chaloupes à vapeur.

Pour ne pas rester sans rien faire, le Colonel envoie à
neuf heures du matin les deux canonnières *Opale* et
Corail reconnaître le haut de l'Ouémé jusqu'au gué de
Tohoué.

A deux heures de l'après-midi, nous entendons une
canonnade enragée. Ce sont évidemment les deux canonnières que l'on attaque. Le Colonel lance à leur secours
trois compagnies, dont la mienne. Mais nous arrivons
trop tard : l'ennemi a abandonné ses positions. Les
nombreux cadavres que nous apercevons montrent que
l'affaire a été chaude.

C'est à la hauteur d'un endroit nommé *Unounmen* que
les canonnières sont tombées sous le feu de positions
parfaitement fortifiées sur la rive droite et garnies d'une
artillerie respectable, qui a fait pleuvoir sur elles une grêle
de boulets; tandis qu'une nuée de tireurs dahoméens,
embusqués sur les deux rives, ne cessaient de les accabler
de projectiles de toute sorte. L'*Opale* porte les traces de

plus de deux cent cinquante balles, et le *Corail* a reçu
à bord un obus qui a percé de part en part son tuyau
à vapeur. D'autres projectiles sont venus tomber à une
vingtaine de mètres des deux canonnières, ce qui pourrait donner à penser que les Dahoméens ne sont pas
tous de si mauvais tireurs.

Bien entendu, l'*Opale* et le *Corail*, qui avaient chacune
à bord une section de la Légion étrangère, ont vivement
riposté ; leur feu nourri, vigoureusement appuyé par les
salves des canons à tir rapide, a fait subir de grosses
pertes à l'ennemi.

Nous avons eu un certain nombre d'hommes atteints,
quelques-uns même assez grièvement ; mais pas un blessé
ne consentit à cesser de tirer et à descendre dans l'entrepont pour se laisser soigner.

Un sergent-fourrier du *Corail*, qui a pris part à l'affaire, me raconte que sans l'admirable sang-froid des
commandants des deux canonnières, M. de Tésigny
et M. Latourette, nous n'aurions pas eu facilement les
honneurs de la journée.

— Les Dahoméens, me dit-il, se sont élancés sur les
deux rives à la fois pour attaquer les canonnières. Ils
accouraient si vite que nous n'avions pas le temps de
les distinguer au milieu des flots de poussière qu'ils soulevaient et de la fumée de leurs coups de fusils. Ils ne se
sont arrêtés qu'à une quinzaine de mètres du fleuve, et
ils y ont tenu bon jusqu'à ce que notre feu fût devenu
insupportable. Alors ils ont disparu avec la même rapidité qu'ils étaient venus.

Jeudi, 29 septembre.

Cette nuit, à une heure du matin, le camp a été bombardé; mais comme les batteries dahoméennes, mal dirigées, ne nous font aucun mal, nous ne leur répondons même pas et elles finissent par se taire. Elles auraient bien mieux fait de commencer par là : au moins, nous aurions pu dormir tranquilles.

Cet après-midi, la cavalerie que nous attendions est arrivée, et demain matin nous reprenons notre marche en avant, toujours en remontant la rive gauche de l'Ouémé.

Vendredi, 30 septembre.

A quatre heures du matin, nous levons le camp. Pendant que nous marchons en colonne, les deux canonnières, l'*Opale* et le *Corail*, dont le tuyau à vapeur a été réparé à la hâte, s'avancent parallèlement à nous sur le fleuve, suivies de trois chalands et d'un grand nombre de pirogues que le Colonel s'est procurées, les unes de force, les autres à prix d'argent. Nous ne nous lassons pas de regarder curieusement ces longues embarcations, qui peuvent recevoir à la fois soixante personnes, bien qu'elles se composent uniquement d'un tronc d'arbre creusé. C'est ça qui vous donne une crâne idée de la végétation du pays.

Nos canonnières nous rendent les plus grands services. Continuellement en mouvement, elles nous servent tantôt de bouclier quand l'ennemi apparaît sur la rive droite, tantôt de forts d'appui, pour ainsi dire, quand il essaye de

nous prendre en flanc sur la rive que nous occupons.
Enfin elles encadrent et protègent contre toute attaque
les chalands qui descendent le fleuve pour transporter
les blessés et les malades à Porto-Novo, ou ceux qui le
remontent avec un chargement de provisions et de munitions.

Nous avons, à plusieurs reprises, des engagements
très meurtriers avec les ennemis. Mais les vides que nos
balles et nos boulets font dans leurs rangs ne sont guère
sensibles. On ne se doute pas du nombre de ces gens-là.
Nous avons beau ramasser le long de la route des centaines et des centaines de cadavres, et les brûler pour
les empêcher de nous empoisonner, il semble que nous
ayions toujours devant nous le même chiffre d'hommes.

Avangitomi, ou Zonou, le 1ᵉʳ octobre.

Aujourd'hui nous faisons prisonnier un Dahoméen
qui était en observation. Le Colonel l'interroge ; mais
impossible d'en rien tirer : le pauvre diable se refuse
énergiquement à donner aucune indication.

Des Spahis sont partis en reconnaissance dans l'après-
midi. Ils ont été attaqués et l'un d'eux a disparu avec ses
armes et son cheval. Espérons qu'il ne se sera pas laissé
prendre vivant. Mieux vaut cent fois la mort que de
tomber au pouvoir de ces féroces soldats de Béhanzin.

Dimanche, 2 octobre.

Nous voici enfin arrivés à l'endroit fixé par le Colonel
pour la traversée de l'Ouémé. Une fois de l'autre côté,

nous obliquerons à gauche pour marcher droit sur Abomey.

Il paraît que Béhanzin nous attend tranquillement, avec toutes ses forces, à une dizaine de kilomètres plus haut, aux environs du gué de Tohoué. Quel nez il va faire quand il s'apercevra que nous avons déjoué ses calculs et rendu ses défenses inutiles en les prenant à revers !

Nous traversons la rivière sur les chalands, protégés à droite et à gauche par les canonnières.

Cette opération, la plus difficile de l'expédition à cause de la largeur de l'Ouémé, de la force du courant, de la longueur de la colonne et de ses nombreux bagages, n'a pas duré moins de douze heures. Heureusement que nous n'avons pas été inquiétés un seul instant.

Il y a des camarades qui se demandent pourquoi le Colonel n'a pas préféré bénéficier plus longtemps des avantages du voisinage de la rivière, en continuant à cheminer le long de la rive gauche jusqu'au nord-est de la capitale du Dahomey, pour franchir l'Ouémé beaucoup plus haut et rabattre ensuite sur Abomey, en profitant des terrains peu accidentés et peu boisés qu'on rencontre dans ces régions, tandis que celles que nous allons aborder sont, paraît-il, infiniment moins praticables.

Quant à moi, mon avis est que si le Colonel juge à propos de traverser la rivière ici et de prendre le taureau par les cornes, il a ses raisons pour cela.

Aussi bien on ne peut guère avoir une opinion là-dessus, attendu que le pays où nous opérons n'a pas été exploré encore.

Le cours de l'Ouémé lui-même n'est pas mieux connu.
Nous savons seulement que sa largeur moyenne est de

Nous faisons prisonnier un Dahoméen.

deux cent cinquante mètres, et que ses rives, qui n'ont
pas plus d'un mètre de hauteur dans les régions plates

avoisinant le littoral, atteignent jusqu'à sept mètres dans la région boisée dont nous approchons, ce qui indique suffisamment quelle crue prodigieuse le fleuve subit à la saison des hautes eaux. Son courant doit être alors très rapide.

En revanche, le niveau baisse énormément dès que les pluies ont cessé, et la navigation n'est plus praticable. Au mois de novembre, il serait impossible à nos canonnières d'évoluer entre Porto-Novo et Tohoué pour venir chercher nos malades et nos blessés et assurer notre ravitaillement. Les pirogues seules pourraient encore remonter jusqu'au village de Fanvié, en luttant énergiquement contre le courant.

Quant à l'aspect de l'Ouémé, il n'est monotone qu'aux environs de son embouchure dans la lagune de Porto-Novo; dès qu'on a quitté le voisinage de cette lagune, le pays devient superbe et l'on aperçoit de nombreux villages à demi perdus dans la verdure.

Tout d'abord, jusqu'à la hauteur de Kesonou, les habitants de ces villages, au lieu de prendre la fuite en nous voyant arriver, s'étaient au contraire présentés pour nous offrir leur soumission, acclamant nos canonnières au passage, en se tapant sur la bouche, avec mille contorsions grotesques.

Mais à partir de Kesonou le désert s'était fait à notre approche. Les habitants avaient fui précipitamment, emportant tout ce qu'ils possédaient de précieux. Il est certain toutefois qu'aussitôt après la soumission ou la disparition de Béhanzin la région se repeuplera rapidement.

La fertilité du sol est inouïe et permet de faire, dans la

belle saison, les mêmes cultures que chez nous. L'air n'est pas malsain : aussi n'avons-nous eu relativement que très peu de malades dans cette partie de la campagne, bien que nous ayions couché continuellement sous la tente ou sous des abris improvisés.

Mais, hélas! depuis que nous avons quitté la rive droite de l'Ouémé pour la rive gauche, l'aspect du pays a changé complètement; aussi les conditions dans lesquelles nous avançons ne sont-elles plus du tout les mêmes.

Tant que nous avons été couverts par le fleuve, sur notre gauche, avec nos approvisionnements de tout genre assurés, notre marche en avant ressemblait à une véritable promenade militaire. Désormais nous allons cheminer forcément avec beaucoup plus de lenteur et de peine, en raison surtout des difficultés de tout genre que présente la nature du pays.

La région que nous avons à traverser maintenant avant d'arriver à la forêt proprement dite est absolument marécageuse, encombrée de hautes herbes, de joncs et autres végétations du même genre. A chaque instant, nous sommes arrêtés par des cours d'eau plus ou moins importants, dérivés soit de l'Ouémé lui-même, soit d'un de ses affluents.

Sans les ponts de pilotis légers que le détachement du génie jette sur ces nombreux cours d'eau, il nous serait matériellement impossible de faire un pas. Heureusement encore que le bois ne nous manque point. Nous avons des palmiers à discrétion et ces arbres précieux suffisent à tout. Les troncs, sciés de longueur, servent à faire les pilotis et les chapeaux: refendus à la hache, ils servent également pour les poutrelles : les côtes des feuilles, mises simplement en travers des poutrelles, forment un tablier, que l'on recouvre ensuite d'herbes et de roseaux et, par-dessus, d'une légère couche de terre.

Ainsi établis, ces ponts offrent assez de résistance pour que l'artillerie et la cavalerie puissent y passer sans accident.

Au bout de quatre jours des plus pénibles, nous arrivons enfin à la forêt proprement dite. La tâche des malheureux sapeurs du Génie devient tout à fait écrasante; nous ne pouvons plus avancer maintenant que le terrain n'ait été déblayé tout d'abord à coups de hache.

L'aspect de cette nature luxuriante, de ces arbres gigantesques, comme on n'en voit que dans les forêts équinoxiales, est d'ailleurs admirable.

M.-Preboist, aide-major, à côté de qui je me trouve marcher pendant une heure, me nomme au passage les cailcédrats, dont le bois fournit un acajou incomparable; les bentaniers, avec lesquels les indigènes fabriquent leurs longues pirogues; les rôniers, couronnés à leur sommet d'un chapiteau verdoyant; et enfin les palmiers à huile, la véritable richesse du pays, qui précisément en ce moment portent leurs lourds régimes, jaunes comme de l'or.

Des lianes folles courent d'un arbre à l'autre et forment un fouillis inextricable, d'où surgissent des fougères immenses, des champignons géants, et des orchidées aux fleurs splendides, pêle-mêle avec les herbes les plus humbles.

C'est cet impénétrable lacis végétal qu'en Afrique on appelle la brousse.

Cases sur pilotis à Afotonou (sur le lac Denham).

Malgré leur zèle et leur activité, les sapeurs du Génie ne suffisent pas à la besogne ; il faut que les Tirailleurs s'arment à leur tour de sabres d'abatis et les aident à nous ouvrir le passage. Parfois nous avons la chance de tomber sur un sentier à peu près tracé, qui court à travers les arbres et qu'il suffit d'élargir ; mais le plus souvent il faut tailler en plein fourré, scier à la base de gigantesques bentaniers pour les abattre ensuite au moyen d'une amarre lancée à la partie supérieure du tronc, couper d'énormes branches qui barrent le chemin, ou les détourner de façon qu'elles ne puissent nous incommoder.

Dans de telles conditions on comprend que nous ne devons pas avancer très vite. Ce sont les Tirailleurs et les sapeurs du Génie qui occupent maintenant la tête de la colonne, et nous ne reprenons notre marche en avant que lorsqu'ils ont déblayé le terrain.

Seul, un détachement de Spahis sénégalais les précède. Ces cavaliers, chargés du service d'éclaireurs, se glissent comme ils peuvent sous bois, à l'affût des traces de l'ennemi.

Immédiatement derrière les sapeurs du Génie c'est le Colonel lui-même qui vient avec son inséparable, le lieutenant-colonel Grégoire, commandant des troupes. Il veut en effet être averti le premier des indices recueillis, afin de pouvoir donner rapidement les ordres exigés par les circonstances.

Derrière le Colonel marche l'avant-garde, toute prête à se déployer et à ouvrir le feu au cas où l'ennemi serait signalé.

Vient ensuite la colonne proprement dite, divisée en

trois groupes de marche : le premier avec une portion de l'infanterie et la première section d'artillerie de quatre-vingts; le second comprenant la seconde section d'artillerie et le convoi, avec les porteurs indigènes et les mulets, — les ministres, comme nous les appelons, — le tout encadré à droite et à gauche par une double file serrée de fantassins appartenant à la Légion étrangère et aux Tirailleurs sénégalais; le troisième enfin avec le reste de l'infanterie et la troisième section d'artillerie.

La cavalerie, peu nombreuse d'ailleurs, est répartie sur les trois groupes, sauf le détachement d'éclaireurs chargé de prévenir les surprises.

Cette disposition d'ensemble permet aux troupes d'accepter le combat sur un point quelconque, en faisant face immédiatement à l'ennemi avec une portion importante de l'effectif.

En même temps, le convoi, placé au milieu des combattants, se trouve à l'abri de toute atteinte. Le Colonel a trop l'habitude des expéditions coloniales pour oublier que le convoi ne doit jamais cesser d'être le noyau de la formation de marche.

Sans convoi, en effet, rien de possible. C'est le convoi qui assure l'approvisionnement de munitions pour nos canons, nos fusils et nos revolvers; lui qui chaque matin pourvoit aux distributions de vivres et d'eau pour la journée; qui tient à la disposition des malades et des blessés tout ce qui est nécessaire aux premiers soins ou aux pansements provisoires; qui se charge en outre de transporter les cantines des officiers et les sacs des soldats, et nous permet ainsi de marcher plus allégrement, tout en conservant à notre portée ce qu'il nous faut pour changer de linge, de vêtements et de chaussures, suivant les besoins. Enfin c'est le magasin général, sans lequel il serait fou de songer à poursuivre un jour de plus notre marche en avant dans un pays aussi absolument dénué de ressources que celui-ci.

Aussi ne saurait-on trop le garantir contre tout danger. Les sacrifices que l'on fait pour cet objet sont largement compensés par les incalculables avantages que l'on en retire; et un chef d'expédition qui négligerait le moindre détail du convoi risquerait fort de mettre ses troupes et de se mettre lui-même dans les plus critiques situations.

En arrivant à l'étape — on ne manque jamais de choisir un terrain aussi découvert que possible — notre bivouac est installé méthodiquement, dans l'ordre de marche, le premier groupe formant la première face du carré, le second groupe les deuxième et quatrième faces, le troisième groupe formant la troisième face.

Les points faibles sont les angles du carré, attendu qu'en cas d'attaque il serait difficile de faire converger er avant de ces angles une partie suffisante des projectiles envoyés par l'infanterie. Pour parer à cet inconvénient, chacun d'eux est renforcé d'une section d'artillerie, comprenant deux pièces de canon et disposée de façon à pouvoir, à un moment donné, couvrir de mitraille tout le secteur placé devant elle. De cette façon le périmètre entier, en avant de nos parapets, se trouve parfaitement défendu, soit par l'infanterie, soit par l'artillerie.

En arrière de chacune des faces du carré, les compagnies de garde prennent position; et, par surcroît de précaution, des patrouilles d'infanterie et de cavalerie sont formées pour explorer le terrain à l'extérieur du campement, en se succédant de manière à ce qu'il n'y ait presque point d'interruption dans ce service de surveillance.

La tente du Colonel se dresse au centre même de l'enceinte ; à côté d'elle, celle du chef d'État-major.

Enfin les troupes elles-mêmes sont disposées en bivouac, par compagnies, les faisceaux formés en face de chaque fraction.

Toutes ces dispositions prises, chacun vaque aux mille détails de la vie en campagne, détails dont les plus menus ont leur importance.

Ce sont d'abord les corvées d'eau qui sortent sous la protection de détachements armés ; puis les cuisines s'installent ; les hommes vont à la distribution des vivres et du fourrage, organisée sous la direction de l'intendance. Plus loin les majors et leurs aides soignent les hommes fatigués par l'étape, pansent les plaies légères toujours assez fréquentes après les marches, et désignent les malades et les blessés dont l'état nécessite la prompte évacuation sur l'Ouémé et de là, par les canonnières, jusqu'à Porto-Novo. Ce dernier service est un de ceux auxquels le Colonel attache la plus vive sollicitude ; il veille surtout à ce que la route parcourue par la colonne soit soigneusement gardée derrière nous par des forces suffisantes pour maintenir intacte la communication avec notre ligne de ravitaillement.

Enfin la nuit arrive et, après une retraite en musique par les fifres de la Légion, la colonne s'endort d'un profond sommeil sous la protection de ses sentinelles.

Une seule tente reste éclairée très tard dans la nuit, celle du Colonel. C'est là que tous les renseignements recueillis dans la journée sont réunis et contrôlés, et que l'État-major arrête et distribue les ordres pour le lendemain.

Au petit jour, le camp est levé en moins d'une demi-heure et la colonne se remet en route.

Nous sommes obligés de coucher dans des hamacs.

Si nous n'avançons pas très vite, du moins nous avançons sûrement, sans rien laisser au hasard.

Du reste, avec une marche aussi pénible, presque continuellement troublée par des alertes, et dans d'aussi mauvaises conditions climatériques, nous ne saurions fournir de bien longues étapes.

Tantôt la chaleur est torride et, si le temps ne se rafraîchissait pas quelque peu durant la nuit, je ne sais pas comment nous pourrions résister; tantôt, au con-

traire, l'humidité du sol est telle qu'après avoir pataugé
tout le temps de l'étape nous sommes obligés de coucher
dans des hamacs suspendus à cinquante centimètres
au-dessus du sol au moyen de piquets fichés en terre,
précaution indispensable qui n'empêche pas toujours la
dysenterie de s'abattre sur nous.

Pour moi, je viens d'être pris coup sur coup de deux
violents accès de fièvre. Si je n'avais pas été soutenu
par l'ardeur générale, je crois que je serais tombé comme
une masse. J'allais devant moi, machinalement, sans me
rendre compte où je me trouvais. Le sulfate de quinine
a eu raison de cette inopportune indisposition ; aujour-
d'hui il n'y paraît plus.

En revanche, les pieds me font fréquemment souffrir,
ainsi que la plupart de mes camarades. Cela tient à la
présence dans les parages que nous traversons de milliers de petits animaux qui ressemblent au ver de
Guinée et qu'on appelle des *chiques*. Ils montent le long
de la chaussure et de la guêtre et viennent se loger sous
l'epiderme de nos jambes et de nos pieds. Et cela fait un
mal ! Heureusement les Sénégalais excellent à extirper
ces vilaines petites bêtes du logis qu'elles se sont creusé.
Combien de fois en pleine marche, souvent même au
milieu d'une affaire, j'ai vu des camarades obligés de se
déchausser pour tendre leurs pieds malades à un noir, qui
fort dextrement les débarrassait de leur indiscret loca-
taire ! Quelquefois même le pédicure improvisé poussait
la conscience jusqu'à enlever un peu de chair vive avec,
pour le cas où il resterait quelques œufs dans la plaie.

Mais ce sont là des petites misères aussitôt oubliées
que disparues. Ce qui est plus grave et ce qui entraîne de

bien autres souffrances, c'est quand une circonstance imprévue retarde l'arrivée d'un convoi de ravitaillement. Nous sommes loin aujourd'hui des jours heureux où, grâce au voisinage de l'Ouémé, nous avions le pain et la viande à discrétion, avec nos deux rations de vin par jour. Maintenant qu'au lieu de nous suivre bien commodément dans l'entrepont d'une canonnière ou d'un chaland, nos approvisionnements nous rejoignent plus ou moins régulièrement sur la tête des porteurs indigènes, il y a des jours où il faut tirer ferme sur la boucle du ceinturon. Ce qui nous soutient, c'est la présence du Colonel, qui est toujours là, prenant le premier sa part de nos privations et nous encourageant de son exemple et de ses paroles réconfortantes. En le voyant si tranquille, si sûr de son affaire et en même temps si bon enfant, nous nous serrons le ventre philosophiquement et nous ne disons plus rien.

Mais voici bien autre chose. Aujourd'hui l'eau a manqué absolument. Du jour où nous sommes entrés en pays dahoméen, nous n'avons plus rencontré sur notre route que des citernes comblées par les habitants, et nous avons été réduits, en dehors de la provision d'eau amenée par les convois, à recueillir celle des pluies, heureusement assez fréquentes; ou, quand les pluies se faisaient attendre, à filtrer les flaques boueuses que nous dénichions sous les couverts.

Or voici quarante-huit heures qu'il n'a point plu, et, par une fâcheuse rencontre, on n'a pu nous donner ce matin à la distribution que des conserves et du biscuit. C'est à devenir enragé.

On signale au Colonel, à plusieurs lieues du campe-

ment, un petit marais où nous trouverons probablement
quelque peu d'eau. Il lance un détachement de Spahis avec
des bidons. Deux heures après, le détachement revient
avec ses bidons remplis d'un liquide boueux, imbu-
vable, que nous nous préparons néanmoins à savourer
avec délices, lorsqu'un orage d'une violence inouïe éclate
tout d'un coup, et une pluie diluvienne se met à tomber.
Nous ne distinguons plus rien à vingt-cinq ou trente
mètres de nous, mais qu'importe? Cette eau bienfaisante,
qui ruisselle sur nos corps et sur nos têtes, c'est la vie;
et, loin de chercher à nous en garer, il semble que
nous n'aurons jamais assez de pores pour l'absorber.
Nous voudrions n'en pas laisser perdre une goutte. Nous
la recueillons dans tous les récipients que nous pouvons
trouver. Quand nos gamelles, nos marmites, nos bidons
sont remplis, nous utilisons nos toiles de tente, nos
vareuses, voire nos chemises. J'ai même vu (*shocking!*)
deux braves Légionnaires quitter leur pantalon, le ficeler
par le bas et en faire des espèces de sacs pour tâcher
d'emmagasiner une plus grande quantité de liquide. A la
guerre comme à la guerre, n'est-ce pas? et au Dahomey
comme au Dahomey!

C'est égal, nous nous rappellerons les cruelles journées
que nous venons de passer.

Par bonheur, souffrances et privations ne peuvent rien
sur notre entrain et notre gaîté naturelle.

Nous avons à la compagnie deux ou trois loustics qui
choisissent toujours les moments les plus critiques pour
lancer quelque énorme bourde à dérider un mort;
notamment un Parisien nommé Delcros, qui jamais ne
reste à court.

Nous nous servons de nos toiles de tente.

Il y a quelques jours, pendant que tout le monde tirait une langue effrayante, ne s'avisa-t-il pas d'imiter à s'y méprendre les coassements d'une grenouille, de sorte que nous voilà tous à chercher fiévreusement la petite mare, retraite supposée du batracien. Naturellement nous ne trouvons rien et nous revenons tout penauds.

L'instant d'après, sans plus de vergogne, Delcros se met à frapper comme un sourd sur je ne sais quel instrument de sa composition, dont le son rappelle vaguement le tintement de la sonnette classique du marchand de coco, et nous crie d'une voix fêlée : « A la fraîche ! Qui veut boire ? »

Comment se fâcher avec un gaillard de cet acabit-là ? Nous partons tous d'un éclat de rire, et personne ne pense plus à la soif qui nous étreint la gorge. C'est à qui maintenant criera le plus fort. De tous les côtés on entend des voix joyeuses qui hurlent à qui mieux mieux : « Orgeat, limonade, bière ! Des glaces ! — Garçon, un bock et pas de faux col surtout ! — etc., etc. »

Le lendemain, autre chanson : nous barbotions depuis une heure au milieu d'un marécage, où nous manquions à chaque instant de laisser nos chaussures. Tout d'un coup le fausset gouailleur de Delcros nous crie :

— Encore un petit coup de collier, les garçons ! C'est au tournant que commence le pavage en bois !

Une de ses bonnes farces encore est d'accrocher sur notre passage, contre les troncs des palmiers, ou bien au bout de piquets fichés dans le sol, des enseignes abracadabrantes qu'il parvient à fabriquer je ne sais comment : « Tramway du Haut Dahomey. Ligne de Porto-Novo à Abomey. Correspondance avec Tombouctou et les Batignolles! » — ou bien : « Moulin Rouge du Bénin-Bénin. Ce soir grande représentation extraordinaire pour les débuts de Miss Tamara Boum Da Hay, ancienne première danseuse du roi Nabuchodonosor ! »

D'autres fois il se met à nous distribuer, avec des intonations de camelot montmartrois, des prospectus fantastiques de Félix Potin, du Savon du Congo, de la Maison qui n'est pas au Coin du Quai. Ou bien il imite Coquelin Cadet, Yvette Guilbert et Sarah Bernhardt. Bref sa verve et sa fantaisie sont intarissables. Il est la joie de la compagnie et aussi son réconfort ; car, si toutes ces grosses farces paraissent bien froides à distance, elles nous remontent peut-être mieux le moral que les plus beaux discours.

Nous obtînmes également, Avrial, Nicolas Joly et moi, un certain succès en confectionnant un superbe mannequin, que nous pendîmes haut et court à une branche de bentanier, après l'avoir affublé de la défroque la plus hétéroclite et l'avoir coiffé d'un vieux salako tout dépenaillé : sur un écriteau accroché à son cou, on pouvait lire en magnifiques bâtardes : « S. M. Béhanzin, ex-roi du Dahomey. »

Mais mon véritable triomphe à moi, ce sont les chansons. Grâce à la richesse et à la variété de mon répertoire, je me suis fait une véritable réputation de chanteur populaire.

Quand le soleil pique dur, et que l'on commence à traîner la jambe, il se trouve toujours quelqu'un pour me crier :

— Allons! A toi, Blanchard! Pousse-nous-en une, et une bonne!

Alors moi, bon enfant, j'y vais de ma petite chanson. Puis, quand j'ai fini, ilfaut en chanter une autre, et ainsi de suite.

Nous pendîmes le mannequin haut et court.

Pour varier mes effets, j'ai soin de faire alterner les scies des cafés-concerts parisiens avec les refrains classiques des troupiers en marche.

Je commence par exemple avec celle-ci, qu'on a chantée de tout temps au régiment :

> J'ai deux beaux œufs dans mon panier,
> C'est Michaud qui les a dénichés.
>   Où est Michaud ?
>   Il est en haut.
>   Où est Thomas ?
>   Il est en bas.

Puis j'entonne la *Marche des Commis-Voyageurs* :

> Il existe une bande
> De francs et bons garçons.
> Que je vous recommande
> De toutes les façons.

Ou encore, les célèbres *Gardes Municipaux*, de Paulus :

> C'est nous qui sommes les gardes
>   Municipaux.
> Nous avons des cocardes
>   Sur nos shakos.

Les paroles ne signifient pas grand'chose, la musique n'est guère fameuse, et cependant l'effet n'en est pas moins immanquable. Au refrain, toute la compagnie reprend joyeusement et l'on ne s'aperçoit plus de la fatigue. Quelquefois même ce sont les chansons les plus stupides qui font le plus d'effet.

C'est égal, j'étais loin de m'attendre à la chose incroyable qui vient de m'arriver, cet après-midi.

Nous avions encore une heure à faire. La chaleur était abominable et nous mourions de soif. Nous étions tous tellement accablés que personne ne pensait même plus à me demander une chanson. Jamais l'étape ne nous avait paru si longue.

L'idée me vient d'essayer de ma recette ordinaire pour remonter le moral des camarades et, d'une voix qui a peine à sortir de ma gorge desséchée, je me mets à entonner la *Chanson du cantonnier* :

> Sur la route de Louviers,
> Sur la route de Louviers,
> Y avait un cantonnier,
> Y avait un cantonnier,
> Et qui cassait, et qui cassait
> Des tas d' cailloux, des tas d' cailloux,
> Et qui cassait des tas d' cailloux,
> Pour mett' sous l' passage des roues.
> Rou, rou, rou ! — Rou, rou, rou !

Dès la fin du premier couplet, je m'aperçois que les têtes commencent déjà à se redresser, et que les jambes semblent moins lourdes. Je continue :

> Une belle dame vint à passer,
> Une belle dame vint à passer,
> Dans un beau carrosse doré,
> Dans un beau carrosse doré,
> Et qui lui dit, et qui lui dit :
> Pauv' cantonnier, pauv' cantonnier.
> Et qui lui dit : pauv' cantonnier.
> Vous fait' un fichu métier.
> Tié ! Tié ! Tié ! — Tié ! Tié ! Tié !

Ce second couplet n'a pas moins de succès que le premier. On crie : « Bravo, Blanchard ! Encore un ! » Et moi de reprendre le troisième couplet :

> Le cantonnier lui répond,
> Le cantonnier lui répond,
> Sans faire plus de façons
> Sans faire plus de façons :
> Ah ! si j'avions ! Ah ! si j'avions
> Carross' comme vous, carross' comme vous,
> Ah ! si j'avions carross' comme vous,
> Je n' casserions pas d' cailloux.
> You, you, you ! — You, you, you !

Cette fois la compagnie reprend le refrain en chœur; notre pas s'est raffermi, nous allongeons le jarret maintenant, comme si nous n'avions pas déjà avalé nos cinq heures de marche.

J'allais passer au quatrième couplet lorsque tout à coup une voix bien connue nous crie :

— Bravo! les Marsouins! A la bonne heure, voilà qui s'appelle marcher gentiment!

C'était le Colo, avec le lieutenant-colonel Grégoire.

Je me retourne interloqué. Le Colo s'approche alors de moi et me demande mon nom :

— Blanchard Jean-Baptiste, mon Colonel.

— Merci!

Il n'ajoute plus rien et s'éloigne; mais un camarade l'entend, qui dit au lieutenant-colonel Grégoire, en s'en allant :

— Ce gaillard-là nous vaut trois clairons à lui tout seul!

Et ce soir, après la soupe, mon capitaine me fait appeler et m'annonce que le Colonel m'a nommé caporal.

Caporal! je suis caporal! Qu'on vienne dire maintenant que la musique ne mène à rien!

CHAPITRE VII

Gbédé.

A mesure que nous avançons, la résistance que nous rencontrons s'accentue. On sent que le gros de l'armée ennemie n'est pas loin.

Plus familiarisés que nous avec la brousse, à travers laquelle nous nous frayons péniblement notre chemin, les Dahoméens se glissent dans les hautes herbes jusqu'à quelques mètres de nous et nous canardent presque à bout portant sans que nous les ayions entendus venir.

Puis quand nous avons pris contact avec eux, et que tout porte à croire qu'une action importante va s'engager, nos insaisissables adversaires disparaissent subitement, avant que nous ayions pu leur infliger des pertes sérieuses. En attendant, ces alertes incessantes ne laissent pas que de nous fatiguer outre mesure.

Nous formons maintenant une série de petites colonnes, marchant parallèlement à une douzaine de

mètres les unes des autres. Quelques Tirailleurs tiennent
la tête, abattant les herbes ou les branchages devant nous
à coups de hachettes et de sabres d'abatis; mais la
brousse est tellement touffue que nos petites colonnes,
bien que rapprochées les unes des autres, se perdent de
vue. De temps en temps, les chefs de section sont
obligés de pousser des cris d'appel, pour rester en liaison
et conserver leurs intervalles.

Nous manœuvrons toute la journée d'aujourd'hui pour
essayer de déborder demain matin par sa droite le camp
de guerre des troupes régulières de Béhanzin, aux environs immédiats du village de Ghédé.

Mardi, 4 octobre.

Les Dahoméens se sont aperçus, mais trop tard, de
notre mouvement d'hier. Quoi qu'il en soit, vers huit
heures et demie, ils dessinent une attaque vigoureuse,
mais les feux de salve et les obus avec lesquels nous les
recevons jettent le désordre dans leurs rangs.

En même temps nos sections se déploient tant bien
que mal à travers les hautes herbes; elles ne tardent pas
à se souder les unes aux autres et à former une ligne
continue.

À genoux, presque couchés dans la brousse, nous
répondons à l'ennemi toujours invisible, mais dont le feu
fort heureusement passe au-dessus de nos têtes.

Nos officiers, qui restent debout suivant leur habitude, courent plus de danger. Aussi plusieurs sont-ils
atteints coup sur coup.

C'est d'abord le capitaine Bellamy, de la compagnie

d'Infanterie de Marine, qui, frappé d'une balle dans la région du cœur, chancelle et tombe mort.

Le sous-lieutenant Bosano, de la même compagnie, a les deux cuisses traversées [1].

Enfin le chef d'escadron Lasserre, commandant l'artillerie du Corps expéditionnaire, pivote tout d'un coup sur lui-même et tombe, atteint au foie par une balle.

Le commandant avait déjà été blessé à la jambe, à la prise de Takon, la première affaire de la campagne. Heureusement la balle avait été extraite presque aussitôt et M. Lasserre avait pu continuer à suivre les opérations, tantôt en se faisant porter, tantôt même en marchant malgré la plaie encore mal cicatrisée qui le forçait à boiter.

En le voyant tomber, son adjudant d'état-major, l'adjudant Schmaker, court à lui pour le secourir, mais il culbute lui-même, grièvement touché [2].

L'ordonnance du commandant, le Tirailleur sénégalais Demba, est plus heureux; il réussit à arriver jusqu'à son chef, prend dans sa poche son pansement individuel et l'applique du mieux qu'il peut sur la blessure; puis il va chercher un cadre et six Toffanis, pour l'emporter à l'ambulance du champ de bataille, à quatre cents mètres de là environ. Aux deux tiers de la route, les six Toffanis, affolés par les balles qui sifflent avec intensité, jettent le cadre sur lequel le malheureux officier est étendu et se couchent eux-mêmes à terre. Il faut que le fidèle Demba les relève à coups de crosse, et les force à repartir pour l'ambulance, où ils arrivent enfin avec leur précieux fardeau.

1. Il devait mourir quatre jours après, des suites de sa blessure.
2. Il est mort le lendemain.

Quelques minutes après, le sous-lieutenant Amelot, de la 4ᵉ compagnie de la Légion étrangère, est mortellement blessé et le lieutenant Gélas, de l'Infanterie de Marine, est tué.

Malgré ces pertes cruelles, nous soutenons vaillamment le feu contre un nombre considérable de réguliers de Béhanzin, qui se sont décidés à sortir de la brousse et s'élancent sur nous avec impétuosité. Enfin à onze heures nous faisons un dernier effort, et l'ennemi refoulé s'enfuit en désordre.

A moins de vingt-cinq mètres de nos lignes, nous ramassons plus de deux cents cadavres dahoméens, dont vingt cadavres d'amazones. Il y en a bien davantage, mais au milieu des hautes herbes il est impossible de relever tous les morts.

De notre côté, outre les trois officiers dont j'ai parlé, nous avons eu sept tués et trente blessés; parmi ces derniers un autre officier encore, le lieutenant Ferradini, de la 2ᵉ compagnie des Volontaires du Sénégal, qui a eu la mâchoire brisée et la langue coupée par une balle.

Cette fois j'ai vu de près les soldats de Béhanzin. Ce sont des hommes grands et robustes, au corps bien découplé, aux muscles saillants. Plus noirs que les habitants de la côte, ils ont l'air plus sauvage, le nez légèrement épaté, la lèvre forte, les cheveux crépus et plantés par petites touffes.

Leur torse est nu ou recouvert d'une chemisette; ils portent en outre une sorte de caleçon, avec un jupon à plis multicolores: leurs bras sont ornés de verroteries et de bracelets.

Ils combattent nu-tête, ou coiffés de chapeaux de

paille ; les chefs seuls ont des sortes de bonnets phrygiens, de diverse couleur, ou des chapeaux en peau de singe.

Ils se battent très bien, nous en savons quelque chose. Même hors de la brousse, ils se jettent sur nous avec une crânerie superbe et viennent se faire tuer à quelques pas de nos lignes. Ils résistent également à l'attaque courageusement et se reforment deux ou trois fois avant de lâcher pied définitivement.

Leur tactique est toujours la même : elle consiste à se glisser dans la brousse, en s'ouvrant un chemin à l'aide de leur coupe-coupe, à s'approcher sans bruit de nous et à nous tomber dessus en poussant des cris effroyables. La hauteur des herbes, qui atteint souvent jusqu'à trois mètres, favorise admirablement cette manœuvre. Très souples, ils excellent à rôder, à ramper, à grimper de côté et d'autre, à faire mille détours, rapidement et en silence.

C'est le matin, dès l'aube, qu'ont lieu ordinairement leurs attaques. Ils soutiennent le feu pendant au moins trois heures quel que soit d'ailleurs le nombre de leurs morts et de leurs blessés, et c'est alors seulement qu'ils abandonnent la lutte.

Dans l'affaire d'aujourd'hui, notamment, ils se sont battus avec un courage fanatique, dont on ne peut se faire une idée. Leurs faces noires, que nous voyions surgir brusquement à quelques mètres de nous, au milieu de la fumée, étaient véritablement terrifiantes.

Par bonheur, pour se garantir de toute surprise, le Colonel avait donné l'ordre d'abattre les arbres et les fourrés, qui auraient pu servir d'abri à l'ennemi et lui permettre de tirer tranquillement sur nous.

Mais ces damnés moricauds avaient imaginé autre chose. Profitant de la nuit, ils avaient creusé une série de trous espacés de quelques mètres, et au fond desquels ils se tenaient cachés tout armés, après les avoir recouverts de branches. Quand nous passions sans méfiance auprès de ces trous, il en partait des coups de fusil qui, par bonheur, nous atteignaient rarement, car ces gens-là tirent mal pour la plupart. Ou bien, du fond de leurs trous, ils nous saisissaient par la jambe au passage et nous jetaient par terre; mais un bon coup de baïonnette nous en débarrassait, en les clouant comme des rats dans leur ratière.

Ça n'empêchait pas les autres, du reste, de recommencer un peu plus loin, car les Dahoméens poussent le mépris de la mort à un point inouï. Quand ils tombent entre nos mains, il est impossible d'en rien tirer. Les menaces n'ont aucune prise sur eux. Nous ne pouvons leur arracher d'autres mots que ceux-ci : « Tuez-nous! »

Nous faisons d'ailleurs peu de prisonniers, en dehors du champ de bataille; ce sont généralement des habitants désarmés, ramassés dans les villages sur la route. Inutile d'ajouter que, sauf de rares exceptions, ces prisonniers ne sont point passés par les armes, mais expédiés tout simplement au roi Toffa.

Quant aux morts, les Dahoméens cherchent à nous les reprendre. Ils poussent l'audace jusqu'à venir les ramasser la nuit à quelques mètres de nos lignes; ils les emportent sur leurs têtes, à moins qu'ils ne les enterrent dans les trous qui leur ont servi de cachettes.

Si seulement ils pouvaient nous débarrasser de tous ces cadavres en décomposition, dont le voisinage nous

Du fond de leurs trous, ils nous saisissent par les jambes.

est des plus pénibles, ils nous rendraient un fier service. Nous avons beau les incinérer le plus vite possible, la brousse en retient toujours un certain nombre, qui infectent notre camp d'émanations putrides, en dépit même des grands vautours noirs qui suivent la colonne à distance, et se chargent pour leur part d'en réduire des quantités à l'état de squelettes.

. . . .

CHAPITRE VIII

Pincé !

. . . .

. . . .

Mardi, 11 octobre.

Je reprends, à sept jours d'intervalle, mon journal de campagne, brusquement interrompu par une aventure qui a bien failli le clore prématurément et définitivement.

Le 4, je suis tombé entre les mains des Dahoméens, et je ne m'explique pas encore aujourd'hui par quelle suite de chances extraordinaires j'ai pu m'échapper et venir réclamer mon rang dans ma compagnie, au bout de quelques jours seulement de captivité.

Mais je ferai mieux, pour qu'il n'y ait point de lacune dans mon récit, de raconter tout simplement ce qui m'est arrivé. Cela m'aidera en même temps à mettre un peu d'ordre dans mes idées, qui n'ont pas repris tout à fait encore leur assiette.

Je reviens donc de sept jours en arrière, au 4 octobre, le lendemain de l'affaire Ghédé.

Nous avions passé une partie de la journée à ramasser les nombreux cadavres dahoméens entassés dans la brousse aux alentours de notre campement. J'avais été commandé pour surveiller une équipe de Toffanis chargés de transporter toute cette chair noire jusqu'aux bûchers dressés pour l'incinérer.

Il y en avait tant et tant que le soir arriva avant que l'opération fût terminée. Nous avions beau nous hâter pour ne point nous laisser surprendre par l'obscurité, nous en découvrions toujours de nouveaux.

Enfin cette répugnante besogne approchait de sa fin, lorsqu'en enjambant une fondrière je trébuchai contre un cadavre que je n'avais point aperçu, et je fus projeté brutalement de tout mon long au milieu des herbes, en lâchant mon fusil.

Je restai étourdi sur le choc; au moment où, revenant à moi, je me disposais à me relever, je me sentis saisir tout à coup par les jambes et par les bras, pendant qu'une main énorme et gluante m'étranglait, en m'enfonçant le pouce dans la gorge jusqu'à la luette.

A moitié suffoqué, les yeux hors de l'orbite, j'essaie quand même de me débattre; mais d'autres mains s'abattent sur moi et en moins d'un instant je suis soulevé et emporté rapidement à travers la brousse.

Ils sont au moins une dizaine autour de moi, et j'ai l'impression très nette que toute résistance est désormais inutile, que je suis perdu irrémédiablement.

Ah! dame, les réflexions que je fis alors n'étaient point couleur de rose!

Dans le même instant, je vis passer devant mes yeux les visages de tous ceux qui m'étaient chers, le père, la mère, la petite Marie, mon Colonel, mes camarades d'escouade. Ma gorge se serra, mon cœur se fondit, et je m'abandonnai à une véritable crise de désespoir.

Mais cette défaillance ne dura qu'une minute ou deux.

Je trébuchai sur un cadavre.

La conscience que j'avais été capturé en faisant mon devoir me rendit presque immédiatement tout mon sang-froid, et je ne songeai plus qu'à montrer à ces sauvages comment meurt un soldat français.

Connaissant la férocité des Dahoméens, je ne pouvais avoir d'illusions sur le sort qui m'attendait. Les défaites qu'ils avaient essuyées coup sur coup et les pertes considérables qu'ils avaient subies ne pouvaient qu'avoir exaspéré leur haine contre nous, et ils saisiraient sans doute avec une joie farouche l'occasion que je leur offrais de satisfaire leur soif de sang, en vengeant leurs camarades.

Enfin après un quart d'heure environ — je n'avais pas naturellement l'esprit assez libre pour me rendre un compte exact du temps qui s'était écoulé, — les gens qui me portaient s'arrêtèrent brusquement et me jetèrent à terre.

Presque aussitôt, avant que je pusse distinguer où j'avais été transporté, j'étais entouré d'une bande de forcenés, presque entièrement nus, qui se disposaient visiblement à m'écharper en poussant des cris épouvantables.

En moins de rien je fus ligotté étroitement par des cordelettes tellement serrées qu'elles m'entraient dans la chair, me rendant tout mouvement impossible ; et mes mains gonflées semblaient prêtes à éclater. On m'enleva brutalement tous mes vêtements, ne me laissant que mon caleçon et ma chemise ; on me prit ma montre et tout ce que j'avais sur moi ; on m'arracha presque le doigt pour avoir ma bague ; on me tordit les pieds pour m'enlever mes chaussures.

Quand je n'eus plus rien qui pût exciter la convoitise de mes bourreaux, ils s'amusèrent à me tourmenter ; l'un me pinçait cruellement aux cuisses et aux bras, l'autre me serrait horriblement les côtes ; celui-ci m'arrachait les cheveux et la moustache, celui-là s'amusait à me soulever de terre et à me laisser tomber violemment.

Enfin, une amazone se pencha sur moi avec l'intention évidente de me scier le cou, pour finir mon supplice ; le

souffle empuanti de cette furie effleura ma figure et mes
yeux se fermèrent d'horreur en voyant la hideuse
expression de sa face bestiale, toute à la joie du massacre et à l'ivresse du sang.

Un grand noir posa la main sur moi.

Je croyais déjà sentir sur ma chair le froid de son
énorme couteau-rasoir, quand tout à coup un grand noir,
revêtu du pagne blanc des féticheurs, posa la main sur
moi ; aussitôt l'horrible mégère s'écarta.

Le féticheur fit un signe : deux hommes me soulevèrent
par les épaules et par les reins, et m'emportèrent rapidement au milieu de l'obscurité.

Pas un instant je ne me crus sauvé pour cela. Je pensai que, si l'on m'avait arraché à une mort immédiate et quasi secrète, c'était qu'on me réservait à un supplice plus solennel, sous les yeux de l'armée dahoméenne et de son féroce roi.

Néanmoins nous sommes ainsi faits que dans les cas les plus désespérés nous nous raccrochons aux chances les plus invraisemblables. Je sentais fort bien que je n'avais reculé que pour mieux sauter, et malgré cela je ressentais positivement une satisfaction intime à ne pas avoir été massacré sur l'heure. C'était toujours cela de gagné, n'est-ce pas?

Hélas! le moment n'était peut-être pas loin où je regretterais le couteau de l'amazone; en me tranchant le cou sans autre cérémonie, il m'aurait du moins évité les tortures épouvantables que ces bêtes féroces se plaisent à faire subir à leurs prisonniers, et dont j'avais entendu maintes fois parler au camp.

Je n'eus pas le temps, du reste, de pousser plus loin mes réflexions, car mes porteurs, après une marche relativement assez courte, s'arrêtèrent devant une case en feuilles de palmier à moitié écroulée, me déposèrent à terre sans la moindre précaution et me poussèrent si brutalement que j'allais tomber la tête la première au fond de ladite case.

CHAPITRE IX

Dans les fers.

— Bon sang de chameau! Qu'est-ce qui nous arrive encore?

Et, en même temps qu'une voix rauque et bourrue prononçait ces paroles inattendues avec le plus pur accent parisien, une bourrade vigoureuse me rejetait à quelques pas.

Complètement stupéfait, ma première idée fut que les dramatiques péripéties, par lesquelles je venais de passer successivement dans un espace de temps relativement très court, m'avaient rendu fou.

Comment imaginer en effet que j'avais réellement entendu ce juron faubourien au milieu même du camp de Béhanzin?

Il me semblait pourtant que j'avais gardé toute ma raison. Pour m'en assurer, je m'appliquai à reconstituer tous les détails de ce qui m'était arrivé depuis le moment où j'avais trébuché contre un cadavre dans la brousse jusqu'à celui où j'avais fait mon entrée peu triomphale dans cette sorte de tanière si singulièrement habitée.

J'y arrivai sans peine et je me convainquis ainsi que je n'avais nullement perdu le sens ni la mémoire. Si donc je ne pouvais pas m'expliquer par suite de quelles circonstances j'avais été accueilli d'une façon si invraisemblable, le fait même de cette réception inattendue n'en était pas moins réel.

Comment avoir le mot de l'énigme, cependant? La nuit était complètement noire et je ne distinguai absolument rien autour de moi.

En outre, les cordes qui me ligottaient me mettaient dans l'impossibilité de faire le moindre mouvement, pour essayer de me rapprocher du coin d'où était partie l'énergique exclamation.

Il me restait un moyen d'essayer d'entrer en communication avec mon mystérieux interpellateur, c'était de lui adresser directement la parole.

Mais que dire à quelqu'un dont on ne sait rien du tout, sauf qu'il existe, et encore?

Après m'être creusé la tête quelque peu, l'idée me vint de répéter tout simplement les trois mots qui avaient salué mon entrée.

— Bon sang de chameau! répétai-je à mon tour, d'abord d'une voix mal assurée, puis plus haut.

Il y eut un silence; et enfin j'entendis distinctement ces mots, qui ne m'apprenaient rien :

— Doganda! Doganda!

Une sorte de grognement, ou de ronflement, répondit à l'interpellation.

La situation se compliquait. Mais alors il y avait

deux personnes, et deux personnes comprenant le
français.

Un instant après, la voix reprit, en s'adressant à moi,
cette fois :

— Qui est là? Qui êtes-vous?

— Un Français comme vous, sans doute, répondis-je.

— Maugas, sergent-fourrier au bataillon de Tirailleurs
sénégalais, 5ᵉ compagnie. — Doganda, soldat de 2ᵉ classe
aux Volontaires du Sénégal, 1ʳᵉ compagnie. — Et vous?

— Blanchard, Jean-Baptiste, caporal à la compagnie
d'Infanterie de Marine, 1ʳᵉ escouade.

Le mystère se découvrait tout seul et l'affaire tournait
mieux que je pouvais l'espérer, puisque je trouvais deux
compagnons d'infortune là où je ne devais certes pas
m'attendre à en rencontrer.

Mais tandis que, tout à ma surprise et à ma joie, je
brûlais d'en savoir davantage, les deux camarades, soit
méfiance, soit fatigue, ne paraissaient pas d'humeur à
répondre à mes questions.

Tout ce que j'en pus tirer, ce fut ces quelques mots,
jetés comme à regret, d'une voix bourrue :

— C'est bon! assez. Demain, il fera clair, on causera.

Et là-dessus le farouche compagnon se rendormit sans
doute, car je distinguai bientôt le bruit d'une respiration lourde et embarrassée.

Quant à moi, il me fut impossible de fermer l'œil.
Les mauvais traitements que j'avais essuyés m'avaient
brisé moralement et physiquement. En même temps les
mortelles inquiétudes dont j'avais le cerveau bourrelé
me donnaient une fièvre violente.

Toutes les histoires que j'avais entendu conter sur le

Dahomey me venaient à l'esprit : les supplices atroces qu'on faisait subir aux prisonniers de guerre, les malheureux empalés au bord des routes, crucifiés à la porte du palais du Roi, enterrés jusqu'au cou avec la tête enduite de miel pour attirer les mouches et les fourmis, ou encore abandonnés à la discrétion d'une foule féroce qui s'en amusait des heures entières avant de les égorger.

Et en frissonnant jusqu'aux moelles je voyais, dans une hallucination, ma tête livide, fichée au bout d'une perche toute dégouttante de mon sang, les yeux convulsés, la bouche ouverte.

Quelle tristesse de mourir ainsi, loin des camarades, sans l'encouragement d'une main amie à serrer au dernier moment, au lieu de tomber d'une balle au front, face à l'ennemi, sous les yeux des chefs !

Enfin, après une nuit qui me parut interminable, le petit jour se leva, et une lueur blafarde commença à pénétrer dans l'intérieur de la misérable case où j'avais été jeté.

J'en profitai pour regarder les deux compagnons de misère que le sort m'avait donnés.

Dans quel état je les trouvai! Étaient-ce de pauvres diables, écrasés de fatigue et de privations, ou des cadavres qui ne devaient plus se réveiller?

A mesure que le jour montait, je voyais sortir de l'ombre leurs deux corps, abîmés l'un contre l'autre dans la posture la plus incommode.

Un mouvement que fit enfin l'un d'eux m'expliqua la raison de cette bizarre position. Les malheureux avaient les bras liés derrière le dos, et les pieds attachés aux

perches qui servaient de montants à la case. En outre,
leur cou était passé dans deux énormes colliers de fer
reliés l'un à l'autre par une lourde chaîne. Dans ces conditions, qui leur permettaient à peine de remuer, il fallait
qu'ils fussent littéralement tués de fatigue pour avoir pu
s'endormir quand même sur la terre battue qui leur servait de lit.

A peine vêtus de quelques loques sordides, ils n'avaient
plus rien qui les distinguât de leurs bourreaux, et jamais,
sous la couche de crasse qui les recouvrait, je n'aurais pu reconnaître des camarades et des compagnons
d'armes.

L'un d'eux, le sergent de Tirailleurs qui m'avait parlé
évidemment, semblait déjà d'un certain âge. Sa figure
osseuse, sillonnée de rides profondes, son teint couleur
de brique, les poils rudes de sa moustache et de ses
sourcils indiquaient quelque épave de la vie ayant roulé
d'aventure en aventure depuis de longues années.

L'autre, beaucoup plus jeune et plus vigoureux, était
un noir de taille gigantesque, comme on en pouvait juger
facilement avec le peu de vêtements qu'on lui avait laissés
sur le corps.

Tous deux, hâves, décharnés, semblaient deux spectres
plutôt que deux créatures humaines.

J'étais impatient, malgré tout, d'entendre le son de
leur voix, et mon inquiétude devenait de l'angoisse en
constatant qu'ils ne bronchaient point.

Si j'avais pu faire un mouvement moi-même, je les
aurais secoués pour les réveiller.

Enfin ils ouvrirent les yeux. Leur première impression, en m'apercevant, fut une surprise soupçonneuse.

Le noir surtout roulait de gros yeux effarés fort peu sympathiques.

Le sergent, se souvenant tout d'un coup des quelques mots que nous avions échangés la veille au soir, me demanda dans quelles circonstances j'avais été pris et amené jusqu'à la case.

Puis, sa curiosité satisfaite, il me raconta que, quant à lui, c'était bien de sa faute s'il s'était laissé pincer. Jamais il n'avait pu les prendre au sérieux, ces sauvages de Dahoméens; il était convaincu qu'on n'avait qu'à foncer dessus pour leur faire tourner les talons. Mais voilà! il avait compté sans les surprises, toujours possibles en campagne. Le 19 septembre, à l'affaire de Dogba, il s'était laissé entraîner avec une dizaine d'hommes à la poursuite d'un chef de grade élevé.

— Dans mon ardeur, continua-t-il, je ne remarquai pas que je n'étais plus suivi. Tous mes hommes s'étaient repliés sur le camp, rappelés sans doute par une sonnerie de clairon, ou un coup de sifflet que je n'avais pas entendu. Les Dahoméens, eux, s'étaient aperçus de la chose : ils se retournèrent brusquement et se ruèrent en masse sur moi. J'en assommai bon nombre avec la crosse de mon fusil; car, pour comble de malheur, je n'avais plus de cartouches; mais finalement je reçus sur la tête un coup terrible qui me jeta bas à moitié mort. Lorsque je repris connaissance, j'étais ficelé du haut en bas comme un saucisson et me voilà. — Quant à Doganda, c'est dans l'après-midi du 1er octobre, au cours d'une reconnaissance aux environs d'Avangitomi, qu'il a été fait prisonnier. Attaqués à l'improviste au milieu de la brousse par une nuée de Dahoméens, le maréchal des logis qui commandait la

reconnaissance et ses hommes avaient pu s'échapper;
mais une amazone, se glissant à travers les herbes, avait
coupé net un des jarrets de la jument de Doganda, qui
s'était abattue en entraînant son cavalier sous elle. Le
pauvre diable n'avait pas eu seulement le temps de se
dégager que déjà une vingtaine de moricauds étaient
accrochés après lui. C'est un miracle qu'il n'ait pas été
écharpé sur place, comme moi d'ailleurs. Il faut croire
que Béhanzin a préféré nous garder vivants tous les
deux comme otages, au cas où il aurait besoin d'imposer ses volontés au Colonel; à moins qu'il ne nous
tienne en réserve tout bonnement, pour nous torturer et
nous égorger dans quelque occasion solennelle, une victoire à fêter par exemple, ou bien une défaite à venger. —
Est-ce qu'on sait jamais à quoi s'en tenir avec ces gens-
là? Il est probable, en tout cas, que ce n'est point pour
notre agrément que Béhanzin nous traîne partout après
lui dans ses bagages. Notre vie dépend absolument d'un
caprice de ce sauvage, d'un moment d'ivresse, de moins
que cela peut-être; sans compter que nous pouvons également nous attendre à être massacrés par la foule, un
matin que nos gardiens auront la main forcée ou feront
semblant. — Mais bah! j'ai déjà tant roulé dans ma vie
que je ne m'étonne, ni m'émotionne plus de grand'chose
maintenant. Je me suis trouvé dans des passes plus terribles et toujours je suis retombé sur mes pattes. Peut-
être en sera-t-il de même cette fois encore.

— Et vous? dis-je au grand noir, qui continuait à me
regarder d'un air rien moins qu'aimable.

Ce fut le sergent qui me répondit.

— Oh! Doganda, tu n'as pas besoin de lui demander

son avis. D'abord il n'en a pas. Pourvu qu'on lui donne
de quoi manger de temps en temps, et qu'on le laisse
dormir le plus possible, il se fiche absolument du reste.
Je crois bien, d'ailleurs, que ça n'est pas l'imagination qui
le fatigue. Ils sont tous ainsi dans les Tirailleurs ou les
Volontaires sénégalais. C'est le pays qui veut ça. En
outre, il n'entend pas trois mots de français, et tu ne sais
probablement pas l'*ouolof*, comme ils appellent leur langage là-bas. Alors, tu vois? ce ne serait pas très commode
de vous expliquer.

Nous causions ainsi, le sergent et moi, lorsqu'un
Dahoméen, chargé sans doute de notre garde, montra
sa face grimaçante dans l'encadrement de l'entrée de la
case, et jeta au milieu de nous, sans se préoccuper
du reste que, ficelés comme nous l'étions, il nous était
impossible de faire un mouvement, une calebasse d'où
roulèrent par terre trois de ces pains grossiers de maïs
fermenté qui forment le fond de la nourriture des pauvres
diables du pays, sous le nom d'*akassas*

— Allons! dit Maugas. Je commence à croire que ce ne
sera pas encore pour aujourd'hui.

— Qu'est-ce qui ne sera pas encore pour aujourd'hui?
demandai-je.

— Eh bien, la…, le…, la fin, quoi! Sans ça ils feraient
l'économie de leurs *akassas*; c'est sûr. Ils ne sont pas gens
à perdre leurs vivres pour rien. Seulement, l'animal a
oublié de nous déficeler. Comment veut-il que nous man-
gions sa boule de son… de maïs?

— Oh! moi, dis-je, je n'ai guère faim. Mais, en
revanche, je meurs de soif. Je donnerais je ne sais quoi,
si j'avais quelque chose à donner, pour un peu d'eau.

— Attends! Je m'en vais essayer d'en demander. S'ils en ont de trop par hasard, il est possible qu'ils nous en apportent un peu.

Puis, tendant le cou autant que le permettait le collier d'esclave qui l'étranglait à demi, il cria à trois reprises, en haussant la voix :

— Si! Si! Si!

— Si! ça veut dire de l'eau en dahoméen, ajouta le sergent en me regardant. Tu vois qu'il est bon de savoir toutes les langues. Il est vrai que je n'en sais pas plus long, jusqu'à présent... Mais, il me semble que ces animaux-là nous font poser! Attends un peu que je les réveille!

Et le voilà reparti de plus belle à crier comme un sourd, bien décidé à ne pas se taire avant qu'on soit venu.

Nous faisons chorus, Doganda et moi, sans grande confiance en ce qui me concerne.

Enfin, au bout d'un bon quart d'heure, notre geôlier, impatienté sans doute par le tapage que nous faisons, réapparaît, tenant à la main une seconde calebasse remplie d'eau, qu'il nous fourre sous le nez tour à tour d'assez mauvaise grâce, pour nous faire boire à la mode dahoméenne, c'est-à-dire en tendant le cou et sans toucher des lèvres les bords de la calebasse.

L'eau est chaude et bourbeuse; mais, pour ma part, je suis dévoré par une soif si ardente que je n'y regarde pas de si près. Tout ce que je regrette c'est que, malgré l'attention que j'y apporte, mon inexpérience des usages dahoméens me force de laisser perdre une partie du précieux liquide.

Avant de nous quitter, le noir a un bon mouvement, il ramasse les *akassas* qui ont roulé hors de notre portée et il en pose un auprès de chacun de nous, puis il nous détache une main, de façon à nous permettre de porter à notre bouche les bouchées de notre maigre festin.

J'essaie de manger, mais les morceaux ne passent pas, j'ai l'estomac trop serré et cette farine de maïs, mal cuite au four et légèrement fermentée, s'attache à mon palais comme si j'essayais d'avaler une bouchée de colle de pâte. J'y renonce.

Mes deux compagnons, plus habitués que moi à cette nourriture, n'en laissent rien perdre. Doganda surtout dévore sa part jusqu'à la dernière miette, puis il me jette des regards si éloquents que je lui offre la mienne. Il la saisit au vol et l'engloutit avec une égale rapidité.

Ces deux hommes jouissent tous deux d'une force de résistance qui me confond. L'idée de la mort, — et de quelle mort! — continuellement suspendue au-dessus de leurs têtes, ne semble point les affecter le moins du monde; on croirait qu'ils trouvent la chose toute naturelle et qu'ils se disent tranquillement : il ne fallait pas nous laisser pincer. Tant pis pour nous!

Ils ne bronchent même pas une heure après, lorsque trois de nos gardes du corps entrent dans la case, et jettent par terre un collier d'esclave, avec une chaîne qui me paraît énorme.

Du reste, je ne le devine que trop, c'est à moi qu'il est destiné, ce collier. On me le boucle au cou sans le moindre ménagement, et l'on attache ma chaîne à celles de Maugas et de Doganda. Me voici désormais solidaire de mes deux compagnons, et obligé de régler chacun de

mes mouvements sur les leurs, d'autant plus que je me
trouve placé entre eux deux et que ni l'un ni l'autre ne
peut bouger si peu que ce soit, sans qu'immédiatement
j'en perçoive le contre-coup douloureux, tout le poids
de cette lourde ferraille portant sur la nuque et sur les
épaules.

A peine suis-je bouclé
et enchaîné qu'on nous
fait sortir tous les trois,
non sans avoir eu soin
de nous rattacher der-
rière le dos la main qu'on
avait détachée pour que
nous puissions manger.

Il est vrai qu'on nous
a enlevé les cordes qui
nous liaient les jambes,
pour nous permettre de
marcher; mais il n'y a
point de danger que nous
nous échappions, car
nous sommes littérale-
ment tenus en laisse cha-
cun par un homme vigou-

Nous avons l'air de bêtes qu'on mène
à l'abattoir.

reux et d'aspect féroce, au moyen d'une corde passée
dans celle qui nous attache les mains.

Nous avons l'air ainsi de bêtes qu'on mène à l'abattoir. Mais n'est-ce pas, en effet, à la mort que l'on nous
conduit? On le dirait à la joie barbare que manifeste la
foule hurlante, qui accourt de tous côtés.

A peine avons-nous fait quelques pas que noirs et

noires nous entourent en vociférant, et font claquer leurs doigts sous notre nez en manière d'insulte et de moquerie. Nous sentons leur souffle sur nos visages et leur odeur fétide nous saisit à la gorge.

Cette fois, nous n'avons plus d'illusion à garder. C'est notre dernière heure qui est arrivée. Notre seul espoir est qu'on va nous massacrer immédiatement et que nous échapperons ainsi aux horreurs de la torture.

Déjà dix mains crochues se sont abattues sur chacun de nous. C'est à qui aura sa proie, sa victime, sa part de meurtre et de sang.

Mais aux cris des hommes chargés de notre garde, qu'on a peut-être rendus responsables de ce qui pourrait nous arriver de fâcheux, des chefs, des cabécères, apparaissent et, voyant le danger imminent qui nous menace, chargent la foule à coups de chicote et nous dégagent.

Allons! ce ne sera pas encore pour cette fois. Nous en sommes quittes pour quelques bourrades, quelques coups de pied et coups de poing.

Nous avançons plus librement, aussi vite que nous le permettent les carcans qui pèsent sur nos épaules en nous déchirant le cou, et les lourdes chaînes qui nous attachent les uns aux autres.

Nous voici maintenant au milieu du camp. De tous côtés flotte le pavillon blanc de Béhanzin.

Il y a là peut-être une quinzaine de mille hommes solides, bien armés, groupés sous la direction de leurs chefs, comme des troupes européennes. On ne peut pas dire le contraire, ce sont de beaux et robustes soldats sous les pagnes bariolés qui font ressortir leurs jarrets luisants et leurs épaules puissamment musclées.

Accroupis ou debout devant les cases en feuilles de palmier et de bentanier qui leur servent de tentes, ils nous regardent passer d'un œil curieux, tout en vaquant à leurs occupations.

Puis voici les amazones, massées en ordre de chaque côté du chemin que nous suivons. Aussi solidement bâties que leurs compagnons d'armes, elles ont la même attitude correcte et disciplinée. Il y en a de jeunes, il y en a de vieilles, d'affreuses et d'autres aussi qui ne sont presque pas laides; mais l'ensemble est imposant. Il y a loin de ces guerrières au repos, d'une tenue irréprochable, aux sauvages et hideuses viragos que j'avais vues se ruer sur nos lignes à Dogba ou à Gbédé. Immobiles sous leur chemisette de guerre, le fusil ou le couteau au poing, elles n'ont pas du tout l'air d'adversaires méprisables, ni de figurantes d'Opéra-Comique.

Les amazones dépassées, nous arrivons en face d'une musique des plus étranges, dont nous entendions, depuis quelques instants déjà, les échos retentissants. Jamais orchestre de foire ne réussit à faire un pareil charivari. Figurez-vous le plus cocasse assemblage de tam-tam, de tambours composés de cylindres en bois recouverts de peau aux deux extrémités, de gourdes vides enveloppées comme d'un filet de petits ossements attachés les uns aux autres, de calebasses garnies de cauris, de trompettes en défenses d'éléphant, de clochettes de fer sur lesquelles les artistes(?) tapent comme des sourds avec une sorte de pilon également en fer.

Presque aussitôt après nous apercevons à droite, au milieu d'un carré formé par une double file d'amazones en ordre de bataille, une sorte d'estrade en terre battue, recouverte de nattes et de coussins de cuir.

Au milieu de l'estrade, un noir de taille moyenne, plutôt grand que petit, paraissant âgé d'une quarantaine d'années, est accroupi sur les coussins. L'œil méchant, le nez recourbé en bec d'aigle, le visage étroit et allongé, le teint bronzé plutôt que cuivré, le menton carré couvert d'une légère barbe, tout l'ensemble de la physionomie respire l'énergie et la férocité. Le costume, très simple, est celui des soldats : une chemisette et un pagne. La tête est couverte d'un bonnet en soie bleue.

En somme, l'aspect ne manque pas d'une certaine grandeur, et je devine sans peine que c'est en présence du roi Béhanzin qu'on nous a amenés.

Ce féroce roitelet est tranquillement occupé pour l'instant à fumer dans une longue pipe dorée. Cinq négresses, aux formes rebondies, sont assises derrière lui; l'une d'elles lui présente à chaque instant une petite calebasse où il crache; après quoi, elle lui essuie la bouche avec un linge qu'elle tient à la main. Un immense parasol en cotonnade blanche rayée de bleu garantit son auguste tête des rayons du soleil.

Agenouillés au pied de l'estrade, dans une attitude des plus respectueuses, une dizaine de noirs, des chefs sans doute, à en juger par leur âge vénérable et leur pagne de couleurs plus riches; d'autres debout de chaque côté de l'estrade, avec le pagne blanc et la queue de vache que portent ordinairement les féticheurs.

On nous fait arrêter à quelque distance, et le roi nous regarde avec une complaisance visible, sans retirer sa longue pipe de sa bouche. Quelques instants se passent,

pendant lesquels nous n'en menons pas large, comme
des gens qui se demandent à quelle sauce ils vont être
mangés.

La foule des amazones et des soldats, sans quitter ses

L'une d'elles lui présente une calebasse.

rangs, pousse des cris féroces, impatiente évidemment de
savourer le spectacle de notre supplice.

Et la musique fait rage, si l'on peut appeler ça une
musique.

Mais voici un nouvel acteur qui entre en séance. C'est

un vieillard un peu cassé par l'âge, et d'aspect imposant. Il s'approche précipitamment de l'estrade et s'age-
nouille, la tête levée vers le roi.

Celui-ci fait un signe. Le vieux noir, sans se lever,
parle d'une voix nasillarde qui vient jusqu'à nous.

Que dit-il? Naturellement, nous ne pouvons point le
deviner, mais ce doit être quelque grave nouvelle, car
une grande agitation se manifeste dans l'entourage. Les
femmes du roi disparaissent et Béhanzin, debout maintenant sous son parasol, donne ses instructions d'une voix
rapide et décidée aux chefs agenouillés au pied de l'estrade, qui se dispersent les uns après les autres dans
diverses directions.

En un instant le camp tout entier est en rumeur. On
dirait une fourmilière au milieu de laquelle un pavé
serait tombé. La place, tout à l'heure si bruyante, est
déserte. Amazones, soldats, cabécères, féticheurs et jusqu'au roi lui-même, tout a disparu.

Seuls, nous restons dans notre coin, accroupis sous
nos carcans. Nous aurait-on oubliés dans la bagarre?

Hélas! non. Nos gardiens ne sont pas loin. Ils attendaient sans doute des ordres qui ne sont point venus:
alors ils se décident à nous ramener simplement à notre
case, où ils nous rattachent consciencieusement chacun
à l'une des perches qui servent de montants au toit de
feuilles.

Sur les énergiques réclamations de Maugas et de
Doganda, appuyées par une pantomime éloquente, un
des susdits gardiens nous apporte de nouveaux *akassas*, et
une grande calebasse remplie d'une eau qui me semble
un peu plus potable que celle du matin.

Cette fois, soit que toutes ces émotions m'aient creusé, soit que je m'habitue à la situation, je mords, comme mes compagnons, dans ma boule de pâte de maïs, à laquelle je finis par trouver un petit goût aigrelet pas trop désagréable.

Tant il est vrai que tout est relatif et qu'avec un bon appétit on n'a pas besoin d'un menu bien délectable, ni d'une cuisine absolument hors ligne.

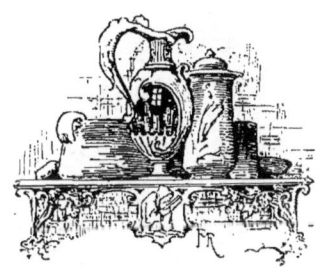

CHAPITRE X

Le camp de Béhanzin.

Pendant que Doganda, sa dernière bouchée d'*akassas* avalée, s'empresse de se rendormir comme un homme qui n'aime pas à perdre son temps, Maugas et moi nous échangeons nos impressions sur la situation.

Depuis plus d'un mois que le brave sergent de Tirailleurs est traîné à la queue de l'armée de Béhanzin, il a appris bien des choses sur le pays et sur ses habitants.

Pour le moment, il est convaincu que quelque fait des plus graves a dû survenir. Probablement les nôtres ont enlevé quelque poste important, ou bien ils s'approchent d'une ville, d'un village, d'un passage de rivière, où Béhanzin se prépare à leur opposer une résistance énergique.

C'est cela évidemment qui explique le désarroi subit dans lequel la nouvelle apportée par le vieux cabécère a plongé le camp tout entier, y compris le roi lui-même.

— Ce n'est pas encore ces moricauds qui nous mange-

ront, continue Maugas; mais néanmoins nous aurions
tort de trop les mépriser. Fort heureusement beaucoup ne
sont armés que de mauvais fusils de rebut qui viennent
on ne sait d'où, et sont entre leurs mains des armes
à peu près inoffensives ; ils les chargent avec des petites
balles en fer et les bourrent avec des herbes sèches,
aussi font-elles plus de bruit que de besogne. Il y en a
bien quelques-uns — les amazones entre autres — qui ont
des fusils à tir rapide, des Winchester, des Martini, des
Remington, voire même des Chassepot ; mais la plupart
savent à peine s'en servir. Cependant il y a quelques
bons tireurs ; on les appelle les Chasseurs d'éléphants et
ce sont eux qu'on fait monter en haut des arbres pour
mieux viser et canarder nos officiers. J'ai aperçu aussi
quelques fusils de rempart : ils se mettent à quatre pour
les porter, ou les traînent sur des affûts. Quant à leur
artillerie, ce n'est guère la peine d'en parler. Ils ont d'ailleurs une telle peur de se la laisser prendre qu'à peine
ont-ils tiré une ou deux bordées au début d'un engagement, ils se hâtent de démonter leur pièces et de les
mettre hors de portée de l'ennemi. Leur arme véritable,
l'arme nationale du Dahoméen, c'est le couteau-man-
chette. Tu le connais, ce large coutelas dont la lame n'a
pas moins de cinquante centimètres de longueur? Tu as
vu avec quelle adresse ils le manient? D'un seul coup, ils
abattent la tête d'un homme avec la même facilité qu'un
simple bambou. Jamais du reste, même en temps de paix,
on ne verrait un Dahoméen sans son couteau. Ils l'em-
ploient à toute sorte d'usages, à couper les herbes, à s'ouvrir un chemin à travers la brousse, à abattre les palmiers, voire même à creuser la terre et à construire leurs

J'ai aperçu aussi quelques fusils de rempart.

maisons. Seulement, avec nous autres cet outil-là ne leur sert pas à grand'chose, tu penses; car nous ne leur donnons jamais le temps d'approcher d'assez près pour qu'ils puissent en jouer. Au surplus, ils ne vont point au feu comme nous, en emboîtant le pas les uns derrière les autres, mais en bondissant et en faisant mille cabrioles. N'empêche que ce sont de véritables soldats, très bien entraînés. Ils sont organisés méthodiquement et formés en bataillons, voire même en compagnies, avec des officiers et des sous-officiers comme chez nous.

— De véritables soldats! Dis plutôt de véritables bandits, féroces et cruels comme des loups ou des hyènes.

— On assure pourtant qu'en temps de paix et dans les circonstances ordinaires de la vie ils sont très doux, très gais même, qu'ils s'amusent d'un rien comme des enfants, et que leurs plus grandes passions sont la danse et la musique. C'est seulement, paraît-il, lorsqu'ils ont été fanatisés par les sacrifices humains, les danses guerrières et les pratiques des féticheurs, qu'ils deviennent fous furieux. En outre, avant de les lancer au combat, on a soin de leur distribuer largement du mauvais genièvre et du tafia qui achèvent de les affoler, à ce point qu'ils ne connaissent plus rien et que même après que le feu a cessé, au lieu de s'enfuir, ils continuent à nous tirer dessus. Nous sommes obligés de les fusiller à bout portant, pour nous en débarrasser.

— Ça, c'est vrai. Je l'ai vu moi-même.

— Ils boivent aussi de l'absinthe. Leur camp est toujours jonché de bouteilles vides ou cassées.

— Mais les amazones?

— La même chose. Elles ne vont jamais au feu sans

s'être ingurgité de larges lampées d'alcool. Aussi se battent-elles comme de véritables furies, en donnant à leurs compagnons l'exemple du courage et aussi de la férocité. Leur rôle à elles est de viser l'ennemi aux jambes, puis de bondir sur les blessés et de les achever en les égorgeant. J'en ai vu une, qui n'avait certainement pas seize ans, se jeter sur un maréchal des logis d'artillerie démonté par un écart de son cheval, le poignarder et lui scier le cou. Une autre, grièvement blessée elle-même, s'était cramponnée à la jambe d'un malheureux caporal, et voulait à toute force lui couper la tête : elle y mettait un tel acharnement que, pour la forcer à lâcher prise, on dut l'assommer à coups de crosse de fusil.

— Moi, au passage de l'Ouémé, j'en ai vu une tirer presque à bout portant sur un Légionnaire, qu'elle avait pris sans doute pour un chef. Nous nous élançâmes sur elle et nous la fîmes prisonnière. Mais elle se démenait comme un beau diable et nous fûmes forcés de lui attacher les bras par derrière. Elle se débattait encore et d'un coup de dent enleva la moitié du nez d'un camarade. — « Mais tuez-la donc! » nous cria le capitaine. Les fusils s'abaissèrent. Elle nous regarda fixement et tomba morte sous les balles, sans avoir seulement sourcillé. Elle avait sur la tête, celle-là, une sorte de bonnet rouge bordé de jaune, avec une tête d'animal fantastique dessinée grossièrement et surmontée d'une paire de cornes. Je regrette même de ne pas l'avoir ramassé, ce bonnet, attendu que j'ai promis à ma fiancée de lui en rapporter un.

— Bah! l'occasion se retrouvera, si nous avons la

chance de nous tirer d'ici. Du reste ce bonnet à tête
d'animal est ce qu'elles ont de plus original dans leur
costume. Quant à leurs culottes rouges ou vertes, à leur
espèce de tunique également de couleur voyante, agré-

Une amazone.

mentée d'une écharpe de soie ou de velours, ça manque
joliment d'élégance, et surtout de fraîcheur.

— C'est comme leur visage. Moi qui me figurais, je ne
sais sur quels racontars, que ces fameuses amazones
étaient jeunes et jolies !

— Oh! là! là! Tu les as vues? A part quelques-unes

et encore, elles sont plus affreuses certainement que les Dahoméens eux-mêmes, ce qui n'est pas peu dire.

— Il est certain que, si on ne savait pas que ce sont des femmes, on ne le devinerait jamais.

— Ajoute à cela que généralement elles ont la voix abominablement rauque, une vraie voix de rogomme, ce qui n'est pas étonnant d'ailleurs avec les nombreuses libations qu'elles s'offrent avant la bataille ou après leurs danses; sans compter que, par-dessus le marché, elles fument la pipe comme de vieux troupiers.

— Mais, au fait, pourquoi les appelle-t-on des amazones?

— D'abord, personne ne leur donne ce nom-là, au Dahomey du moins. Elles n'ont évidemment rien de commun avec les belles dames qui tous les matins font leur tour du lac au Bois de Boulogne.

— D'autant plus qu'elles vont à pied.

— Par la bonne raison qu'il n'y a pas de chevaux dans le pays, — ou si peu! C'est probablement quelque voyageur qui, pour faire le savant, les aura baptisées ainsi, en souvenir des femmes guerrières des temps antiques. Quoi qu'il en soit, ces amazones, puisque amazones il y a, forment un véritable régiment, divisé en bataillons et en compagnies. Maintenant combien sont-elles? On ne sait pas, au juste. Les uns disent cinq ou six cents; les autres disent mille; d'autres davantage encore. Elles sont armées de fusils à tir rapide, de Winchester ou de Mannlicher petit modèle, sauf une compagnie qui n'a pour toute arme qu'un large couteau destiné à couper, ou plutôt à scier, le cou des blessés.

— Ah! oui, les amazones à rasoir?

— On t'en a parlé? Tâche, en tout cas, de ne pas
faire plus ample connaissance avec elles. C'est qu'elles
n'entendent guère la plaisanterie, les aimables personnes.

— On tâchera.

— En temps ordinaire, ce sont elles qui forment la
garde d'honneur chargée d'accompagner le Roi partout

Danses guerrières des amazones.

où il va. Quant à celui-ci, c'est un monsieur qui n'est
pas commode, un bandit, un bourreau, tout ce qu'on
voudra; mais n'importe, c'est un lapin. Que veux-tu? cet
homme défend sa patrie et son royaume; et il les défend
comme il peut, avec une habileté et une ténacité vraiment étonnantes chez un sauvage. Il est certainement
très intelligent et très courageux. Malgré les échecs suc-
cessifs qu'il a essuyés et les pertes énormes que nous lui

avons fait subir, il semble avoir conservé tout son ascendant sur ses soldats, et rien que cela suffirait pour montrer que ce n'est pas un homme ordinaire. Malheureusement l'orgueil, un orgueil immense, aveugle, domine tout chez lui.

— C'est cela sans doute qui l'empêche de comprendre qu'il n'est point de taille à nous résister?

— Il s'est laissé monter la tête par des conseillers ignorants et vaniteux et par ses féticheurs, qui lui ont persuadé qu'il était invulnérable derrière les forêts épaisses dont le cœur de son royaume est entouré comme d'un rempart, et qu'il n'aurait qu'à se montrer pour nous faire rentrer sous terre.

— J'ai entendu mon capitaine assurer qu'on l'avait rendu encore plus fier et plus arrogant, en le traitant avec trop d'importance lors de la convention de 1890.

— C'est vrai, et surtout en lui accordant une subvention annuelle de vingt mille francs, qu'il a eu la roublardise de faire passer aux yeux de ses sujets comme un tribut et une reconnaissance de sa suprématie. Croirais-tu que ce moricaud, qui règne sur deux cent mille moricauds comme lui tout au plus, s'offre le luxe d'une véritable cour, laquelle comprend un nombre infini de dignitaires, ou de cabécères, comme on les appelle? De drôles de dignitaires, et qui ne paient guère de mine! On dirait une troupe de manants sales et déguenillés, sauf les jours de gala, où toutes ces peaux noires se recouvrent de soieries et d'ornements en or et en argent. Il faut les voir en ces circonstances solennelles s'asseoir gravement sous d'immenses parasols bariolés, à peine moins riches de couleur que celui du roi lui-même. En tout cas ce n'est point leurs appointements qui grèvent lourdement la liste civile de leur seigneur et maître, attendu qu'en tout et pour tout le roi leur donne de temps en temps, à son bon plaisir, une douzaine d'esclaves qui ne lui ont rien coûté d'ailleurs, ou bien un champ de palmiers à huile, qu'il se réserve même de leur reprendre le jour où cela lui conviendra. C'est tous ces gens-là, ces cabécères, qui servent au roi de conseillers. Mais, du premier au dernier, ces nobles personnages n'en restent pas moins les humbles esclaves de leur aimable souverain, qui d'un simple signe peut faire tomber leur tête.

— La perspective n'est point régalante.

— Oh! dans ce pays-ci, ils ont une façon à eux de comprendre l'autorité royale. Jamais on n'a vu de monarchie plus absolue. La vie et la fortune de tous les habitants appartiennent sans restriction au roi, qui est une espèce de dieu pour ses sujets. Tu vois comme c'est simple? La façon dont Béhanzin en use avec le budget de l'État est encore plus élémentaire : il l'absorbe entièrement à lui tout seul. C'est à son bénéfice exclusivement que sont perçus les deux impôts, l'impôt ordinaire prélevé, sous le nom de la part du roi, sur l'huile de palme portée au marché ou aux factoreries; et l'impôt extraordinaire, qui n'est qu'une sorte de pillage organisé et légal, et consiste purement et simplement à prendre aux malheureux indigènes tout ce que le souverain trouve à sa convenance.

— Comment peux-tu savoir tout ça?

— Ah! voilà! J'ai eu occasion d'entendre plusieurs fois le Lieutenant-Gouverneur, M. Ballot, notamment dans une reconnaissance sur l'Ouémé où je l'ai accompagné

avec un petit détachement de Tirailleurs. En voilà un
homme qui en sait long sur le Dahomey et sur Béhanzin,
et qui n'en est pas plus fier pour ça. Il se souvient qu'il a
été, lui aussi, sous-officier et il cause avec vous comme
avec un camarade. Ce qu'il m'en a raconté d'histoires
sur le roi, ses cabécères et ses féticheurs!

— Ses féticheurs?

— Oui, ces grands noirs en pagne blanc, que nous avons
vus debout derrière l'estrade de Béhanzin. Ce sont les
prêtres du fétichisme, une drôle de religion, qui consiste
à adorer un tas de bibelots censés représenter des esprits
bienveillants ou malveillants, et à les invoquer pour
obtenir leur protection ou conjurer leur colère. Le plus
souvent ces fétiches, comme ils les appellent, sont des
statuettes en bois grossièrement fabriquées à coups de
hache et peinturlurées de couleurs voyantes. Mais tu
as dû en voir à Porto-Novo, ou dans les villages que nous
avons rencontrés sur notre passage?

— Oui, au fait. Je me souviens notamment d'un
affreux bonhomme de bois, haut comme ma botte, avec
une tête horrible et un buste assez long sur de toutes
petites jambes très mal équarries; il était installé au
milieu d'une petite estrade en bambous, abritée par un
toit de paille.

— Eh bien! croirais-tu que ces ridicules fétiches n'en
exercent pas moins une influence extraordinaire sur tous
les Dahoméens, petits ou grands? Ils montent la garde
auprès, les emportent avec eux dans leurs voyages, et leur
offrent à propos de tout et à propos de rien sacrifices sur
sacrifices. Ils ne se contentent même pas de ces horribles
et grimaçantes caricatures. Pour eux, tout objet inanimé,

tout animal vivant peut devenir fétiche; tout leur est
bon pour incarner soi-disant une âme bonne ou mauvaise, favorable ou redoutable. Fétiches les canons, les
baïonnettes, les armes européennes de toute espèce, qu'ils
ont reçues de droite et de gauche; féti-
ches certains vases ou pots de terre
d'une forme particulière, et un tas d'objets fabriqués par leurs serruriers ou
leurs charrons. Fétiches encore presque
tous les grands arbres. Fétiches certains serpents, les caïmans, les léo-
pards, les chiens, les singes et je ne sais
combien d'autres animaux.

— Mais voyons, voyons! Tu m'as dit
que les Dahoméens étaient intelligents.
Comment se fait-il qu'ils coupent dans
toutes ces balançoires-là?

— Cela tient à ce que leurs prêtres
sont très forts. Ils forment une vaste
association religieuse, une véritable
armée, dispersée dans les villes et dans
les villages, et dont le chef — le grand
féticheur — réside à Abomey. Lorsque
la guerre est décidée et que l'armée se
prépare à entrer en campagne, c'est ce

Fétiches.

personnage redoutable qui a la charge d'apaiser les fétiches défavorables et d'obtenir d'eux qu'ils ne contrarient
point les opérations militaires. Quant aux simples féticheurs, ils accompagnent les combattants et les entraînent au feu, leur queue de vache dans la main droite,
une sonnette dans la gauche. Ils pratiquent aussi la méde-

cine avec des simples qui réussissent très bien parfois dans les maladies apparentes et guérissent rapidement les blessures à l'arme blanche.

— Ah! par exemple, je les défie bien de guérir celles que fait le fusil Lebel.

— Ils ont encore d'autres cordes à leur arc. Ils font un petit commerce de poisons à l'usage des gens sans scrupules qui ont quelque vengeance à exercer, ils tirent les horoscopes et lisent l'avenir dans les entrailles fumantes des cabris et des poules, voire dans celles des victimes humaines quand il s'agit de l'avenir du roi.

— Alors c'est vrai ces histoires de sacrifices humains?

— Si c'est vrai! Sans parler de ceux que l'on offre, dans certaines circonstances, au fétiche le plus en renom, Ekba, le dieu du mal, afin de détourner ses maléfices, il y a les fêtes des Grandes Coutumes, où le sang des prisonniers de guerre coule à flots. C'est le roi qui donne le signal du massacre et abat la tête de la première victime; puis les féticheurs continuent la sanglante besogne avec des couteaux à lame d'argent, de cuivre ou de fer, suivant le rang qu'ils occupent dans la hiérarchie de l'association. Les femmes elles-mêmes ne dédaignent point de mettre la main à la pâte; car, à côté des féticheurs, il y a les féticheuses, comme à côté des soldats il y a les amazones. Ces féticheuses se livrent en outre à une foule de pratiques occultes ou mystérieuses, prédisent la bonne aventure aux jeunes filles à marier comme chez nous les tireuses de cartes, pratiquent à l'occasion la médecine des femmes et fournissent à juste prix des poisons variés aux personnes sensibles qui ont à se plaindre gravement de leurs amoureux. Leur costume ne diffère presque point

de celui des autres femmes, sauf qu'elles ornent leurs
bras et leurs jambes de bracelets en petits cauris blancs.

— Ne crois-tu pas que toutes ces histoires de féticheurs et de féticheuses, c'est bel et bon; mais que, pour
expliquer la résistance
acharnée des troupes de
Béhanzin, il n'est pas
plus simple de supposer
qu'elles sont organisées
et conduites par des
officiers et des sous-
officiers européens, al-
lemands surtout?

D'un coup de revolver j'abattis un Dahoméen.

— C'est absolument certain. On a la preuve au quartier
général, par les rapports des espions et des prisonniers,
qu'il y a au camp dahoméen plusieurs centaines d'Européens, déserteurs anglais de Sierra-Leone, portugais
de Ouidah, ou allemands du Togoland, et que ce sont
eux notamment qui ont dirigé la construction des retran-

chements fortifiés que nous avons rencontrés devant nous.

— On m'a dit aussi que ce sont les Allemands qui ont fourni à Béhanzin les fusils à tir rapide, les canons et les mitrailleuses dont il semble assez bien pourvu.

— La meilleure preuve, c'est qu'à Dogba, moi qui te parle j'ai abattu d'un coup de revolver un grand diable de Dahoméen qui me mettait en joue, et qu'en ramassant son fusil j'ai reconnu — tu ne devinerais jamais? — mon propre Chassepot, que j'avais dû rendre aux Prussiens en 1870, après la capitulation de Metz. Impossible de m'y tromper; la crosse portait encore mon ancien numéro matricule 11,394, et des marques particulières que j'y avais faites moi-même avec la pointe de mon couteau. Ce n'était pas d'ailleurs le premier fusil à tir rapide, ni même le premier Chassepot, que j'avais trouvé dans les herbes après l'action. Je me souviens parfaitement d'avoir vu des Winchester, des Snyder, des Mauser, des Remington et des Dreyse. Je me rappelle surtout un fusil allemand à répétition et de petit calibre, que j'ai ramassé avec ses cartouches sur le cadavre d'une amazone; il était à peu près identique au fusil adopté actuellement en Allemagne et avait le canon bruni avec la marque de fabrique : *Loëve-Berlin*. Quant aux cartouches, elles étaient à balle enveloppée d'une chape d'acier et ressemblaient, pour la forme et la grosseur, à celles de notre fusil Lebel; l'étui seulement était un peu plus long, et avait un étranglement à la base. Que de fois, en outre, depuis que je me traîne, ou plutôt qu'on me traîne, à la queue de l'armée de Béhanzin, j'ai aperçu, abandonnés sur la route, des tonneaux de poudre, vides bien entendu, sur le couvercle desquels était écrit *Klein-Popo*, ce qui veut dire, en allemand : Petit Popo !

— Hein ! Ces Allemands ! Pas fâchés de placer leur marchandise, tout en essayant de nous faire le plus de mal possible !

— Que veux-tu ? Les affaires sont les affaires.

— C'est égal. Avoue qu'ils sont ravis, tout en écoulant leurs rossignols, de nous jeter des bâtons dans les roues, avec l'espoir de voir échouer notre expédition. Aussi qu'il me tombe jamais un de ces citoyens-là sous la main, et je te promets que je ne me ferai aucun scrupule de lui régler proprement son compte.

— Tu as raison. Je comprends, à la rigueur, que nous gardions quelque pitié pour ces noirs qui, après tout, défendent leur pays ; mais quant à ménager les Allemands qui les arment et qui les mènent contre nous, ce serait pis que de la naïveté !

CHAPITRE XI

L'évasion.

— Et alors, Maugas, tu ne penses jamais à...

— A quoi, conscrit?

— Eh bien! mais, à tâcher de filer pour rejoindre les camarades. C'est bigrement dur de penser que là-bas on marche, on avance, on se bat, pendant que nous sommes couchés ici comme des veaux à l'abattoir, la chaîne et le collier de fer au cou.

— C'est bon! c'est bon! ne crie pas si fort. Est-ce que tu te figures que je n'en ai pas assez, moi aussi, de cette existence inutile et stupide, à la merci d'un caprice de ce roi ivrogne et sanguinaire, ou d'une colère de ses soldats, de ses amazones, de ses féticheurs et d'un tas d'autres gens? Non, positivement, ce n'est pas drôle de se dire chaque matin en se réveillant : est-ce aujourd'hui qu'on va venir me chercher, pour me couper la tête en grande cérémonie, ou pour me faire subir une série de tortures abominables, avant de m'empaler ou de m'enterrer vivant? Mourir pour mourir, autant risquer le paquet, n'est-ce pas? Il n'y avait pas dix minutes que j'étais pincé, que je me jurais à moi-même de me tirer des vilaines pattes de ces singes-là, ou d'y laisser ma peau. Malheureusement les mâtins ouvrent l'œil.

— Et Doganda? fis-je, en montrant le grand noir, en train de ronfler comme il faisait d'ordinaire quand il ne mangeait pas.

— Doganda? Ne t'en inquiète pas. Il fera ce que je lui dirai de faire, le moment venu. Il n'est pas bavard, et pour cause. Mais si tu voyais quelle poigne! Jamais ils ne l'auraient pris, s'ils ne s'étaient pas mis au moins une dizaine après lui. Rien qu'avec ses poings, s'il n'avait point les bras liés, il assommerait parfaitement nos quatre gardiens. Peut-être même serait-il de force à briser nos chaînes.

— Eh bien, oui, il faudrait d'abord trouver moyen de nous débarrasser de ces maudites cordes qui nous paralysent bras et jambes. As-tu une combinaison, un plan?

— Oh! moi, les plans, ça n'est pas mon fort. Quand je me sauverai? Comment je me sauverai? je n'en sais rien du tout. Ça dépendra. Tout ce que je peux te dire, c'est que je ne moisirai pas longtemps ici. Ça non!

— Mais si l'occasion ne se présente pas?

— Si l'occasion ne se présente pas? Eh bien, alors, nous verrons. Mais où veux-tu en venir? Est-ce que tu as un moyen, toi?

— Pas encore. Mais je suis décidé également à tout risquer, à tout braver pour m'échapper. Et, puisque nous sommes d'accord sur ce point, il ne nous reste plus qu'à essayer de trouver quelque chose.

— C'est dit. Seulement écoute, conscrit : tu as plus de
nez que moi. Je ne suis qu'une vieille bête, pas fichue
d'avoir une idée dans le coco. Et pourtant ce serait le
moment, ou jamais, d'en avoir. Charge-toi de tout, veux-
tu? et quand tu me diras : allons-y! on marchera.

— Soit! Eh bien! voyons. Avant tout, il faudrait nous
procurer un couteau comme ceux de nos gardiens, pour
nous déficeler les bras et les jambes.

— Oui, mais comment?

— Bah! on s'arrangera. Ils doivent être souvent gris,
ces moricauds. Si on pouvait profiter de la circonstance
pour subtiliser un de leurs outils? Le diable serait de le
dissimuler, une fois qu'on l'aurait.

— Oh! ça, ça peut se faire.

— Alors le reste va tout seul. Nous arriverons bien
à couper nos cordes. Les mains une fois libres, nous
nous précipitons sur nos gardiens. S'ils ne sont que
quatre, comme ce matin, ce ne sera pas une affaire. Puis
nous nous jetons dans la brousse et nous filons le plus
vite possible. Ça sera dur avec ces sacrés colliers et ces
maudites chaînes; mais enfin nous ne devons pas être
loin de la colonne et nous finirons bien par la rejoindre.

— Il me semble que j'y suis déjà.

— Quand penses-tu qu'on vienne nous tirer d'ici?

— Pas avant demain matin probablement. C'est le
matin qu'on nous emmène devant le roi, pour lui rappeler que nous sommes toujours à sa disposition si le
moment lui semblait venu de nous envoyer *ad patres*, ou
simplement peut-être pour lui donner la satisfaction de
nous contempler.

— Eh bien, attendons.

Mais nous n'avons pas longtemps à attendre. A peine nous sommes-nous concertés, Maugas et moi, que deux noirs entrent dans la case et nous détachent en nous faisant signe de sortir avec eux. Une fois dehors, d'autres noirs s'attellent, ou plutôt nous attellent, aux cordes qu'ils tiennent en main, et dont l'autre bout rejoint celles qui nous lient les bras derrière le dos. Précaution bien superflue, avec les chaînes et les colliers qui entravent le moindre de nos mouvements !

Le jour baisse rapidement et dans l'obscurité nous ne pouvons deviner où l'on nous emmène.

Il nous semble pourtant que le camp est complètement abandonné. Nous entendons devant nous, à quelque distance, le bruit d'une grande foule en marche : quelques ombres nous rattrapent en se hâtant et nous dépassent. Creusé par le passage des piétons et des quelques pièces d'artillerie de Béhanzin, le sol où nous marchons les uns derrière les autres est transformé en un ruisseau boueux, dans lequel nous barbotons à qui mieux mieux.

Évidemment Béhanzin a levé le camp pour essayer de surprendre le Colonel au petit jour, suivant sa tactique ordinaire, et il nous traîne à la queue de son armée.

Nous n'avons que quatre noirs pour nous conduire, comme nous le pensions ; mais ils ne paraissent pas d'humeur pitoyable, et tirent brutalement sur nos cordes pour nous forcer à hâter le pas.

A plusieurs reprises, nous manquons de tomber en nous heurtant à des corps couchés en travers du chemin, des hommes blessés sans doute, ou trop ivres pour suivre les autres.

Tout d'un coup, Maugas, qui marche le premier, trébuche et roule sur le sol, nous entraînant dans sa chute, Doganda et moi, non sans nous déchirer cruellement la nuque.

Pendant que je cherche à me relever, Maugas se rapproche et me dit à voix basse :

— J'ai l'outil. Laisse-moi faire. Gagnons seulement quelques secondes, le temps de couper nos cordes.

Doganda a-t-il compris, de son côté? Pendant que nos gardiens nous frappent au hasard à coups de pied et de crosses de fusil, nous nous tordons à terre dans des contorsions fantastiques, comme des gens embarrassés par leurs liens et leurs chaînes. Au milieu de ces contorsions, je roule sur un corps; c'est celui contre lequel Maugas s'est laissé tomber volontairement, et qu'il a dépouillé de son couteau.

Avant que dans l'obscurité nos quatre noirs se soient aperçus de rien, il est parvenu à couper les cordes de ses mains et nous délivre à notre tour.

— Vite! aux jambes! nous crie-t-il.

Nous saisissons brusquement chacun notre noir par une jambe, nous les culbutons, et nous les assommons à coups de poing, car Maugas seul est armé.

Heureusement, d'ailleurs; en effet le quatrième Dahoméen se jette sur lui et laboure ses reins et sa poitrine de coups de couteau. Mais alors Doganda, dans un violent soubresaut, réussit à empoigner le noir par son pagne, l'attire et l'étrangle net, en lui faisant de ses deux mains puissantes un collier plus dur encore que les nôtres.

Tout cela s'est passé en quelques minutes au plus. Nous voilà libres, libres de nos gardiens tout au moins; car nos chaînes et nos carcans nous maintiennent liés les uns aux autres, ce qui va gêner singulièrement notre fuite.

— Et maintenant filons !

Bien que l'obscurité nous protège, nous jugeons prudent de nous jeter de côté, hors du chemin qu'a suivi l'armée dahoméenne, de peur qu'un groupe de retardataires ne nous recueille au passage. Malheureusement, obligés de régler les uns sur les autres chacun de nos mouvements, nous ne pouvons pas marcher très vite, encore que nous nous servions comme de cannes des fusils de nos gardiens, que nous avons eu la précaution de ramasser avant de nous mettre en route. Ah! si nous pouvions seulement nous délivrer de nos chaînes et de nos colliers, comme nous nous sommes débarrassés des cordes qui liaient nos mains! Mais le temps nous presse. Avant tout, il faut mettre le plus de distance possible entre l'ennemi et nous; car il s'agit de ne pas nous laisser reprendre.

Le chemin est des plus difficiles. Nous marchons à tâtons dans l'obscurité, au risque de nous rompre le cou à tout instant. Tantôt nous nous empêtrons dans de grosses racines qui émergent du sol, tantôt nous roulons les uns sur les autres dans des fondrières à moitié remplies d'eau.

Malgré tout nous avançons, jusqu'à ce que, brisés de fatigue, les pieds en sang, nous nous laissons tomber sous un bentanier gigantesque . Instinctivement nous nous rapprochons les uns des autres et, nos trois corps collés les uns contre les autres, nous nous abîmons presque aussitôt dans un lourd sommeil, où nous oublions les heures tragiques que nous venons de traverser et les dangers terribles qui nous attendent encore.

Combien de temps demeurons-nous ainsi? Je ne sais.
Au petit jour, je suis réveillé brusquement par des coups
de feu tirés à une certaine distance.

Ma première sensation, en ouvrant les yeux, est une
grande sensation de froid. La rosée du matin nous a
trempés jusqu'aux os, à peine couverts que nous sommes

Doganda l'attira à lui et l'étrangla vif.

d'une chemise et d'un caleçon en lambeaux, la tête et
les pieds nus. Si nous ne nous étions pas réchauffés réci-
proquement en nous serrant les uns contre les autres,
nous eussions été gelés sur place.

Avant même de réveiller mes deux compagnons, je
prête l'oreille pour me rendre compte de la situation.
La bataille s'est engagée rapidement; je distingue les
coups de fusil isolés, irréguliers, de l'ennemi, les feux

de salve de nos Lebel, puis la grosse voix des canons qui domine tout le reste.

Nous sommes assez loin pour ne point courir le danger immédiat d'être surpris par quelque bande dahoméenne; néanmoins il me semble prudent de gagner encore un peu de terrain. Si Béhanzin est battu, comme je l'espère, il peut être poursuivi dans la direction où nous nous trouvons, et alors gare à nous!

Je secoue énergiquement mes deux compagnons. Doganda se réveille le premier, en se dressant si brusquement sur son séant qu'il m'arrache horriblement le cou avec mon maudit collier.

Quant à Maugas, il ne répond d'abord que par des plaintes sourdes et des mots inarticulés; puis il ouvre les yeux, nous regarde, essaie de se lever et retombe en portant vivement la main à ses reins.

Nous nous apercevons alors que les coups de couteau qu'il a reçus la veille au soir au moment le plus critique de notre évasion ont occasionné une hémorragie abondante; son sang s'est coagulé et lui fait une véritable ceinture rouge. Au premier mouvement qu'il a essayé pour se redresser, ses blessures se sont rouvertes.

Comprenant que ce sont ses forces et sa vie même qui s'en vont ainsi avec son sang, nous tamponnons ses plaies de notre mieux, avec des lambeaux de nos chemises, à défaut d'autre linge. Mais ce qu'il nous faudrait c'est de l'eau, et nous avons beau chercher des yeux autour de nous, nous n'en apercevons pas la moindre trace.

Pendant que Maugas prend encore un peu de repos, Doganda essaie de forcer la serrure des abominables carcans tout rouges de sang rouillé, qui nous étranglent et pèsent si cruellement sur nos épaules; mais il ne réussit qu'à ébrécher la pointe de notre couteau-man-chette.

Nous voilà réduits à y renoncer et à reprendre notre calvaire, chargés de cette odieuse ferraille. Avec une énergie surhumaine, le pauvre sergent déclare qu'il se sent maintenant de force à repartir.

Nous nous remettons donc en marche, non sans effort. Nos jambes, ankylosées par la fatigue et l'humidité, nous refusent le service. Nos pieds, meurtris et gonflés, nous font pousser des gémissements de douleur chaque fois qu'ils se posent à terre; heureusement, au bout d'un peu de temps, ils finissent par s'échauffer et nous pouvons avancer.

Nous sommes en pleine brousse; à chaque instant des obstacles naturels nous obligent à nous baisser sous les branches qui barrent le passage, ou à enjamber une fondrière, ce qui double notre fatigue.

Enfin, après nous être traînés dans ces conditions pitoyables environ une heure, qui nous a semblé un siècle, le chemin s'améliore, nous sortons du fourré et nous sentons sous nos pas un sol relativement doux.

Autour de nous, ce ne sont maintenant que palmiers et bentaniers gigantesques! Quels beaux arbres! Quelle végétation luxuriante!

Sans cesser tout à fait, le bruit des coups de fusil et du canon diminue et s'éloigne. Nous essayons de nous diriger de façon à tomber sur les derrières de la colonne expéditionnaire, en gagnant la zone où le voisinage de nos camarades tient les rôdeurs dahoméens à distance.

Mais, bientôt, nous sommes obligés de nous reposer

pour reprendre haleine. Maugas surtout, que ses blessures épuisent, n'en peut plus; il ne tient debout que par des prodiges d'énergie et de volonté.

Pendant cette halte, je propose au pauvre sergent d'essayer d'abréger notre supplice en coupant droit devant nous, et, au lieu de chercher à gagner le camp lui-même, de tâcher de rejoindre la ligne de ravitaillement, que le Colonel a soin de laisser toujours couverte et défendue derrière lui. Nous aurons ainsi la chance d'être secourus plus tôt par un des petits postes de soutien échelonnés le long de la route. Rien ne nous sera plus facile ensuite que de rallier la colonne.

Maugas convient que j'ai raison et nous décidons d'obliquer un peu sur la gauche.

Nous repartons peu après par un chemin caillouteux, qui nous déchire cruellement les pieds. Heureusement, la nature du terrain ne tarde pas à changer, ainsi que sa couleur qui, de jaune, devient vaseuse. Nous descendons dans une dépression, nous trouvons des herbes et des joncs; nous annonceraient-ils de l'eau?

La voilà! Au fond de la dépression, sous de grands arbres formant comme un berceau de verdure, nous apercevons un petit lac, évidemment formé pendant la saison des pluies. L'eau est si limpide que nous distinguons le fond de sable à cinquante ou soixante centimètres de profondeur.

Nous nous plongeons avec délices dans cette eau fraîche et je lave soigneusement les blessures de Maugas. Mais je m'aperçois alors qu'elles sont beaucoup plus profondes que je ne pensais. Mon pauvre compagnon a perdu énormément de sang, et il lui faut vraiment un courage

surhumain pour tenir encore debout sous l'écrasant fardeau que nous portons. Je me demande avec terreur s'il
aura jamais la force de marcher jusqu'à ce qu'on puisse
le panser sérieusement, c'est-à-dire jusqu'à ce que nous
ayions atteint la ligne de ravitaillement. Quant à moi,

Je lave soigneusement les blessures de Maugas.

tout ce que je peux faire, c'est de laver les lambeaux de
linge sanglants dont je me sers comme de bandages et de
les lui assujettir étroitement autour du corps pour tâcher
d'arrêter le sang qui coule encore de ses blessures. Ah! si
j'avais seulement le pansement individuel, que les Dahoméens m'ont pris avec tout le reste!

Après le bain, suivi d'une courte sieste, nous repar-

tons. Mais le ciel se couvre soudain et une pluie torrentielle nous oblige à chercher un refuge dans une mauvaise
case en paille tressée toute démolie, que nous sommes
encore bien aises de rencontrer sur notre passage. Nous
y attendons que le temps se rassérène, puis en route de
nouveau.

Nous arrivons bientôt sur les bords d'un torrent, qui
barre complètement le chemin et dont les deux rives
taillées à pic indiquent suffisamment qu'il doit rouler
furieusement dans la saison des pluies; pour le moment
ce torrent, un bras de l'Ouémé sans doute, n'est qu'un
modeste cours d'eau, d'un accès assez difficile.

Nous ne songeons pas à le traverser, au reste; d'après
nos calculs, en le longeant à droite, nous ne pouvons
manquer de rejoindre la route suivie par nos camarades.

Mais bientôt nous ne pouvons plus avancer. De nouveau nous sommes à bout de forces, d'autant plus que
la faim se fait cruellement sentir et achève de nous
épuiser. Incapables de marcher davantage, nous nous
traînons péniblement jusqu'à une petite élévation de
terrain, abritée par des broussailles, où nous tombons
anéantis. Doganda lui-même, malgré sa vigueur excep-
tionnelle, est complètement démoralisé; son appétit formidable le fait souffrir énormément, car il n'a absolument rien pris depuis les *akassas* de la veille, nous non
pus d'ailleurs.

C'est dans cette situation lamentable que la nuit nous
surprend; elle est la bienvenue quand même; au moins,
pendant que nous dormons, nous ne souffrons point.

Quelques heures plus tard, je suis réveillé en sursaut
par une violente secousse qui me déchire le cou horrible-

ment. C'est Maugas qui se débat et tire sur la chaîne de
son collier. Le malheureux, pris d'une fièvre violente,
délire et se démène comme un diable; j'ai toutes les
peines du monde à l'empêcher d'arracher les linges qui,
tant bien que mal, arrêtent le sang de ses blessures.

Enfin, au bout d'un temps qui me paraît bien long, le
pauvre sergent se calme un peu; mais sa respiration
devient sifflante et sa poitrine se soulève de plus en plus
difficilement. Il m'appelle, et d'une voix rauque, toute
changée, il me dit :

— Cette fois, conscrit, ça y est. Je m'en vais.

Et, comme je lui réponds qu'il est fou, que nous allons
arriver, qu'avant quelques heures nous aurons rejoint
les camarades, et qu'alors il sera pansé, qu'il ne man-
quera plus de rien :

— Va toujours. Je connais mon affaire. Tu rejoindras
les camarades sans moi. Jamais je n'aurai la force de me
traîner dix mètres de plus. Et ce n'est pas vous deux
qui me porterez, n'est-ce pas?

— Pourquoi pas? Doganda est fort comme un Hercule
et moi-même, quand je serai bien reposé, tu verras... A
nous deux, nous pourrons parfaitement te porter autant
qu'il le faudra. Du reste, nous n'avons plus qu'un bout
de chemin à faire.

— Blagueur de conscrit! Enfin c'est tout de même
gentil à toi d'essayer de me mettre dedans. Seulement,
tu comprends, je suis un trop vieux renard pour y couper.
Ce qui me console presque de m'en aller, c'est que du
moins je m'en vais libre, au grand air, entre deux camarades, au lieu d'avoir le cou coupé là-bas, loin des amis.

— Et moi je te dis que ça serait trop bête de s'être

donné tant de mal pour échapper aux griffes de ces sauvages, et de mourir ici stupidement, au moment où nous n'avons plus qu'une heure de patience, moins encore peut-être, pour être sauvés.

— Tu ne sais pas ce que tu ferais, si tu étais un bon garçon? continue Maugas, sans me répondre. Au lieu de me laisser agoniser ici, ou d'essayer de me traîner avec vous, ce qui pourrait vous empêcher de vous sauver vous-mêmes, sans me sauver pour cela, tu me retirerais mes bandages; ce qui me reste de sang sous la peau s'écoulerait tout doucement, et je m'en irais tranquillement, presque sans souffrir.

— Tais-toi, Maugas, tais-toi!

— Comme ça, vous gagnerez toujours quelques heures. Parce que, tu comprends, une fois que je serai parti, tu me détaches le cou bien proprement...

Et, en disant cela, le malheureux se passe la main sous son menton, avec le geste de quelqu'un qui se tranche la tête.

Un tremblement me saisit tout entier, et je m'écrie, avec indignation :

— Jamais de la vie! Tu entends? Jamais! Jamais! Quoi qu'il arrive, nous ne t'abandonnerons pas.

— Bah! Une heure plus tôt, une heure plus tard, c'est *kif-kif*. Es-tu entêté! Puisque je te dis que ça m'est égal, que ça me fait même plaisir de penser que ma mort vous débarrassera! Du reste, si tu ne veux pas, je demanderai à Doganda, et lui, du moins, il ne refusera pas. Allons! c'est dit? Tiens, voilà l'outil; prends-le.

Pour gagner un peu de temps, je prends le couteau, comme si je consentais à ce que veut le malheureux.

— Donne-moi encore une heure, lui dis-je. Si dans
une heure tu es toujours dans les mêmes dispositions,
eh bien! nous verrons.

Un peu calmé, Maugas paraît s'assoupir; puis, presque
aussitôt, le délire le reprend pour ne plus le quitter. Dans
un sens, j'aime presque autant cela, puisque du moins
je suis ainsi empêché de tenir ma promesse; mais, d'autre
part, les soubresauts presque incessants du moribond me
torturent d'une façon abominable, en tirant sur le carcan
qui me déchire le cou.

Enfin au petit jour les soubresauts cessent brusquement, Maugas pousse un profond soupir, se tord dans une
dernière convulsion, puis demeure raide. Il avait raison
de dire que nous reverrions sans lui les camarades.

Doganda ouvre de grands yeux ronds en voyant le
cadavre du pauvre sergent, et demeure ahuri. Quel travail se fait-il alors dans son épaisse cervelle? Il semble
tout désorienté, comme un homme qui se demande ce
qu'il va devenir. En effet, jusqu'à présent il s'est con-
tenté de suivre l'impulsion de Maugas, dont les galons
avaient conservé leur prestige auprès de lui. Je comprends que, si je ne m'impose pas tout de suite par un
acte de vigueur à cette nature fruste et farouche, jamais
je n'arriverai à lui faire faire ce que je voudrai. Or, ce
que je veux, c'est rapporter au camp français le corps
de mon malheureux camarade, puisque je n'ai pas pu le
ramener vivant.

Le difficile est de m'expliquer clairement avec le
Sénégalais. Lui montrant le cadavre d'un geste autoritaire, je lui fais signe de le prendre par les jambes,
pendant que je le prends moi-même par la tête; il obéit

aussitôt, l'air un peu étonné, et nous nous mettons ainsi en route, dans la même direction que la veille, en longeant le bord du torrent.

Le terrain n'est pas trop mauvais heureusement; mais nous mourons de faim, nous sommes en outre glacés par la rosée de la nuit, exténués par le poids de notre lugubre fardeau qui s'ajoute à celui de nos chaines et de nos colliers, et nous avons la plus grande peine à avancer; toutes les dix ou quinze minutes, nous sommes obligés de nous reposer.

Rien n'indique que nous approchons du but, et nous commençons à désespérer.

Il faut réagir cependant. Après une halte d'un quart d'heure, je me redresse à demi pour signifier à Doganda que nous allons, coûte que coûte, reprendre notre route.

Mais je m'arrête terrifié. Le Sénégalais s'est emparé du couteau-manchette que j'avais posé à côté de moi; et, montrant le cadavre, il me fait le même geste que le pauvre Maugas, en se passant la main sous le menton. Lui aussi, il s'est dit que ce fardeau gênait inutilement notre marche.

Comment faire comprendre, et surtout faire partager, à cette brute le sentiment auquel j'ai obéi en voulant emporter le cadavre de notre camarade? Quant à employer la violence avec lui, outre qu'il est beaucoup plus vigoureux que moi, il est armé et je ne le suis pas.

Déjà il se penche, le couteau à la main, sur le corps de Maugas, lorsque tout à coup il s'arrête; sa face noire s'illumine d'un rire qui montre ses dents blanches, ses yeux roulent tumultueusement et, levant le bras vers la droite, il me crie :

— Musico! Musico francese!

Stupéfait, je prête l'oreille et j'entends distinctement une sonnerie de clairons.

Nous emportons notre lugubre fardeau.

Sauvés! Nous sommes sauvés! Encore quelques pas et nous serons dans les bras des camarades.

Comme par miracle, les forces nous reviennent immédiatement. Nous reprenons le corps du pauvre Maugas, qui ne nous semble plus trop lourd maintenant, et nous courons presque dans la direction des clairons.

Déjà, est-ce une illusion? il me semble distinguer à distance à travers les arbres des silhouettes bien connues, des salakos, des vareuses blanches.

— A nous, amis! Au secours! A nous! crié-je de tout ce qui me reste de souffle.

Bientôt après nous sommes entourés de Légionnaires.

Quelques minutes après, nous sommes entourés d'une dizaine de Légionnaires, qui poussent des cris de stupéfaction en nous apercevant.

Il est certain que notre petit groupe, composé de deux vivants et d'un mort reliés entre eux par ces lourdes chaînes et les carcans qui nous enserrent le cou, doit présenter un aspect lamentable. Ajoutez à cela que nous sommes dans un état de saleté extraordinaire. Les lambeaux de vêtements que nous avons conservés disparaissent sous une couche de boue et de sang.

Mais, le premier moment de surprise passé, on s'empresse auprès de nous. On improvise avec des fusils une sorte de brancard sur lequel on nous emporte tous les trois, Maugas, Doganda, et moi, jusqu'au poste prochain.

Là on nous débarrasse enfin de l'odieuse ferraille qui nous a tellement fait souffrir.

Puis, après une réfection qui est la bienvenue, car il y a près de quarante-huit heures que nous n'avons rien mangé, un aide-major panse les plaies et les contusions dont nous sommes couverts de la tête aux pieds.

Après quoi, bien repus, bien pansés, bien lavés, on nous couche avec précaution sur un matelas de campement, où nous nous endormons presque aussitôt d'un sommeil aussi profond que délicieux.

CHAPITRE XII

Poguessa, Cossoupa, Akpa.

Quarante-huit heures ne se sont pas écoulées que j'ai déjà oublié les cruelles épreuves par où je suis passé. Les bons soins dont on m'entoure, la nourriture et l'eau, l'eau surtout, à discrétion, et aussi la joie de me sentir libre, d'aller et de venir, les bras et les jambes débarrassés des cordes qui m'entraient dans les chairs, le cou délivré de l'abominable carcan qui m'étranglait et m'écrasait en même temps, tout cela m'a remis sur pied beaucoup plus tôt que je ne l'aurais cru. Je respire l'air avec délices; jamais je ne me suis mieux porté.

Aussi l'aide-major a beau vouloir me retenir, sous prétexte que les plaies de mes jambes et celles de mon cou ne sont pas encore cicatrisées, je profite du passage d'un convoi pour rejoindre la colonne et venir réclamer mon poste dans ma compagnie.

On devine avec quels cris de surprise je suis reçu. On me croyait si bien perdu; personne assurément ne

comptait me revoir. Mon capitaine n'en revient pas que
j'aie pu m'échapper des griffes de Béhanzin, avec ce
carcan sur les épaules.

Enfin le Colonel me fait appeler pour me féliciter de
ma bonne chance. Il me demande de lui raconter par le
détail tout ce qui m'est arrivé, me tend la main avec
émotion et m'adresse de grands compliments pour
l'énergie et le sang-froid que j'ai montrés dans toute cette
affaire. Il me promet les galons de sergent à la première
vacance.

Doganda, de son côté, a rallié les Volontaires sénégalais, où on lui a fait fête également.

Quant au pauvre Maugas, il va sans dire que les derniers devoirs lui ont été rendus, non sans une certaine
solennité. On a même eu la bonne pensée d'attendre, pour
procéder à cette cérémonie, que nous fussions sortis,
Doganda et moi, du profond sommeil où nous sommes
restés plongés pendant près de quinze heures de suite.
J'aurais été très malheureux, quant à moi, de n'avoir pas
assisté aux obsèques de notre malheureux camarade. Les
soldats de la Légion et les quelques autres hommes qui
formaient le poste de soutien se rangèrent autour de
la fosse où on l'avait descendu; puis, avant qu'elle fût
recouverte, en l'absence de l'aumônier, ce fut l'aide-
major, un homme tout jeune, mais très instruit et très
chaud de cœur, qui prononça les paroles d'adieu; il ne
dit que quelques phrases bien simples, mais elles s'adap-
taient si justement à la circonstance que je fondis en
larmes.

Un effet singulier de cette aventure tragique, qui aurait
pu avoir pour moi de si terribles conséquences, a été

L'aide-major prononça les paroles d'adieu.

de me faire perdre complètement la notion du temps
écoulé. Les journées et les nuits passées dans la case en
feuilles de palmiers du camp de Béhanzin, ou dans la
brousse à la suite de notre évasion, m'ont paru si longues
que je ne puis pas croire que le tout n'ait point duré plus
de six jours, y compris les quarante-huit heures où je
n'ai guère fait que me laisser soigner.

D'ailleurs, le soldat en campagne ne sait presque
jamais comment il vit; il est tellement tiraillé de tous
les côtés par les menus détails de son existence mouve-
mentée qu'il ne pense même pas à se demander le quan-
tième du mois; ou, s'il se pose la question, il a besoin
d'un véritable calcul de mémoire pour y répondre. C'est
que les jours passent vite au métier que nous faisons, et
nous sommes tout surpris quand un hasard nous rappelle
à la réalité.

C'est ainsi que je viens de découvrir, à mon grand
étonnement, qu'il y a déjà cinquante jours que nous
sommes partis de Porto-Novo.

Bien entendu, la colonne n'a pas attendu mon retour
pour aller de l'avant. Avrial, mon camarade, m'a raconté
ce qui s'était passé pendant les huit jours qu'a duré mon
absence.

— Attends que je me souvienne! me dit-il. C'est le 4,
n'est-ce pas, mon pauvre vieux? le soir de l'affaire de
Gbédé, que tu nous as brûlé la politesse? Le lendemain
et les jours suivants, nous avons continué à marcher à
travers un pays très couvert, très fourré, où les Sapeurs
du Génie et les Tirailleurs n'étaient pas de trop, je t'assure, pour nous ouvrir un chemin à coups de hache. Aucun
ennemi en vue. De temps en temps paf! un coup de feu

à droite; paf! un coup de feu à gauche; mais, en somme, pas d'engagement sérieux. Béhanzin devait nous attendre dans quelque coin bien propice, choisi avec soin par lui, comme le bandit vous guette à l'angle du bois. En effet, le 8, nous arrivons sur le bord d'une rivière, un affluent de l'Ouémé, le… un drôle de nom! Attends donc… le Zou, oui c'est cela, le Zou. Nous nous apercevons tout de suite que les abords sont défendus par des retranchements et des batteries. Cette fois, cela devenait sérieux. Il allait falloir jeter sur la rivière, à cent mètres de l'ennemi, un pont suffisamment large et solide pour ne pas céder sous le poids de la colonne, artillerie et cavalerie comprises; puis, le pont terminé, forcer le passage. A peine le Génie a-t-il pris ses premières dispositions que l'ennemi accourt en force et ouvre le feu sur nos travailleurs. Tu penses si on les a reçus! Deux batteries, mises rapidement en position et appuyées par un feu nourri de mousqueterie, ont bientôt fait de rejeter les Dahoméens à bonne distance, et le pont est complètement achevé, à leur nez et à leur barbe, avant le soir. Mais il est tard, et le passage est renvoyé au lendemain matin. Naturellement l'ennemi met la nuit à profit pour faire savoir la situation à Béhanzin et lui demander des renforts…

— C'est pour cela sans doute que Béhanzin leva le camp si précipitamment l'autre soir; heureusement pour moi d'ailleurs, car c'est ça qui m'a permis, avec ce pauvre Maugas et Doganda, de filer de ses pattes!

— Justement. Béhanzin était là le lendemain matin avec ses amazones et ses meilleures troupes, plus de dix mille hommes, paraît-il, pour nous empêcher de passer la rivière. Mais il n'empêcha rien du tout. Par

exemple, l'avant-garde, qui franchit le pont la première,
le commandant Gonard, chef d'État-major, en tête, écopa
sérieusement. Dès qu'elle eut abordé l'autre rive, l'ennemi se précipita sur elle et chercha à l'envelopper. Nous
nous élançâmes à son secours et traversâmes le pont au
pas de course, sous une grêle de balles. A peine reformés,
nous chargeons furieusement l'ennemi et nous dégageons
l'avant-garde. L'action devient alors générale. Nous formons les carrés et nous recevons le choc de ces milliers de
sauvages, sans nous laisser entamer. Mais ça a été chaud.
Les mâtins se ruaient sur nous comme des bêtes féroces,
en poussant des cris épouvantables. A trois reprises
différentes, ils reculent, foudroyés à bout portant par
nos Lebel et nos Gras, à trois reprises ils reviennent se
faire tuer à quelques mètres de nos lignes. Et je t'assure
qu'il fallait une dose de sang-froid pour soutenir un
pareil assaut sans broncher. Nous demandions tous qu'on
nous laissât charger dans le tas, et nos officiers avaient
toutes les peines du monde à nous retenir à nos rangs.
Mais tu connais le Colonel : on ne lui fait pas faire facilement ce qu'il ne veut pas. Impassible à son poste de combat, au centre du deuxième carré, debout, les bras croisés,
mordillant sa moustache, il regardait, il attendait. Enfin,
d'une voix tonnante que nous entendîmes tous malgré la
fusillade, il nous cria : « Baïonnette au canon ! Chargez ! »
Alors, tu penses, ça n'a pas traîné. En moins d'un quart
d'heure l'ennemi bousculé, culbuté, était refoulé en désordre. Il y avait, pas trop loin du pont, un retranchement
assez bien construit, où les plus enragés coururent se
réfugier. Sans hésiter, Légionnaires, Marsouins, Tirailleurs, nous nous élançons tous à leur poursuite et nous

pénétrons, baïonnette en avant, dans le retranchement. Pas un de ceux qui y étaient entrés n'en sortit vivant. Ce jour-là, on peut dire que ça a été le jour de la baïonnette. As-tu remarqué, à ce propos, mon vieux, qu'elle ne manque jamais son effet avec les Dahoméens, la baïonnette?

— Oui, je m'en suis aperçu plusieurs fois, répondis-je. Sous le feu, ils se couchent, ils rampent, ils se défilent en s'abritant de leur mieux, mais ils avancent quand même; tandis que lorsqu'ils nous voient courir sur eux, baïonnette en avant, ils se sauvent sans demander leur reste. Ça me fait penser à ce que me disait, il y a deux ans, le commandant Marchand que tu connais. Tu sais bien? le commandant Marchand qui habite Montmorency, à l'Ermitage.

— Ah! oui, parfaitement.

— Eh bien! il m'a raconté qu'en 1870 c'était la même chose, et qu'il avait vu de ses propres yeux les plus solides troupes prussiennes céder devant nos baïonnettes. Les balles, les boulets, les obus font moins d'impression, disait-il, parce qu'on ne les voit point venir; tandis qu'en apercevant une troupe compacte, qui accourt droit sur vous, la baïonnette au canon, sans tirer, un frisson passe dans les veines des plus crânes, qui se disent : « Pour se présenter ainsi à découvert, il faut que ces mâtins-là soient rudement sûrs de leur affaire, ou bien qu'ils se sachent soutenus par des forces joliment sérieuses. Nous sommes f...ichus! » Et on file dans les grands prix. Ça ne rate jamais. Il y a même des exemples de batteries en parfait état enlevées à la baïonnette. C'est ce qu'on appelle chez nous, ou ailleurs, la *furia francese*, à laquelle rien ne peut résister. — Mais, dis donc, Avrial, puisque l'affaire a été si chaude, nous avons dû avoir pas mal de monde hors de combat?

— Six tués, dont un officier, et dix-neuf blessés, dont trois officiers. Le lieutenant Valabrègue, de l'Artillerie, a été touché assez gravement. Mais ce que nous avons tué,

— Chargez! cria-t-il.

en revanche, de ces enragés de Dahoméens est inimaginable. Les Spahis leur ont fait, après l'affaire, une conduite dont ils se souviendront. Ah! j'oubliais. Le commandant de Villiers, qui les commandait, a ramené quatre officiers européens, trois allemands et un belge, qui servaient dans les réguliers de Béhanzin. On ne pourra plus dire maintenant que ce sont des inventions.

— Et après? continue, Avrial.

— Après? Dame! nous avons soufflé un peu, en attendant le convoi. Puis, quand il eut rejoint, nous avons filé

sur un endroit nommé Sabovi, où les espions assuraient
que l'ennemi avait établi une seconde ligne de défense.
Mais il n'était probablement pas très pressé de recevoir
une nouvelle frottée, car en nous approchant nous recon-
nûmes que Sabovi avait été évacué, si précipitamment
même que de nombreux approvisionnements en vivres et
en munitions avaient été abandonnés sur place. Bien
entendu, nous profitâmes largement de l'aubaine. Autant
de pris sur l'ennemi! c'était le cas de le dire. En revanche, la nuit qui suivit ne fut pas couleur de rose. En
arrivant à un endroit nommé Cossoupa, nous avons été
rincés de la belle façon par une tornade épouvantable, et
nous avons dû bivouaquer sur un terrain abominablement
défoncé, en plein marécage. Vers une heure du matin
seulement la pluie voulut bien cesser; mais alors l'ennemi, qui n'était pas loin, se mit à bombarder le camp
jusqu'à quatre heures; impossible de fermer l'œil une
minute! Pour nous remettre, il nous fallut marcher toute
une journée dans une brousse impraticable, harcelés
de droite et de gauche par d'innombrables tirailleurs
dahoméens qui semblaient renaître à mesure que nous
en tuions, obligés à vingt reprises différentes de nous
arrêter pour faire face à l'ennemi et le repousser à l'arme
blanche. Un moment même nous exécutâmes une charge
à la baïonnette, dans un marais, avec de l'eau jusqu'aux
reins, que j'en ai encore le frisson, rien que d'y penser!
Pour une partie de plaisir, ça n'était pas une partie de
plaisir et l'on aurait mieux aimé être à la noce. Il est
vrai que nos officiers, le Colonel tout le premier, étaient
là pour nous donner l'exemple, et je t'assure qu'ils ne se
sont pas ménagés.

— Ça ne m'étonne pas. Et le lendemain?

— Le lendemain, qui était donc hier, après une nuit à peu près tranquille, nous avons continué notre marche en avant sans avoir été inquiétés. Et nous voilà! Maintenant tu en sais aussi long que moi, mon vieux Blanchard.

— Ce qui me chiffonne le plus, c'est de ne pas avoir été de la petite fête, au passage du..., du..., de la rivière... Comment dis-tu?

— Du Zou. Bah! ça se retrouvera, n'aie pas peur. Béhanzin n'est pas loin, et ça m'étonnerait si avant peu nous n'entendions pas parler de lui. Mais nous voici au campement.

En effet l'avant-garde et le premier groupe étaient déjà installés dans un endroit découvert et assez bien pourvu d'eau potable, près d'un village abandonné, appelé Oumbouemedi. Nous nous installâmes à notre tour, sans que l'ennemi eût été signalé. Divers indices faisaient supposer cependant qu'il n'était pas loin: mais enfin il ne donna pas signe de vie et la nuit se passa également sans alerte.

Mercredi, 12 octobre.

Ce matin, à la première heure, les Spahis d'avant-garde reconnaissent l'ennemi et nous informent qu'il nous attend derrière de solides retranchements, établis avec beaucoup de science et de méthode dans le voisinage d'un gros village entouré de marécages qui s'appelle Apka.

Dès huit heures du matin, le feu s'engage avec vivacité. Le camp ennemi est encore plus sérieusement fortifié qu'on ne l'avait annoncé: en outre, il est protégé par un marais que nous sommes obligés de contourner. Nous exécutons le mouvement, la baïonnette au canon, les pièces d'artillerie à la bricole, par bonds de deux cents mètres séparés par des feux de salve. Bien entendu l'ennemi, qui se sent en force et bien appuyé, essaie de contrarier notre marche. Il nous harcèle, il nous charge même avec le plus grand courage et tente, à plusieurs reprises, de tourner nos deux premiers groupes, afin d'enlever le convoi et la queue de la colonne.

Mais nous tenons bon sur toute la ligne et rien ne peut nous entamer.

Pendant ce temps, l'artillerie ouvre un feu énergique sur les retranchements qui nous font face. Puis, quand notre attaque a été suffisamment préparée, nous nous élançons, clairons en tête, et en moins d'un quart d'heure nous sommes dans la place. Les Dahoméens s'enfuient en désordre, laissant un grand nombre de morts et de blessés sur le terrain.

C'est la section d'artillerie du lieutenant Jacquin qui, par ses heureuses dispositions et par son feu énergique, a le plus puissamment contribué à ce brillant résultat. Aussi le Colonel a-t-il récompensé cet officier sur le champ de bataille même, en le nommant capitaine et chevalier de la Légion d'honneur. Cette double nomination nous a fait plaisir à tous. M. Jacquin sort du rang; c'est un solide et excellent officier.

Nous avons pu constater, au cours de l'affaire, que l'ennemi se servait de balles explosibles; c'est la première fois que nous faisons cette constatation.

Nos pertes sont sérieuses; quatre tués, dont le lieutenant Doué de l'Infanterie de Marine et le lieutenant Michel, lieutenant en second d'artillerie, de la batterie 8 *bis*; puis de nombreux blessés, une vingtaine au moins.

C'est en rectifiant le tir d'une pièce que le lieutenant Michel a été atteint d'une balle en pleine poitrine. En mourant, il a dit à un autre officier de sa batterie qui s'élançait pour lui porter secours :

— Je suis tombé en brave, n'est-ce pas?

Le lieutenant Michel a été atteint.

Daudart, un clairon, s'est montré aussi très énergique. Il sonnait la charge, au moment du grand coup de chien, lorsque nous nous élançâmes, la baïonnette au canon, sur les défenseurs des retranchements. Une balle vint lui briser la jambe. Il n'en continua pas moins à sonner comme un enragé et ne s'arrêta que lorsque la douleur et la perte de son sang lui arrachèrent son clairon des lèvres. Il s'affaissa sur les mains et attendit tranquille-

ment qu'on vînt le ramasser pour l'emporter à l'ambulance.

Trois porteurs ont été tués, en outre, et un certain
nombre d'autres grièvement blessés par un obus dahoméen, qui est venu éclater au milieu du convoi et a fait
sauter une caisse de cartouches Lebel.

Le bivouac est installé vers trois heures du soir, dans
une clairière en arrière de la position si brillamment
enlevée. Malheureusement l'eau manque complètement;
les provisions du convoi sont épuisées, et l'on a beau
faire des sondages, on ne découvre rien. Alors le
Colonel envoie la cavalerie avec des bidons attachés aux
fontes pour chercher cette eau indispensable à notre
bivouac d'hier. L'opération s'exécute sans incidents et la
fin de cette chaude journée se passe tranquillement.

Jeudi, 13 octobre.

Autre chose, ce matin. Nous avons fait un grand pas
hier, mais nous ne sommes pas encore au bout. Il paraît
qu'à mesure que nous allons nous rapprocher d'Abomey,
notre principal objectif, nous nous trouverons en face
d'obstacles de plus en plus formidables, échelonnés les
uns en arrière des autres par Béhanzin, qui décidément,
soit seul, soit avec le concours des Européens qui le con-
seillent et le dirigent, défend son territoire aussi énergiquement qu'habilement. Tous les jours nous gagnons
du terrain sur lui, mais il se reforme presque aussitôt,
et nous le retrouvons en face de nous.

Après les retranchements d'Apka que nous avons
enlevés si crânement, voilà maintenant que le bruit

court que nous allons être arrêtés par trois lignes suc-
cessives de défense, aux abords du Coto.

C'est une rivière qui coule au milieu d'une masse
impénétrable de verdure formée par la brousse et les
lianes s'entrelaçant avec les palmiers et les fromagers. En
outre, le chemin est détrempé par les tornades, et l'artillerie éprouvera les plus grandes difficultés à avancer.

Le Colonel décide que, pour éviter des efforts et des
pertes inutiles, nous tournerons la position, au lieu
de l'attaquer de front. Les guides se font fort de nous
indiquer, à quelque distance, un point où nous pourrons passer la rivière sans être inquiétés.

Le mouvement commence à la pointe du jour; mais
quand nous arrivons au Coto, les guides déclarent qu'ils
ne trouvent plus le gué. En même temps, l'ennemi accourt,
se précipite dans la brousse qui borde l'autre rive, et
ouvre sur nous un feu incessant. Heureusement bon
nombre d'obus dahoméens s'enfoncent dans le sol sans
éclater.

Quoi qu'il en soit, quelques hommes franchissent la
rivière; mais la position n'est réellement pas tenable,
il est impossible de songer à faire passer de vive force
dans de pareilles conditions toute la colonne, l'artillerie
surtout.

Le Colonel n'insiste pas et établit le bivouac sur la crête
d'une élévation voisine, dans une position préférable mili-
tairement à celles que nous offraient les bords même du
Coto.

Point d'incidents cette nuit, bien que nous ayions dormi au contact de l'ennemi.

Aucune trace d'eau dans le voisinage du campement, et la provision du convoi est épuisée.

Ce matin, avant le jour, la cavalerie a dû retourner à Oumbouémedi; elle en a rapporté onze cents bidons. Nous avons donc pu faire le café; en outre, il y a eu dans l'après-midi une seconde distribution de boisson.

Depuis que l'eau est devenue rare, nous souffrons cruellement et nos porteurs souffrent davantage encore; les ambulances volantes sont encombrées. Chose plus grave, les convois nous rejoignent maintenant très irrégulièrement, presque toujours après avoir été inquiétés sérieusement. Notre situation devient de plus en plus critique.

A deux reprises, notre camp est attaqué avec acharnement par des nuées de Dahoméens, disséminés dans la brousse. Nous les recevons par des feux croisés qui en démolissent un bon nombre; finalement ils battent en retraite, et retournent nous attendre au passage du Coto.

Malheureusement cette double attaque a été meurtrière pour nous. Le commandant Marmet, de l'Infanterie de Marine, est parmi les tués; et trois autres officiers, le commandant Stefani, commandant du bataillon des Tirailleurs sénégalais, le capitaine Bauréau et le lieutenant d'Urbal de la 1re compagnie de la Légion étrangère, sont tous les trois blessés.

Ces pertes sont d'autant plus sensibles que, par suite

des combats incessants qu'elle a eu à soutenir depuis le commencement des opérations, l'effectif de la colonne est sensiblement réduit. Dix-neuf officiers et deux cent douze hommes ont été mis hors de combat, tant tués que blessés, en cinquante-quatre jours de campagne.

En même temps, bien que l'état sanitaire soit relativement satisfaisant, étant données surtout les difficultés de la marche dans la brousse et les alternatives de sécheresse torride et de pluies diluviennes qui nous ont assaillis tour à tour, nous avons un certain nombre de malades et le chiffre des combattants en est diminué d'autant.

Enfin, pour comble de malechance, nous sommes à court de vivres, et aussi de munitions, dont nous avons fait une consommation énorme.

Le Colonel, avec sa prudence ordinaire, décide que la colonne reviendra demain matin à son bivouac d'avant-hier et qu'elle y attendra l'arrivée du prochain convoi. Ma foi ! ces quelques jours de repos ne feront de mal à personne et nous n'en reprendrons qu'avec plus d'ardeur notre mouvement sur Coto.

Mardi, 25 octobre.

Nouvelle complication aujourd'hui ! ce sont nos porteurs qui nous faussent compagnie avec un ensemble désastreux.

Il est certain que les pauvres diables n'ont pas toujours de l'agrément. Ils n'aiment pas les coups et, comme ils marchent sur les côtés de la colonne, ils sont aux premières loges pour en attraper ; et Dieu sait si leurs bons amis les Dahoméens les ménagent ! Joignez à cela les privations et les fatigues, et vous conviendrez que le métier n'est pas couleur de rose.

D'ailleurs, les Toffanis et en général tous les noirs de la côte ne ressemblent guère aux noirs de l'intérieur, Dahoméens ou autres, qui vivent presque uniquement de la guerre et de tout ce qu'elle entraîne, pillages, rapines, massacres, etc. ; ils répugnent aux travaux violents et se contentent ordinairement de demander à la cueillette des fruits du palmier leur subsistance de tous les jours. Un supplément de bien-être ne les séduit nullement, et l'appât d'une haute paye de cinquante centimes par jour n'a aucun effet sur eux. Leur indolence a pu être vaincue, dans les commencements, par la pensée qu'il s'agissait de faire la guerre aux Dahoméens, leurs ennemis héréditaires; mais, le premier accès d'entraînement passé, leur apathie naturelle a vite repris le dessus.

Peu de profits, beaucoup de fatigue, nourriture insuffisante, privation d'eau, les maladies brochant sur les balles et les boulets des Dahoméens, il n'en fallait pas tant pour dégoûter ces hommes de leur service.

Or nous ne pouvons nous passer de porteurs ; c'est sur eux que repose toute la partie matérielle de notre vie de tous les jours; ce sont eux qui se chargent du transport des vivres et des munitions, eux qui portent nos sacs, les cantines des officiers, le matériel de campement, etc. Sans eux, plus moyen de faire un pas en avant; sans eux, c'est la retraite à bref délai.

La retraite! Personne ne veut entendre parler d'une pareille éventualité. Le premier qui prononcerait seulement le mot serait joliment reçu!

Il n'y a qu'une chose à faire : remplacer au plus vite

et à n'importe quel prix les porteurs qui nous manquent.
Heureusement le Lieutenant-Gouverneur, M. Ballot,

Il fallut remplacer les porteurs.

s'offre à sauver la situation. Il a une grande habitude des
choses et des gens de ce pays, et des relations anciennes
et cordiales avec le roi Toffa : il se fait fort de recruter un
nouveau contingent d'auxiliaires indigènes. Après une

longue conférence avec le Colonel, il vient de partir pour Porto-Novo par Tohoué et l'Ouémé.

En attendant, pour nous distraire, nous avons eu à repousser deux nouvelles attaques de nos tenaces adversaires. Encouragé sans doute par notre inaction momentanée, Béhanzin a lancé brusquement ses contingents sur notre camp, avec l'espoir de l'enlever par surprise. Mais nous étions solidement établis dans nos cantonnements, et nous veillions avec soin. Après une lutte de quatre heures, l'ennemi culbuté s'enfuit en désordre, poursuivi par nos feux de salve.

Malheureusement cette affaire nous a encore coûté un certain nombre de morts et de blessés. Parmi les morts se trouve le lieutenant Toulouse, officier-payeur du bataillon des Tirailleurs haoussas.

Hier, dès le point du jour, ces enragés Dahoméens, nullement ébranlés par leur échec et par les énormes pertes qu'ils ont éprouvées, sont revenus à la charge, et se sont rués de nouveau en grand nombre sur notre bivouac; mais ils n'ont pas été plus heureux que la veille et nous les avons reconduits à coups de fusil, en leur mettant beaucoup de monde hors de combat.

Enfin, cet après-midi, un grand mouvement se produit. C'est le commandant Audéoud, commandant du bataillon des Volontaires du Sénégal, qui vient d'arriver de la côte avec les porteurs supplémentaires que nous attendons avec tant d'anxiété. Ces porteurs sont au nombre de deux mille.

Le commandant Audéoud nous amène en même temps six cents hommes de renfort, qui permettront de reconstituer le Corps expéditionnaire sur la base de ses premiers

Une rue à Porto-Novo.

effectifs. Ce sont ces six cents hommes qui formaient les garnisons des Popos, de Cotonou et de Porto-Novo.

Avisé de la situation, en effet, le Ministre de la Marine avait envoyé par le câble au capitaine de frégate Marquer, commandant les forces maritimes dans le golfe du Bénin, l'ordre de faire descendre à terre toutes les compagnies de débarquement de ses bâtiments, et de les diriger sur Cotonou et les autres postes de la côte, dont les garnisons devaient partir d'urgence pour rejoindre le colonel Dodds.

En même temps, le Ministre ordonnait d'envoyer sans retard à Dakar le transport-hôpital le *Mytho*, actuellement en rade de Cotonou, pour y débarquer ses malades et ses blessés, et rembarquer à leur place les deux compagnies de Sénégalais et les deux compagnies d'Infanterie de Marine qui attendent les événements depuis la fin d'août, comme réserve du Corps expéditionnaire.

C'est plus que le Colonel n'a demandé. Avant que ces renforts aient eu le temps de débarquer au wharf de Cotonou, nous espérons bien avoir atteint le but de la campagne, c'est-à-dire être entrés à Abomey.

En revanche nous faisons un accueil plus que chaleureux au précieux convoi de ravitaillement en munitions, en vivres et en eau, qui vient d'arriver sur les deux mille têtes des nouveaux porteurs.

Mais ce qui nous ravit par-dessus tout, c'est que nous allons pouvoir reprendre notre mouvement en avant.

On dirait que Béhanzin a appris, de son côté, par ses espions, que nous venions de recevoir d'importants renforts. Ou commencerait-il à être découragé par les progrès incessants et quasi scientifiques de notre marche en avant? Toujours est-il qu'il vient d'envoyer au camp deux grands diables de noirs.

Il cherche peut-être tout simplement à gagner un peu de temps, afin de se refaire de son côté avant de nous retomber dessus. Heureusement le Colonel connaît le pèlerin, et ne se laissera pas mettre dedans par lui. Justement, nous voyons repasser les ambassadeurs avec un nez long d'une aune : il faut croire que leur ambassade n'a guère réussi.

Nous n'avons plus de temps à perdre maintenant. Il est vrai qu'une fois le Coto franchi, nous n'aurons plus qu'une quinzaine de kilomètres à faire; mais il faut le franchir, et qui sait ce que nous allons trouver au delà de cette rivière, sans parler du terrain qui doit être fort détrempé, la petite saison des pluies étant beaucoup plus forte cette année qu'à l'ordinaire?

Quelques camarades, il est vrai, me soutiennent que la confiance de l'ennemi dans le résultat final de la campagne commence à s'ébranler et que sa résistance mollit. Qu'y a-t-il de vrai là dedans? Et jusqu'à quel point les symptômes de ce découragement qu'on a cru constater sont-ils sérieux? Sait-on jamais à quoi s'en tenir avec ces diables de Dahoméens? Il paraît, d'ailleurs, que tous les noirs sont d'une mobilité d'esprit extraordinaire; ils attaquent avec une hardiesse et une intrépidité sans pareilles, puis tout à coup paf! on ne sait pourquoi, ils lâchent pied. Si alors on peut les poursuivre, ils ne s'arrêtent plus et entraînent tout dans leur panique. Mais qu'ils retrouvent un point d'appui, et les voilà qui reprennent confiance, qui oublient instantanément leur échec et repartent avec un nouvel entrain pour de nouvelles aventures. Après Dogba, après Gbédé, après Poguessa, ils ont été certainement démoralisés par les grandes pertes que nous leur avons fait subir; ils n'en sont pas moins revenus à la charge fort peu de temps après avec la même ardeur. Les derniers combats, où les paquets de mitraille lancés par notre artillerie les ont fauchés à bout portant, auraient dû les décourager davantage encore, d'autant plus que nous leur avons démonté quelques-unes de leurs pièces Krupp et de leurs mitrailleuses. Et cependant nous les retrouverions demain devant nous, plus enragés que jamais, que nous n'en serions pas autrement surpris.

Quoi qu'il en soit, nous avons tous l'impression que le grand coup de chien ne tardera plus maintenant.

CHAPITRE XIII

Les lignes du Coto.

Mercredi, 26 octobre.

Avec le convoi de ravitaillement et les renforts, le commandant Audéoud nous a apporté le courrier de France, qui venait justement d'arriver à Cotonou.

J'ai une lettre, la première que je reçois depuis notre départ de Porto-Novo.

Je l'ouvre d'une main tremblante d'impatience. C'est le père qui m'écrit, — ou plutôt c'est lui et ce n'est pas lui. Comme sa vue baisse un peu, il aura préféré demander à la petite Marie, qui se trouvait là probablement, d'écrire sous sa dictée. Marie a son certificat d'étude, et elle possède une très jolie écriture.

Peut-être aussi est-ce la petite qui s'est offerte d'elle-même. Ça l'amusait de m'écrire sans doute; et puis, comme ça, elle pourrait glisser à la fin de la lettre quelques mots gentils d'elle à moi, ce qu'elle n'a pas manqué de faire, d'ailleurs.

Après m'avoir donné des nouvelles de la mère, de mes frères, de toute la famille et des amis, la lettre ajoutait :

« Nous commençons tout de même à trouver que ça dure bien, cette campagne. Espérons que maintenant il n'y en a plus pour longtemps. Si encore nous avions des nouvelles ! Tous les matins, nous achetons le *Petit Journal*, et rien, jamais rien ! Et alors, dame ! tu penses ? on s'inquiète malgré soi. On a beau se raisonner, se dire : pas de nouvelles, bonnes nouvelles ! on n'est pas tranquille. Et puis c'est l'un, c'est l'autre : « Eh bien, père Blan- « chard, toujours rien de nouveau ? Qu'est-ce qu'ils font « donc qu'ils n'en finissent pas ? » Il ne manque pas de gens qui semblent faire exprès de vous mettre la tête à l'envers, comme si vous aviez besoin de ça. Heureusement mercredi j'ai rencontré le commandant Marchand, sur la Place du Marché. Quel vrai brave homme ! En moins de rien, avec quelques bonnes paroles, il nous a remonté le moral, à la mère et à moi, que nous en sommes encore tout réconfortés ; on sent tout de suite qu'avec lui on peut avoir confiance, qu'il connaît ce dont il parle.

« Vous m'amusez, vous autres », qu'il m'a dit, « avec « votre impatience. D'abord, voyons, est-ce que vous « croyez que c'est aussi simple d'aller empoigner « Béhanzin dans son palais d'Abomey que de cueillir « une planche de pois sur le Pavé de Groslay ? Vous « voudriez plus souvent des nouvelles ? Pourquoi pas tous « les matins, pendant que vous y êtes ? Alors vous vous « figurez, n'est-ce pas ? que le Colonel Dodds n'a pas « autre chose à faire que de télégraphier à tous les pères

« et à toutes les mères de ses soldats, pour les rassurer
« sur la petite santé de leurs gas? D'abord, de télégraphe
« il n'y en a que sur la côte, à deux ou trois jours de la
« région où la colonne opère. Et puis, enfin, il faut avant
« tout qu'il s'occupe de son affaire, cet homme; et c'est
« assez lourd comme ça, je vous en réponds. Un peu de
« patience, que diable! Quand la campagne sera ter-
« minée, vous trouverez tous les détails que vous vou-
« drez dans le rapport final du Colonel. En attendant,
« contentez-vous des courtes et des rares dépêches qu'il
« envoie, dès qu'il le peut et qu'il a quelque chose de
« décisif à annoncer. Vous en parlez à votre aise, vous
« autres qui les attendez, ces dépêches, assis tranquil-
« lement au coin de votre feu. Et encore vous, passe!
« Mais ce qui m'enrage, ce sont ces misérables journaux,
« qui travaillent froidement à surexciter l'anxiété publique
« et montent la tête à tout le monde contre les uns et
« contre les autres. Si on était sage, on n'en lirait pas
« un seul, ou du moins on ne ferait pas la moindre atten-
« tion à leurs bavardages. Ils ne savent qu'imaginer, his-
« toire d'embêter le gouvernement, ou tout simplement
« de gagner quelques sous de plus, en vendant leur mau-
« vais papier noirci. Quand ils n'ont pas de nouvelles
« vraies, ils en impriment de fausses, sans s'inquiéter s'ils
« ne vont pas mettre aux cent coups les familles de nos
« soldats. On est allé chercher le colonel Dodds, parce
« qu'on savait que c'est un homme énergique et prudent,
« qui connaît admirablement la guerre avec les noirs.
« On a eu le bon sens de lui laisser la liberté de diriger
« les opérations comme il l'entendrait. Alors inutile de
« venir nous dire à chaque instant : « Pourquoi ne fait-il

« pas ceci ou cela? Est-ce qu'il ne devrait pas déjà être à
« Abomey? Qu'est-ce qu'il attend pour en finir? » Ce qu'ils
« me font faire de mauvais sang, ces stratégistes en
« chambre, ou en cabinet de rédaction! Et ce que j'aurais
« de plaisir à les fourrer dedans, si j'étais le Gouverne-
« ment, pour leur apprendre à semer ainsi dans le pays la
« crainte et l'inquiétude! Quant à moi, je ne connais pas
« le Colonel Dodds personnellement, mais j'en ai causé
« avec des amis qui l'ont vu à l'œuvre. Eh bien, croyez-en
« ce que je vous dis, c'est un homme; et avec lui nous
« pouvons être tranquilles. Je vous donne ma parole
« d'honneur, — vous entendez, père Blanchard? ma
« parole d'honneur, — que la campagne se terminera,
« peut-être plus tôt qu'on ne le croit, par une belle et
« bonne victoire, et que Jean-Baptiste nous reviendra,
« très content et très fier d'être entré avec Dodds à
« Abomey, mais pas plus content ni plus fier que vous
« le serez de l'embrasser, pas vrai, père Blanchard? »

À la fin de la lettre, en manière de *post-scriptum*, la
petite Marie avait ajouté quelques lignes, qu'on ne lui
avait pas dictées celles-là, et où elle me disait qu'elle
m'aimait toujours, et qu'elle m'attendait fidèlement
comme elle me l'avait promis.

C'était peut-être la plus longue lettre qu'elle eût écrite
de sa vie; elle me sembla pourtant trop courte encore;
je la lus deux fois de suite hier soir, aussitôt après qu'on
me l'eut distribuée, et j'allais la relire une troisième fois
ce matin en me réveillant, lorsqu'une sonnerie de clairon
est venue me rappeler que le moment était peu propice à
ces épanchements de famille. La journée promet d'être
chaude, en effet.

Les lignes de retranchements que nous avons en face
de nous sont les plus fortes que nous ayions encore rencontrées. On assure que Béhanzin lui-même est accouru,
avec sa garde d'amazones, défendre la rivière et la vallée

Ce sont les amazones qui attaquent.

du Coto, qui sont des points très importants pour la
sauvegarde de Cana et d'Abomey. Le morceau sera dur
à avaler; mais, bah! nous l'avalerons; nos dents sont
bonnes.

A sept heures du matin, nous partons en marche forcée
par le brouillard, pendant que nos deux sections d'ar-

tillerie mettent leurs pièces en batterie, et bombardent le village de Cotopa, qui est la clef de la vallée.

Le soleil ne tarde pas à percer le brouillard, et c'est par une chaleur atroce que nous avançons sur un terrain sablonneux, au milieu du fracas des obus.

Tout d'un coup des cris féroces éclatent : ce sont les amazones qui attaquent une face de notre carré. Nous ouvrons sur elles un feu énergique et soutenu, et elles finissent par reculer.

Un quart d'heure après, nouvelle attaque, également repoussée avec vigueur, sur une autre face du carré; elle est suivie, après une courte interruption, de l'attaque de la troisième face.

L'ennemi se bat avec un courage extraordinaire; ses cadavres viennent rouler jusqu'à nos pieds.

Alors, nous prenons l'offensive; et, refoulant devant nous tout ce qui nous fait obstacle, nous marchons sur Cotopa.

Les Dahoméens défendent le terrain pied à pied; les chefs ramènent au feu les fuyards, et des troupes fraîches viennent incessamment remplacer les troupes épuisées.

Enfin à midi, après cinq heures de combat, Cotopa est à nous.

La colonne, écrasée par la fatigue et par la chaleur, se repose deux heures; puis elle repart dans la brousse jusqu'au bord de la rivière.

Cependant, la nuit approchant, nous revenons en arrière, pour ne pas risquer d'être entourés, et nous regagnons notre campement d'hier soir.

Mais nos porteurs, démoralisés par plusieurs jours de

combats et de privations, abandonnent nos blessés sur la route et s'enfuient à la faveur de l'obscurité.

Nos contingents indigènes, au dévouement desquels on fait appel, se dérobent également.

Il faut que ce soit nous, les Marsouins et les Légionnaires, qui nous attelions aux brancards, en dépit de notre fatigue. A la nuit tombante, le mouvement est terminé, sans qu'un seul blessé ni un seul mort soit resté entre les mains de l'ennemi.

Jeudi, 27 octobre.

Ah! quelle nuit! Encore une que je me rappellerai toute ma vie. Depuis le matin, nos provisions d'eau étaient complètement épuisées et nous n'avions pour y suppléer que quelques litres de vase délayée, prise à même une marc bourbeuse que nous avions traversée dans l'après-midi. Un aroyd s'était bien trouvé sur notre passage, mais il était à sec, les Dahoméens ayant eu soin d'en détourner le cours. On ne peut se faire une idée des souffrances que nous avons endurées pendant le cours de cette nuit, sans une goutte d'eau à boire après avoir marché et combattu toute la journée sous un ciel de feu.

Dans la tente où nous étions entassés, personne ne pouvait dormir. De temps en temps, pour apaiser ma soif, je léchais le pommeau de mon revolver; cela me procurait pour quelques instants l'illusion de la fraîcheur.

Heureusement, un orage de la plus grande violence, ce qu'on appelle une tornade dans ce pays, éclate vers les cinq heures du matin. Alors ça a été une véritable orgie d'eau. Je crois bien, pour ma part, en avoir bu au moins trois litres, et j'en ai recueilli le double dans tous les récipients que j'avais sous la main, bouteilles, bidons, calebasses, caisses à biscuits, casque, képi.

Du coup toutes nos souffrances sont oubliées ; nous retrouvons toute notre énergie et nous ne pensons plus qu'à aller de l'avant.

A sept heures, nous levons le camp et nous revenons rapidement sur le bord de la rivière. Elle est entièrement libre, et nous la traversons sans avoir été inquiétés ; mais, surprise désagréable, voilà les guides qui déclarent ne plus s'y reconnaître. C'est, paraît-il, un des affluents du Coto, et non le Coto lui-même, que nous venons de franchir.

Au surplus, ce n'est pas la première fois que nous avons été trompés par de fausses indications. Le manque de renseignements sérieux a été certainement une des plus grosses difficultés qu'ait rencontrées le Colonel dans la conduite des opérations. Les rares prisonniers qui sont tombés entre ses mains n'ont jamais voulu parler ; les guides qu'il a pu se procurer connaissent mal le Dahomey, qu'ils ont quitté depuis de longues années, ou n'ont jamais dépassé Poguessa. Nos cartes sont très incomplètes. Quant aux renseignements recueillis à Porto-Novo, ils sont inexacts ou insuffisants.

Enfin, c'est partie remise, — remise à demain sans doute !

Vendredi, 28 octobre.

C'est fait ! elle est franchie, cette fameuse et insaisissable rivière du Coto.

Le matin, dès la première heure, un messager est amené au camp; la nouvelle se répand aussitôt que Béhanzin se décide à la paix, et qu'il offre d'évacuer la ligne de défense du Coto.

Quoi qu'il en soit, à huit heures, la colonne prend sa formation de marche et s'ébranle dans la direction de la rivière, quand tout à coup des nuées de Dahoméens se ruent sur nous.

Heureusement le Colonel s'était méfié. Nous recevons le choc avec une vigueur telle que l'ennemi est obligé de reculer. Six fois de suite il revient à la charge, six fois de suite nous le repoussons victorieusement.

Puis l'ordre arrive : En avant, baïonnette au canon! Les Dahoméens cette fois nous attendent de pied ferme et nous reçoivent à trente pas avec des salves de leurs fusils Remington; ils se laissent même piétiner, sans rompre, par les chevaux des Spahis, et réussissent à désarçonner quelques cavaliers en s'accrochant à leurs bottes, comme des fauves.

Enfin, après une résistance acharnée, ils fuient en désordre, abandonnant une grande quantité d'armes, de munitions et d'approvisionnements.

Le terrain déblayé, nous descendons dans le lit de la rivière, à peu près à sec pour le moment, et nous passons de l'autre côté sans incidents nouveaux.

Cette fois, c'est bien le Coto, le vrai Coto, que nous avons franchi.

Nous n'avons plus maintenant entre nous et Abomey que Cana, la ville sainte, dont nous sommes éloignés de quelques kilomètres seulement. Il faut nous attendre encore à plusieurs rudes journées, car Béhanzin va jouer son va-tout pour nous empêcher d'entrer dans Cana ; l'effet serait désastreux sur l'esprit de ses sujets et de son armée. Nous y arriverons quand même, comme nous sommes arrivés au Coto.

C'est égal, nous aurons donné quelques bons coups de collier, et il ne faut pas oublier que nous ne sommes entrés en campagne qu'avec deux mille hommes à peine, tandis que nous avons eu affaire à plus de dix mille Dahoméens.

Dans la journée du 26, sept hommes ont été tués et vingt-neuf blessés, dont le capitaine Crémieu-Foa, de l'escadron des Spahis volontaires du Sénégal.

Le lendemain nous avons eu trois tués et quarante-quatre blessés.

Avant de continuer notre marche sur Cana, nous allons rester trois jours au bivouac ; histoire de laisser le temps au convoi de ravitaillement de rejoindre, d'évacuer les blessés et de construire un pont sur le Coto.

CHAPITRE XIV

Prise de Cana.

Nous avons quitté ce matin le bivouac de la rivière du Coto et repris notre marche en avant.

Bien que très fatigués par les derniers combats que nous avons livrés, nous sommes pleins de confiance et d'ardeur.

A chaque pas que nous faisons, nous trouvons de nouveaux obstacles, des tranchées fraîchement creusées, ou des espèces de forteresses bâties avec une argile ferrugineuse tellement dure que le canon est sans effet sur elle.

Ces citadelles grossières, aux murailles épaisses et élevées, ne sont, me dit-on, que d'anciennes maisons royales, dont quelques-unes ont des centaines d'années d'existence — il paraît que chaque souverain du Dahomey est tenu d'en construire une pendant sa vie; — mais elles pourraient servir de base à une défense très sérieuse.

Si nous n'avions pas la chance de voir les garnisons de ces bastilles dahoméennes les évacuer précipitamment, de peur de ne plus pouvoir en sortir, nous aurions certainement beaucoup de peine à nous en emparer.

La première où nous sommes entrés avait été déménagée en toute hâte à notre approche. Nous n'y avons trouvé, comme objets curieux, que quelques ombrelles de dames, dont le besoin ne se fait pas absolument sentir, car justement le ciel est assez couvert aujourd'hui.

Les nombreux villages, que nous rencontrons sur notre route, sont complètement déserts également. La population paraît devoir être très dense dans cette région, en temps ordinaire.

Le pays change d'aspect sensiblement : la brousse est moins épaisse, la vue s'étend plus loin. Tant mieux, notre marche en sera plus facile, et les attaques inopinées deviendront moins à craindre.

Mercredi, 2 novembre.

Décidément ce ne sont point des adversaires à dédaigner que les Dahoméens ; non seulement ils se font tuer résolument, mais en outre ils commencent à employer contre nous la véritable tactique européenne.

Toute la journée nous avons marché en faisant le coup de feu, l'œil ouvert à droite ou à gauche, pour ne point tomber dans les pièges qui pouvaient être tendus sous nos pas.

L'ennemi était partout, devant nous, derrière nous, sur les côtés ; tantôt s'approchant audacieusement jusqu'à quelques mètres de nos éclaireurs, tantôt se défilant pru-

demment et nous canardant de loin à travers les hautes
herbes.

Vers le soir enfin, nous sommes arrivés en vue du
palais de Ouakon, grande construction en terre rougeâtre, qui est, paraît-il, la clef de la défense de Cana.

L'artillerie ouvre le feu sur ledit palais : mais, la nuit
approchant rapidement, le Colonel juge que la brèche
est insuffisante et, afin de ménager le sang de ses soldats,
il remet l'assaut au lendemain.

Jeudi, 3 novembre.

Les Dahoméens n'ont pas attendu notre attaque. Au
petit jour — il était à peine cinq heures, — ils se sont
précipités à la fois sur trois des faces de notre camp, et
cela avec une telle rapidité qu'ils étaient déjà à vingt
mètres de nous, avant que nous ayions pu leur répondre.

Repoussés vigoureusement, ils reviennent à la charge
dix ou douze fois de suite avec une fureur et une opiniâ-
treté extraordinaires. Malgré tout, ils ne peuvent entamer
nos lignes.

Leur premier élan brisé, le commandant de chaque
face porte en avant un peloton d'Européens et un peloton
d'indigènes, pour donner de l'air au carré et éloigner
les tireurs ennemis, dont les coups atteignent dans le dos
les hommes de la face opposée.

Pendant ce temps, le quatrième groupe, commandant
Audéoud, se détache et court droit au palais de Ouakon,
qu'il enlève brillamment à la baïonnette, malgré les
nombreux défenseurs que Béhanzin y a jetés pendant la
nuit.

Après quatre heures d'un combat acharné, les Dahoméens battent en retraite sur toute la ligne, non sans se
couvrir par un violent feu d'artillerie dirigé assez adroi-
tement. Quelques obus viennent tomber jusque dans
notre carré, mais nos propres pièces ne tardent pas à
faire taire celles de l'ennemi. Vers dix heures et demie le
feu cesse complètement.

Jamais encore les Dahoméens ne s'étaient battus avec
autant d'énergie. Aussi ne sommes-nous pas surpris
d'apprendre que Béhanzin a fait appel à toutes les ressources dont il pouvait disposer; qu'il a rappelé d'Ouidah
et d'Allada les derniers contingents qui s'y trouvaient,
et qu'enfin il a enrôlé et armé un grand nombre d'hommes
sortis la veille des prisons royales. Nous nous sommes
aperçus aussi que tous avaient reçu, avant l'attaque,
une abondante distribution de genièvre. Le désespoir et
l'ivresse peuvent seuls expliquer l'audace et l'intrépidité
qu'ils ont déployées pendant ces quatre heures de combat.

Il faut tout de même qu'en dépit des nombreux échecs
que nous lui avons fait subir presque coup sur coup,
Béhanzin ait conservé tout son prestige sur ses troupes
pour en obtenir de pareils efforts.

Nos pertes s'élèvent à sept tués, dont un officier, le
lieutenant Mercier de l'Infanterie de Marine; et à soixante
blessés, dont quatre officiers, le capitaine Roger, les lieu-
tenants Jacquot et Cany (ce dernier déjà frappé la veille),
et le docteur Rouch, celui-ci atteint au genou.

La prise du palais de Ouakon nous rapproche encore
de l'issue finale de la campagne. Nous n'avons plus
maintenant, entre nous et Cana, qu'un seul village qui
est comme le faubourg de la « ville sainte », Yokoué,

Le 4ᵉ groupe escalade le palais à la baïonnette.

où les grands prêtres du fétichisme viennent, paraît-il,
chaque année, procéder à leurs sanglants sacrifices, dans
un vieux palais des rois du Dahomey.

Vendredi, 4 novembre.

La journée a été dure; mais Yokoué est à nous.

A huit heures, notre première face, débouchant sur la
crête du plateau de Ouakon, surprend les Dahoméens au
moment où ils se préparent à nous attaquer.

Les quatre compagnies de Légion étrangère commencent, entre huit cents et douze cents mètres, des feux de
salve qui portent en plein dans les bandes ennemies, sans
que celles-ci puissent reconnaître d'où leur arrivent ces
gerbes de balles. C'est seulement lorsque l'artillerie entre
en ligne que la fumée décèle la présence du carré.

Une marche en avant par la deuxième face — celle
du Nord — tourne le village, ou *tata*, de Yokoué, qui est
défendu avec de l'artillerie. Après une grand'halte de
deux heures, la marche est reprise dans la direction de
l'ouest, à travers une brousse moins épaisse que les jours
précédents, mais par une chaleur très forte.

Nous rejoignons l'ennemi, contre qui nous engageons
le feu à moins de cinquante mètres, puis une charge à la
baïonnette le culbute sur Cana. C'est encore à la baïonnette que nous le délogeons d'une très forte position aux
abords boisés de Yokoué, où il se maintient avec un
acharnement incroyable.

Puis nous entrons dans le village à demi écroulé sous
le feu de nos obus. Mais nous ne faisons que le traverser,
pour aller établir notre bivouac aux portes mêmes de Cana.

Malgré les pertes énormes qu'elles avaient faites les jours précédents, les troupes dahoméennes se sont défendues aujourd'hui avec le courage du désespoir. Les dernières amazones sont entrées en ligne, ainsi que les Chasseurs d'éléphants, chargés spécialement de tirer sur les officiers. En particulier, une bande de trois cents soldats environ s'est fait remarquer par son intrépidité; elle a laissé sur le champ de bataille la plus grande partie de son effectif. D'après les renseignements recueillis après le combat, cette bande était composée de soldats d'élite, qui tous avaient prêté devant Béhanzin le serment de ne pas reculer.

Malheureusement, cette série d'engagements acharnés nous a coûté cher. Nous avons eu six tués, dont cinq Européens et quarante-cinq blessés, dont dix-huit Européens. Parmi ces derniers sont quatre officiers, le capitaine Rogot de l'Infanterie de Marine, le lieutenant Gay des Tirailleurs sénégalais, le lieutenant Menou de l'Artillerie, et le lieutenant Mérienne-Lucas des Tirailleurs haoussas.

Le lieutenant Menou est frappé mortellement, et le lieutenant Gay est blessé profondément à la poitrine. Quant aux autres officiers et aux soldats atteints, leurs blessures n'ont pas un caractère très grave, bien que l'ennemi, dans la lutte désespérée qu'il a soutenue contre nous, se soit servi de balles explosibles.

En ce qui nous concerne, l'ordre du jour du Colonel déclare que « l'entrain des troupes a été splendide, et leur conduite au-dessus de tout éloge ». Et il ajoute en propres termes : « Je n'ai jamais eu l'honneur de commander à de plus admirables soldats. »

Nous nous sommes bien battus, c'est vrai; mais de pareilles paroles nous payent largement de nos efforts.

Et puis nos chefs nous ont donné l'exemple, le Colonel tout le premier, si intrépide sous le feu et, en même temps, si prévenant avec tout le monde. Et cependant — nous ne l'avons su que l'affaire terminée — il avait d'autant plus de mérite à se montrer impassible qu'il était alors torturé par une violente attaque de dysenterie; mais il sait commander à lui-même comme aux autres, et aucun de ses officiers, de ceux-là même qui ne le quittent guère, ne s'est aperçu qu'il souffrait abominablement.

— Baissez-vous donc, M. l'abbé.

Un vaillant parmi les vaillants également, c'est notre aumônier, le père Dabordère. Impossible de montrer plus d'abnégation et plus de simplicité dans l'héroïsme. Il est toujours au milieu de nous pendant nos marches forcées, nous encourageant par son entrain et sa bonne humeur. Durant le combat, il est encore là, refusant de nous quitter, relevant les blessés, aidant à les soigner, rendant les derniers devoirs aux mourants. A l'attaque du palais de Ouakon, vers neuf heures et demie, nous tirions tous à genoux dans la brousse, attentifs à nous garer de notre mieux. Le père Dabordère, lui, était debout. — Baissez-vous donc, M. l'abbé! lui crie un officier. Vous allez écoper! — Au même moment, un soldat de la Légion, nommé Thuillier, qui se trouve à sa droite, reçoit une balle qui traverse son casque et lui laboure le front profondément; un autre soldat, qui est à sa gauche, est tué raide. Sans s'émouvoir, l'aumônier, qui n'a pas été touché d'ailleurs, s'approche de Thuillier, l'aide à se relever, et l'emmène à l'ambulance.

Samedi, 5 novembre.

Allons! Béhanzin a du plomb dans l'aile. Je viens de voir passer deux parlementaires arrêtés aux avant-postes, et que l'on conduisait à la tente du Colonel.

Je cours aux informations et l'on m'apprend que cette fois le roi noir se reconnaît vaincu et qu'il envoie au Commandant supérieur de nouvelles propositions de paix, en offrant tout d'abord, comme gage de sa sincérité, de laisser entrer la colonne dans Cana.

Cette rumeur rencontre bon nombre d'incrédules, attendu que la façon énergique dont les abords de la ville ont été défendus ne donne guère à penser que nous y entrerons sans coup férir. D'ailleurs tous les renseignements recueillis font plutôt prévoir une défense désespérée de la ville sainte.

Après cela, il est possible que les derniers combats de Ouakon et de Yokoué aient enfin découragé notre opiniâtre adversaire, et qu'il se décide à comprendre que ce n'est pas lui, ni ses amazones, ni ses Chasseurs d'éléphants, qui nous empêcheront d'arriver au but que nous nous sommes fixé?

Nous verrons bien.

Changement de tableau! Le capitaine de la compagnie vient de nous annoncer que Cana est évacuée depuis hier et que nous y ferons notre entrée demain, à huit heures du matin. Seulement, dès que nous y serons, nous nous y établirons solidement et nous y attendrons que le Colonel ait décidé s'il y a lieu ou non de poursuivre les négociations avec Béhanzin.

Dimanche, 6 novembre.

Ce matin, à l'heure dite, nous sommes entrés dans Cana, sans tirer un coup de fusil. Les faubourgs étaient jonchés de cadavres, mais la ville était complètement déserte. Nous nous y cantonnons, de manière à défier toute surprise.

Quant aux négociations, on m'assure que le Colonel vient d'envoyer un exprès au Lieutenant-Gouverneur, M. Ballot, pour le prier de venir ici, afin de voir avec lui quelles conditions il faut imposer à Béhanzin.

Nous voilà donc quelques jours de tranquillité devant nous.

Nous en profitons, quelques joyeux camarades de la compagnie et moi, pour nous promener à travers la ville sainte avec un brigadier de porteurs Toffanis qui la connaît bien. C'est un noir fort intelligent, comme il y en a beaucoup, et qui s'exprime suffisamment en français

pour que nous le comprenions. Il s'acquitte de son rôle
de cicerone avec une emphase et un sérieux tout à fait
amusants.

Cana est moins une ville, d'ailleurs, qu'une bourgade.
C'est une agglomération de maisons, ou plutôt de huttes
quadrangulaires, recouvertes d'un toit pointu en chaume
et entourées de fragiles palissades en palmes sèches. Ces
maisons sont disséminées sur une grande étendue de
terrain, sauf autour du palais royal où elles se pressent
davantage les unes contre les autres ; l'aspect général
est celui d'une campagne où de nombreuses fermes sur-
giraient au milieu de champs cultivés.

Bien que moins laides peut-être qu'ailleurs, ces habitations n'en sont pas moins de vraies tanières. Leur
entrée parfois est si basse qu'il semble d'abord impossible que des êtres humains puissent y pénétrer. Il n'y a
guère qu'une seule rue proprement dite, qui traverse la
ville d'un bout à l'autre et contient la Place et le Marché.
Jadis on ne pouvait pénétrer dans cette rue qu'après
avoir passé tête nue, sous une sorte d'arc de triomphe
primitif, composé d'une poutre placée en travers de
deux poteaux.

En dehors de cette rue unique, il n'y a qu'un enche-
vêtrement de ruelles, un vrai dédale où en temps ordinaire grouillent pêle-mêle, dans la plus absolue pro-
miscuité, hommes, femmes, enfants, cochons et poules.

Pour le quart d'heure on n'y voit pas un chat, mais il
s'en exhale néanmoins une odeur de négraille, mêlée aux
écœurantes senteurs de l'huile de palme et de l'*atika*,
qui sont les parfums familiers des Dahoméens.

Sur la place publique, quelques bombax aux troncs

noueux, et des acacias aux fleurs jaunes, abritant un
puits de leur ombre.

La malpropreté de Cana est repoussante. Comme dans
tous les villages dahoméens, on se repose uniquement
des soins de la voirie sur plusieurs espèces de grands

Porteuse d'amandes.   Marchand.

Types de Dahoméens.

vautours qui pullulent sur cette côte d'Afrique, et dont
les nids remplissent les bentaniers. Les plus communs
sont le vautour charognard, ou chasse-fiente, et le milan
parasite plus connu sous le nom d'écouffe. Ce dernier est
si familier qu'il vient dans les rues de la ville enlever
aux mains des femmes la viande qu'elles rapportent du
marché. Quiconque tue un de ces rapaces doit payer une
forte amende aux cabécères du roi.

Et cependant Cana, en dehors même de son titre et de son caractère de « ville sainte », est une cité importante, dont la population peut s'élever en temps ordinaire à douze mille habitants. C'est en même temps le séjour de plaisance des rois du Dahomey et un lieu de villégiature pour les riches indigènes, qui ont à la fois maison de ville à Abomey et maison de campagne à Cana, si l'on peut appeler maisons de campagne les abominables tanières que nous avons rencontrées sur notre chemin.

Le palais du roi — le seul monument, ou plutôt la seule construction importante de la ville, avec un temple d'architecture primitive — est entouré de hautes murailles, et se dresse au nord de la ville, parmi des palmiers nains et des acacias.

Le roi y vient dans la saison sèche, avec ses féticheurs, pour y faire ses dévotions; durant l'hivernage, les marigots qui entourent la ville à l'est et à l'ouest la rendent inhabitable et malsaine.

Autour du palais, de grandes cases appartenant aux princes et aux dignitaires de la couronne, notamment la maison du *Mévo*, ministre chargé des relations avec les négociants de Ouidah.

Notre cicerone couleur de chocolat nous donne tous ces détails d'un air important. Il se prend au sérieux et nous amuse par les exclamations enthousiastes dont il entremêle ses explications.

A propos de ces noirs de la côte qui nous servent de porteurs, nous avons eu en maintes circonstances l'occasion de constater leur couardise et leur précipitation à se défiler aux premiers coups de fusil. Eh bien ! à peine étions-nous entrés dans Cana que tous ces poltrons pre-

naient immédiatement des airs de matamore tout à fait
réjouissants à voir. On a eu toutes les peines du monde à
les empêcher de se prévaloir de leur soi-disant qualité
de combattants pour tout piller et tout détruire.

Au sud de la ville s'étend une plaine fertile, cultivée
par les esclaves du roi pour l'approvisionnement de sa
cour, et qui, en langue *djedjé*, porte le nom de « Jardin
du Dahomey ». Mais à l'est, et des autres côtés la végétation est très rare ; quelques palmiers, des euphorbes,
des papayers, des acacias rabougris se montrent seuls çà
et là, sur un sol dur, jaunâtre, semé de petits cailloux,
de débris de quartz. Partout, la brousse règne en maîtresse ; elle est hantée, d'après les légendes dahoméennes,
par un souverain fantôme qui double le véritable roi.

Derrière le palais du roi, non loin de l'enceinte fortifiée, se trouve le Bois sacré.

C'est une mystérieuse forêt, que le soleil ne visite
jamais ; elle est formée de grands arbres, dont les
rameaux plient sous le poids des amulettes, et abritent
toute une population de divinités, — ou de fétiches, —
plus grotesques les uns que les autres.

Dès l'entrée, notre guide nous montre, au pied de bentaniers géants et dans l'épaisseur de leur ramure, ces
nombreux fétiches couverts de bizarres oripeaux, et
qu'il nous énumère avec un respectueux orgueil :
le dieu de la foudre, *Chango* ; le dieu des visions loin-
taines, *Obatalla*, sous sa chevelure de mousse, et dont
les prunelles de verre sont censées pénétrer les plus
secrètes pensées ; le fétiche de la petite vérole, *Chak-
pana*, figuré par un fantoche hideux, dont la vaste
mâchoire, garnie de dents de chien, s'entr'ouvre comme

pour dévorer; la nature, *Odoua*, figurée par un épi de maïs, dont la tête sort d'un linge simulant le pagne; *Orika-kô*, patron des terres cultivées, dont la statuette est entourée d'un amoncellement de noix de kola, d'ignames, d'amandes de palme, déposées là par des fidèles, désireux d'obtenir une abondante récolte; *Ogoun*, le plus irritable des dieux, dont la tête rappelle vaguement celle d'un caïman. Les prêtres de ce dernier fétiche sont les plus faméliques, les plus insatiables de tous les féticheurs; à chaque lune nouvelle, pour l'apaiser, ils éventrent un chien sous un arbre sacré et enroulent les entrailles d'une poule à chacun de ses rameaux.

On pense bien que nous n'avons guère épargné les remarques burlesques et les apostrophes drolatiques à ces singulières divinités, grossièrement sculptées dans des troncs de bombax, et qui nous rappelaient les poupées de nos jeux de massacre. Le pauvre noir qui nous accompagnait en était tout scandalisé, et tremblait que ses dieux ne se vengeassent de notre manque évident de respect. Il ne respira que lorsque nous fûmes sortis sans accident, bien que l'un de nous eût poussé l'irrévérence jusqu'à abattre d'un coup de fusil un petit singe au pelage gris qui gambadait en poussant des cris aigus sur les arbres du bois; ces petits singes familiers, qu'on appelle des *oddouns*, sont vénérés, paraît-il, comme patrons des jumeaux.

Mais ces singes ne sont pas, avec les fétiches, les seuls habitants du Bois sacré. Il recèle également toute une population de chacals et de hyènes, dont les lugubres glapissements s'entendent au loin dans la nuit.

CHAPITRE XV

Au camp des Canards.

Jeudi, 10 novembre.

C'est encore, bien entendu, ce joyeux animal de Delcros qui s'est inventé de baptiser ainsi notre camp de Cana, sous prétexte que c'est bien plus facile à prononcer.

Au surplus, c'est une habitude chez les soldats en campagne de donner à chaque bivouac un nom de fantaisie, soit en travestissant d'une façon plus ou moins grotesque celui de l'endroit où il est établi; soit en empruntant une dénomination pittoresque à quelque particularité de l'endroit susdit.

C'est ainsi que le camp de Kesonou, où le silence absolu avait été ordonné, était devenu le *Camp de Taisons-nous*; que celui de Dogba avait été appelé le *Camp des Moustiques*, à cause des milliers de cousins, de maringouins et autres vilains insectes du même genre qui nous avaient fait passer la plus blanche et la plus insupportable nuit de la campagne; qu'on avait donné le nom de *Camp pourri* au bivouac que nous avions occupé dans les marécages de la rive droite de l'Ouémé, après la traversée, et celui de *Camp de la Soif* au campement du 15 octobre en deçà des lignes du Coto, où nous n'avions même pu faire le café, faute d'eau ; et qu'enfin le bivouac de Cana a été dénommé, par le simple caprice de Delcros, le *Camp des Canards*.

Il n'y a qu'une chose, ou plutôt il n'y a qu'un être au monde que Delcros respecte, c'est le Colo.

Du reste, nous en sommes tous là ; tous nous aimons notre Colonel à nous faire tuer sur un mot de lui. Nous sentons si bien que c'est à lui, avant et par-dessus tout, que nous devrons le succès de la campagne !

Du chef d'État-major au dernier soldat, il n'y a qu'une voix sur son compte. C'est à qui chantera ses louanges, à qui exaltera son intrépidité, sa bonté, sa prudence.

Nous ne lui reprochons qu'une chose, c'est de se mettre toujours au premier rang et de jouer sa vie à toute minute. Mais c'est plus fort que lui. Il doit prêcher d'exemple. Il ne connaît que ça.

A la vérité, c'est là un de ces reproches que tout le monde ne mérite pas.

Jamais chef, en outre, ne s'inquiéta plus activement et plus personnellement de la santé et du bien-être de ses troupes. Sa sollicitude pour nous est de tous les instants. Il descend lui-même jusqu'aux plus petits détails, entre un combat et un autre, et ne laisse point passer un jour, j'allais dire une heure, sans visiter les services d'ambulance ou d'intendance ; tellement il se préoccupe de nous éviter les souffrances et les privations dans les limites du possible. Si nous n'avons point pâti davantage de la faim et de la soif, malgré les difficultés du ravitaillement et de la marche à travers la brousse, c'est grâce à lui sans aucun doute.

Le soin tout particulier avec lequel il assure constamment les derrières de la colonne contribue beaucoup également à maintenir notre moral au beau fixe. On marche au feu plus gaiment, quand on est certain d'être ramassé immédiatement en cas de malheur, et transporté à l'ambulance volante d'abord, puis à Porto-Novo et à Cotonou.

Néanmoins il y avait bien quelques impatients qui ne se gênaient pas pour dire qu'on aurait pu aller plus vite, doubler les étapes, prendre Béhanzin de vitesse, afin de lui tomber dessus au moment où il ne s'y attendait point. Mais on savait gré, tout de même, au Colonel de ne rien laisser au hasard, d'avancer méthodiquement, avec un sang-froid qui ne se démentait jamais ; la marche en avant ne subissant d'autres arrêts que ceux des combats ou des repos indispensables. Cette façon toute nouvelle de conduire une expédition quasi scientifiquement, avec une prudence qui calcule et prévoit tout, exige chez le commandant en chef les qualités d'un administrateur et celles d'un homme de guerre à la fois. Heureusement, le Colonel les possède les unes et les autres au plus haut degré.

Tout en devinant avec quelle impatience patriotique les nouvelles de la campagne sont attendues en France, le Colonel pousse la conscience jusqu'à n'envoyer à la métropole que des renseignements scrupuleusement exacts, et à n'annoncer les victoires que lorsqu'elles sont gagnées, au risque d'indisposer contre lui l'opinion publique, si impressionnable chez nous.

Il n'est pas plus bavard, d'ailleurs, avec sa famille; il ne prend même pas le temps d'écrire à sa femme à Toulon, et se contente de lui envoyer de temps en temps une dépêche pour la rassurer sur son sort. Encore cette dépêche ne renferme-t-elle le plus souvent que ce seul mot : *Bien*. C'est son ordonnance, un Marsouin nommé Landry, qui m'a donné ces détails.

Comment ne serait-on pas fier de servir sous un tel chef? Comment ne se ferait-on pas tuer sur un signe de lui?

Quant à moi, je ne rêve qu'une chose, c'est de trouver l'occasion de lui prouver mon dévouement.

Depuis qu'il m'a nommé caporal, dans les conditions que j'ai rapportées, et surtout depuis mon aventure et ma courte captivité, je l'ai vu souvent; car il est toujours à nos côtés, marchant à pied comme nous, prenant sa part de nos fatigues et de nos privations et nous encourageant mieux par sa seule présence qu'il ne pourrait le faire par des ordres du jour pompeux et d'éloquentes proclamations. Dès que nous apercevons sa figure, plutôt grave et sévère pourtant que souriante, nous ne sentons plus la fatigue, ni la soif.

L'autre jour, justement, je tombe sur lui en revenant de la corvée d'eau.

— Eh bien, caporal Blanchard, me dit-il de sa voix un peu brusque, ça va toujours?

Un peu surpris, car je ne m'attendais pas à la rencontre, je réponds, en faisant le salut d'ordonnance :

— Mais oui, mon Colonel. Je vous remercie!

Tirant alors un cigare de la poche de côté de son dolman, il me le tend en ajoutant :

— Tenez! c'est mon dernier.

— Tenez, c'est mon dernier cigare.

Son dernier cigare! et il s'en privait pour me le donner
à moi, simple caporal!

BLANCHARD AU DAHOMEY.   30

J'étais tellement ému que je ne savais que répondre. Je tournais le cigare entre mes doigts, cherchant mes mots pour le rendre au Colonel sans être impoli. Mais, avant que j'eusse eu le temps de sortir d'embarras, il avait continué son chemin, en me faisant de la main un signe affectueux.

Vous pensez bien que je ne l'ai pas fumé, ce cigare-là, quoique je fusse privé de tabac depuis pas mal de jours déjà. J'y tiens trop; je compte le garder toute ma vie, en souvenir de mon Colonel et des circonstances dans lesquelles il me l'a donné.

Vendredi, 11 novembre.

Ce matin le camp est en révolution.

Vers dix heures, M. Ballot, le Lieutenant-Gouverneur, est arrivé au camp pour s'entendre avec le Colonel au sujet des négociations entamées avec Béhanzin.

Il apportait en même temps une dépêche qu'il venait de recevoir de France, et que le Colonel nous communiquait une heure après, par la voie de l'Ordre, en ces termes, ou à peu près :

« Le Colonel Commandant supérieur du Corps expéditionnaire s'empresse de porter à la connaissance des troupes le télégramme suivant qu'il vient de recevoir du Ministre de la Marine, en réponse à sa dépêche annonçant la nouvelle de la prise de Cana :

Marine à général Dodds.

« Le Président de la République, sur ma proposition, vient de vous nommer général de brigade. Je suis heureux de vous annoncer cette distinction méritée par vos brillants services.

Signé : « BURDEAU ».

« Le Commandant supérieur estime que c'est le Corps expéditionnaire tout entier que le Ministre de la Marine a voulu récompenser en la personne de son chef, et il renvoie à tous, officiers, sous-officiers et soldats, l'honneur et le mérite de cette haute distinction.

« Au camp sous Cana, le 11 novembre 1892.

« *Le Général Commandant supérieur du Corps expéditionnaire,*

« DODDS. »

C'est une joie immense dans le camp entier. Toutes les figures sont rayonnantes. Et cette joie nous fait sentir combien nous sommes profondément attachés à celui qui tient toutes nos existences dans sa main.

Bien entendu, avant que la grande nouvelle nous eût été confirmée officiellement par l'Ordre du Colonel, nous la savions déjà tous et voici comment :

Lorsque l'arrivée de M. Ballot, le Lieutenant-Gouverneur, avait été annoncée au camp par les deux noirs qui précédaient son escorte, le Colonel s'était porté au-devant de lui avec son chef d'État-major et le capitaine Lombart, son officier d'ordonnance. Avant de rien dire, M. Ballot avait tendu la dépêche ministérielle au Colonel. Celui-ci, un peu surpris, l'avait ouverte et, tout pâle d'émotion, l'avait passée à ses deux officiers, en serrant les mains du Lieutenant-Gouverneur.

Les bonnes nouvelles vont aussi vite que les mauvaises, il faut croire, car quelques minutes après nous étions tous au courant, de sorte que lorsque le Colonel — le Général. veux-je dire — rentra au camp avec M. Ballot, il nous trouva tous faisant la haie jusqu'à sa tente, et c'est au milieu de nos acclamations joyeuses et de nos vivats qu'il rentra chez lui. Cette petite ovation, toute spontanée, dont il sentait la sincérité, l'émut si profondément qu'il ne put que nous montrer les larmes qu'il avait dans les yeux, pour s'excuser de ne pas nous remercier par des paroles.

Ses officiers, qui l'aiment autant que nous l'aimons nous-mêmes, lui ont témoigné la joie que leur causait sa promotion d'une façon qui ne pouvait manquer de le toucher vivement.

Les colonels Grégoire et Lambinet, les commandants Riou, Stefani, Audéoud, Lasserre, Roques, et presque tous les autres officiers — sauf ceux qui étaient retenus par leur service — attendaient le nouveau général sur le seuil de sa tente, groupés par ancienneté de grade. Avec une effusion bien naturelle, celui-ci serra toutes les mains qui se tendaient vers les siennes. Il se raidissait contre son émotion pour adresser quelques mots affectueux à ses officiers, lorsque ses regards tombèrent sur son dolman d'uniforme étalé au bord de son lit de camp ; aux poignets des manches quatre belles étoiles d'argent toutes neuves étincelaient déjà. Deux autres étoiles avaient été piquées sur le devant du casque en liège de grande tenue.

Un éclair passa dans les yeux du Général, il regarda ses officiers, cherchant à deviner quel était celui d'entre eux qui lui avait ménagé cette délicate surprise. Il ne s'y trompa point d'ailleurs et, s'arrêtant en face du colonel Grégoire :

— C'est au moins toi, mon vieux camarade, qui as eu cette idée-là?

— C'est au moins toi, mon vieux camarade, qui as eu cette idée-là? dit-il en montrant les étoiles.

Et, le colonel Grégoire n'ayant point répondu non, le Général continua :

— Mais comment diable as-tu fait? Ce n'est pas à Cana, bien sûr, ni même à Porto-Novo que tu les as dénichées, ces superbes étoiles?

— Elles viennent tout bonnement de chez Marius Papillon, le chapelier de la Place au Foin, à Toulon, à qui je les avais achetées pour toi avant notre départ, avoua le colonel Grégoire.

— Et si elles t'étaient restées pour compte, cependant?

— Oh! avec toi j'étais bien tranquille. Je savais qu'un jour ou l'autre tu me fournirais l'occasion de te les offrir.

— Mon cher Grégoire, mon vieux camarade, c'est du fond du cœur que je te remercie. Rien ne pouvait me toucher plus vivement! ajouta le Général.

Et ces deux hommes, qui avaient parcouru côte à côte une grande partie de leur carrière militaire, s'embrassèrent en pleurant comme des enfants.

Le soir nous eûmes une double ration de vin. Lorsque, avant le couvre-feu, le Général fit sa tournée habituelle, il trouva toutes les petites rues du camp décorées de feuilles de palmiers et de bentaniers en signe de réjouissance et, sur le devant de chacune de nos tentes, des petits bouts de bougies allumés, que nous avions réussi à nous procurer, en séduisant l'Intendance. Cette petite illumination donnait au camp un aspect de gaîté tout particulier.

Samedi, 12 novembre.

Un bonheur ne vient jamais seul, dit le proverbe; cette fois la sagesse des nations a eu raison. M. Ballot, en arrivant hier, avait annoncé que nous recevrions aujourd'hui, avec le convoi de ravitaillement ordinaire, vingt tonnes de victuailles, de réconfortants et d'objets de toute nature envoyés de France aux combattants du Dahomey par l'Association des Dames Françaises.

Ce matin en effet nous avons vu arriver sur la tête des porteurs une quantité de caisses soigneusement emballées, qui s'entassèrent les unes au-dessus des autres et formèrent au centre du camp, dans le voisinage de la tente du Général, un petit édifice de proportions très respectables.

Le précieux convoi ne pouvait pas tomber plus à propos, et les intentions des charitables dames à qui nous le devions ne pouvaient être mieux réalisées, car nous étions assez dénués pour le quart d'heure.

En effet, quoique le ravitaillement de la colonne eût été supérieurement organisé, nous manquions néanmoins de bien des choses. Un moment même le pain nous avait complètement fait défaut. Nous avions, il est vrai, du biscuit, des conserves, du riz en abondance; mais, faute d'eau, pendant plusieurs jours de suite nous n'avions guère pu toucher à rien; impossible même de faire le café, ce qui était une privation terrible.

C'est que, si tout avait été prévu pour l'approvisionnement des convois, on avait compté sans la pénurie des porteurs qui s'était fait sentir de nouveau.

En outre, la baisse des eaux de l'Ouémé s'étant prononcée plus sérieusement qu'on ne s'y attendait, nos canonnières avaient fini par ne plus pouvoir parvenir jusqu'au gué de Tohoué, et l'on avait dû avoir recours aux pirogues, embarcations peu aptes à remonter le courant d'une rivière, de sorte que le ravitaillement, qui jusqu'alors s'était opéré avec une précision parfaite, était devenu très malaisé à effectuer régulièrement.

Dans des conditions d'hygiène aussi mauvaises que celles où nous nous trouvions, le manque de pain et surtout le manque d'eau commençaient à compromettre singulièrement l'état sanitaire de la colonne. On ne fouille pas la brousse, d'ailleurs, sans que la dysenterie, les fièvres paludéennes, les insolations ne viennent diminuer quelque peu les effectifs.

On sait qu'à la guerre la proportion des malades est toujours supérieure, même dans les climats moyens, à celle des blessés ; car, si on ne se bat pas tous les jours, la lutte contre les privations, contre le climat, la température, la sécheresse ou l'humidité, est de tous les instants.

A ces divers points de vue, l'envoi des Dames Françaises devait être le bienvenu.

Ce fut, naturellement, par les malades et les blessés que la distribution commença, puis chaque caporal fut appelé à toucher le lot attribué à son escouade.

Que de belles et bonnes choses, dont nous avions perdu l'habitude depuis des mois ! Sans parler des ceintures et des chemises de flanelle, des linges de corps de toute sorte qui venaient juste à point renouveler notre garde-robe réduite à sa plus simple expression, nous avons reçu chacun plusieurs bouteilles de vins de Banyuls, de Médoc et de Champagne; du quinquina au Bordeaux ou au Malaga; de l'extrait de coca; des bouteilles de bière et de liqueur, rhum, chartreuse ou pipermint; des boîtes de lait conservé et stérilisé : du chocolat en tablettes, des bouteilles d'eau minérale et de limonade gazeuse; plusieurs boîtes de conserves alimentaires de diverses espèces, conserves de viandes et de légumes, viandes fumées, harengs, jambons, cuisses d'oie, lièvres, saucissons; puis des pommes de terre, du fromage de Gruyère, du beurre, du sucre, des confitures et des biscuits; des paquets de tabac, de cigares et de cigarettes, des pipes, et aussi des morceaux de savon. Il y avait de tout dans ces inépuisables caisses. On avait même eu la bonne pensée d'y glisser quantité de livres et de journaux illustrés, et jusqu'à du papier à lettres, des plumes, des pelotes de fils, des paquets d'aiguilles et d'épingles, des boutons et je ne sais combien encore d'objets de papeterie et de mercerie.

Tout fut bien accueilli, comme on pense; mais je dois dire que ce qui eut le plus de succès auprès de la plupart d'entre nous, ce fut le tabac, le vin, les eaux minérales et le savon.

Le manque de tabac dans ces régions pestilentielles est l'une des plus cruelles privations du soldat. Pendant la plus grande partie de la campagne nous en avions eu en quantité à peu près suffisante; mais depuis une quinzaine de jours nous en étions privés presque complètement.

Les eaux minérales tombaient à pic également pour combattre chez nous les germes de mauvaises fièvres engendrés par la détestable qualité de l'eau que nous buvions. En effet, si le stock des services d'ambulance, en médicaments, et en objets de pansement, assuré dès la première heure par les Ministères de la Guerre et de la Marine et par les Sociétés de Secours, répondait largement aux besoins, en revanche nous n'avions guère qu'une provision très restreinte de ces eaux minérales, si précieuses dans les régions marécageuses.

Quant au vin, inutile d'ajouter qu'on lui fit un accueil des plus chaleureux; car, outre le plaisir de savourer un des produits de notre pays dont on se soucie d'autant plus qu'on en est privé depuis longtemps, nous avions été souvent exaspérés d'aller au feu en mourant littéralement de soif contre des ennemis complètement ivres. Les Dahoméens ont en effet l'habitude, on le sait, d'ingurgiter des quantités effroyables de tafia, de genièvre et même d'absinthe avant l'attaque.

Enfin, pour ce qui est du savon, il faut avoir battu la brousse et les marécages, tantôt aveuglé par la poussière, et tantôt trempé, noyé, les pieds enlisés dans une boue gluante et glaciale, pour se rendre compte de la volupté que l'on peut goûter à faire subir une vraie lessive à tous ses effets et à ses propres membres. Quant à moi, je l'avoue, de toutes les gâteries qui nous furent distribuées ce jour-là, ce qui me fit le plus vif plaisir ce fut un magnifique pavé de savon de Marseille aux belles veines bleu verdâtre. Je ne l'aurais pas cédé pour un empire et je me hâtai d'en user, avec quelles délices!

L'aspect du bivouac, dans la soirée, fut d'ailleurs tout à fait réjouissant à voir. De tous les côtés on entendait de joyeux refrains, qu'interrompait le paf! retentissant d'un bouchon de Champagne. Chaque tente semblait recéler dans son sein une petite noce de Gamache.

Nous ne demeurâmes point en reste dans notre escouade. Chacun puisa largement dans son stock de

Le menu.

provisions et, en mettant nos richesses en commun, nous réunîmes les éléments d'un véritable Balthazar, auquel rien ne manqua, pas même les toasts de la fin.

J'ai conservé le menu, rédigé et illustré avec une joyeuse fantaisie par le boute-en-train de l'escouade, Delcros, dont j'ai déjà parlé.

En tête, une superbe dame avec un chapeau à plume, gantée jusqu'aux aisselles, tend une longue fiole casquée d'argent et un jambon phénoménal à un pauvre diable de Marsouin, desséché comme une morue et qui tire une langue énorme. Ses cheveux hérissés, ses yeux qui sortent de l'orbite, ses bras levés au ciel semblent indiquer une jubilation complète. Au-dessous, au milieu de parataphes et d'arabesques étourdissantes, on lit en belles lettres soigneusement calligraphiées :

Camp des Canards. — Dahomey.

Compagnie des joyeux Marsouins. — 1re Escouade.

—

MENU

du 12 novembre 1892.

—

POTAGE.

Tapioca Groult à la Général Dodds.

HORS-D'ŒUVRE.

Jambon de Bretagne. — Saucisson de Lyon (et de cheval).

ENTRÉES.

Confit de cuisse d'oie. — Langue de mouton fumée (sans feu).

RÔT.

Civet de lièvre en conserve.

LÉGUMES.

Petits pois à la Béhanzin.

DESSERTS.

Fromage de Gruyère Ementhal.
Confitures de Montauban.

VINS ET LIQUEURS.

Bordeaux, La Tour Blanche (grande année).
Banyuls. — Quinquina au Malaga. — Vin de Coca Mariani.
Champagne.
Elixir de la Grande-Chartreuse, Dubonnet frères. — Rhum. —
Pipermint.

Tabac, cigares, cigarettes égyptiennes (marque du Khédive).

Comme de juste, nous ne dégustâmes point toutes ces bonnes choses sans les accompagner de joyeux propos. Pendant que les mâchoires fonctionnaient avec enthousiasme, les langues allaient leur train.

C'était à qui dirait son mot sur ces savoureux souvenirs du pays, arrivés si à propos et qui prouvaient qu'on suivait là-bas avec intérêt les progrès de notre campagne et qu'on songeait aussi aux privations que nous avions à supporter.

L'Association des Dames Françaises, dont quelques-uns ne soupçonnaient même pas l'existence, ne fut pas oubliée et nous leur votâmes par acclamation de chaleureux remerciements.

Je pris la parole pour expliquer aux camarades ce que c'étaient que les Dames Françaises.

— Le centre de l'Association est à Paris, leur dis-je, mais elle a des succursales dans tous les coins de la France, même dans de simples chefs-lieux de canton, comme Montmorency. Chez nous, toutes les belles dames du pays en font partie, sous la présidence de la femme du maire ; elles se réunissent plusieurs fois la semaine pour confectionner en commun des lingeries de toute sorte à l'usage des blessés, ou pour entendre des conférences sur la manière de panser les plaies ou de soigner les fièvres. Puis ce sont des concerts de charité, des loteries, des tombolas à n'en plus finir, histoire d'alimenter la caisse de la société. Car ça coûte gros tout ce que nous avons reçu, sans parler des frais de transport.

— Dis donc, fit un camarade, ça serait drôle tout de même si la superbe pipe que tu fumes en ce moment te venait directement de ton pays !

— Ma foi! rien d'impossible. Aussi, si vous voulez, nous allons boire notre dernier quart de Champagne à la santé des Dames Françaises, en même temps qu'à celle du Général.

— Bravo! Le caporal a raison! répondit-on de tous côtés.

Et tous les dix, levant nos quarts, nous les entrechoquâmes en répétant de bon cœur :

— A la santé des Dames Françaises! A la santé du Général!

CHAPITRE XVI

Entrée à Abomey.

Voilà dix jours que nous croquons le marmot, en attendant que le rideau se relève sur le dernier acte de la pièce, dont l'ouverture a été jouée il y aura bientôt deux mois.

Nous ne sommes pas autrement inquiets, parce que nous sentons que ce n'est plus qu'une affaire de jours et d'heures. Cependant nous ne serions pas fâchés d'en avoir fini une bonne fois avec ces vilaines faces couleur de suie.

Il ne dépend pas de nous malheureusement que les choses aillent plus vite. Quand on a affaire à ces bavards et à ces finassiers de noirs, il n'est pas commode d'avoir le dernier mot. Les négociations pour la paix que Béhanzin a entamées avec le Général n'ont pas fait un pas. Tous les soirs nous voyons arriver deux grands diables de cabécères revêtus de pagnes en soie multicolore et porteurs du bâton royal, qui leur sert de lettre d'introduction et de créance; ce sont les envoyés de Béhanzin. Pendant des heures ils discourent, ils discutent, ils marchandent, ils ergotent avec une verve intarissable : ils appellent cela « palabrer ». Comme il faut que l'interprète traduise en français tous ces beaux discours, qu'il retraduise ensuite en langage dahoméen la réponse du Général, ces conférences traînent en longueur d'une manière désespérante.

C'est égal, il faut que le Général ait une rude patience tout de même pour écouter sans broncher ces interminables bavardages et pour ne pas envoyer carrément promener ces insupportables discoureurs avec leurs pagnes, leur bâton royal et tout le bataclan; d'autant plus que ses résolutions sont arrêtées à l'avance; il sait parfaitement ce qu'il veut; tout ce que pourront dire ces ambassadeurs de la dernière heure n'y changera rien.

Nous pouvons être bien tranquilles sur ce point. Il connaît son Béhanzin à fond, et les trucs, les roueries, les flagorneries de ce tyranneau dahoméen, retors à lui tout seul comme un maquignon normand et un marchand de cognac saintongeais, ne réussiront pas à le mettre dedans.

Ainsi hier les deux cabécères en question ont apporté avec leur éternel bâton royal deux mains d'argent, en demandant au Général d'accepter une de ces deux mains et de la croiser avec l'autre, pour indiquer ainsi qu'il voulait être l'ami de leur roi. Et ce matin même, tout un convoi de bœufs et de légumes frais est arrivé au camp, avec une provision d'eau, hommage de cet excellent Béhanzin. Pour ne pas demeurer en reste de politesse, le Général lui a retourné un vieux solde de biscuits et de conserves. Mais c'est là un simple échange de bons procédés qui n'engage à rien, et qui n'y fera ni chaud ni froid.

Si le Général ne se montre pas plus pressé d'en ter-

Les envoyés de Béhanzin.

miner, c'est tout bonnement parce qu'il attend des renforts et qu'il préfère ne reprendre les opérations actives que lorsqu'ils seront arrivés. Alors il n'ira pas par quatre chemins et mettra les pieds dans le plat, s'il le faut.

Pour passer le temps, nous « palabrons » entre nous sur la situation. Les fortes têtes de l'escouade prétendent savoir que les Dahoméens sont complètement démoralisés par la prise de Cana, qu'ils ont perdu, du coup, toute confiance dans Béhanzin, lequel était un dieu pour eux jusque-là ; que celui-ci, afin de les remonter, a dû déclarer solennellement qu'il avait encore un grand nombre d'hommes à opposer aux Français, que tant qu'il lui en resterait un seul, il tiendrait la campagne, et que finalement, s'il était vaincu, il ne survivrait pas à la chute de son royaume et se tuerait.

Qu'il se tue, si cela l'amuse ! nous ne porterons pas son deuil, pour sûr ! Mais il est si roublard, l'animal, que s'il a vraiment tenu ce langage, cela ne veut pas dire qu'il en pense un traître mot.

Et puis il y a des gens convaincus qu'il ne demanderait peut-être pas mieux, lui personnellement, de capituler ; mais qu'il est le prisonnier de ce qu'il lui reste de soldats ; que ceux-ci sont parfaitement capables de le tuer, s'ils s'aperçoivent qu'il cherche à tirer son épingle du jeu, en les laissant se débattre dans le pétrin où il les a fourrés.

C'est bien possible, après tout. Quoi qu'il en soit, nous ne tarderons pas à être fixés, car les renforts attendus viennent d'arriver ; ils comprennent une compagnie d'Infanterie de Marine et une compagnie d'Artillerie de Marine, fortes chacune de 150 hommes ; plus une batterie de 80 de montagne, avec un approvisionnement de cinquante coups par pièce ; et vingt-cinq mulets.

Le Général n'a plus de raison d'attendre, il envoie son ultimatum à Béhanzin, en lui accordant un délai de vingt-quatre heures pour l'accepter.

Mercredi, 16 novembre.

Hier soir, une heure après l'expiration du délai fixé, qu'est-ce que nous voyons débarquer au camp? Les deux fameux ministres noirs, à la langue si bien pendue; ils viennent encore palabrer, histoire de gagner du temps sans doute et de per-

mettre à Béhanzin de nous préparer quelque nouveau tour de sa façon.

Quoi qu'il en soit, le Général a renvoyé purement et simplement les deux cabécères, en leur déclarant qu'il marcherait sur Abomey le lendemain matin.

L'effectif de la colonne comprend exactement en ce moment :

Bâtons royaux de Béhanzin.

57 officiers, 1562 hommes, 2000 porteurs, 117 chevaux et 39 mulets.

Ce matin donc, à sept heures, nous nous sommes mis en marche.

Abomey est à 15 kilomètres environ de Cana. La route, une belle route large de 30 mètres, est ombragée par des arbres magnifiques, cailcédrats et bentaniers. Les villages que l'on rencontre, Vodou, Ouaoué, Agbo-

dagra, Goho et Ginté, ne sont que des agglomérations
de huttes, mais leur rapprochement n'en indique pas
moins le voisinage d'un grand centre.

Au lieu de passer par la route de 30 mètres, qui peut
être fortifiée et sur laquelle l'ennemi a sans doute accu-
mulé les embûches, le Général préfère se jeter à gauche
et broussailler.

— Allons-y, puisqu'il le faut! nous disons-nous.

C'est notre dernière étape, d'ailleurs, et nous en avons
tellement vu de toutes les couleurs depuis le début de la
campagne que quelques kilomètres de plus ne sont pas
pour nous faire peur.

Nous traversons d'abord d'immenses champs de maïs,
tiraillant par-ci par-là dans les fourrés qui semblent
devoir recéler des ennemis. Puis nous passons près
d'un plateau, couvert d'une vaste forêt, qui contourne
Abomey, dit-on, pour s'étendre indéfiniment vers le
nord.

Les Spahis nous précèdent, déployés en éventail. Le
coup d'œil de ces casques blancs, de ces casaques rouges
et de ces chevaux dont on aperçoit à peine la tête au
milieu de la brousse est saisissant.

Le soleil pique ferme. La chaleur est très forte. Nous
avançons quand même.

A 8 kilomètres environ d'Abomey, nous apercevons
un village. Les Spahis partent au galop de chasse et
reviennent presque aussitôt; ils n'ont trouvé personne
dans le village, sauf un parlementaire de Béhanzin, qu'ils
ramènent avec eux.

A midi, halte à Dengon, près de Djibé, en vue des premières constructions d'Abomey.

Le Général interroge le parlementaire. Bien que l'entretien ait lieu presque en tête à tête, nous nous doutons de ce qui s'y traite. Les malins de la compagnie prétendent même savoir que Béhanzin n'a plus autour de lui dans Abomey que 12 ou 1300 hommes, dont une grande partie se compose des prêtres chassés de Cana par l'arrivée de la colonne.

Ces prêtres, ajoute-t-on, auraient fanatisé à tel point les derniers soldats de l'armée dahoméenne qu'ils ont tous prêté le serment de se faire tuer plutôt que de fuir.

On affirme également que Béhanzin lui-même est résolu à s'ensevelir sous les ruines de sa capitale. Tant mieux, ce sera un bon débarras pour tout le monde.

Toujours est-il que le Général renvoie au roi son émissaire, avec une lettre où il le somme pour la dernière fois de se rendre sans conditions.

Une heure après, retour du même émissaire. Béhanzin refuse.

La colonne reprend aussitôt son mouvement, en se portant au nord de la ville, de façon à tourner les défenses accumulées autour du palais de Goho, et à menacer les derrières et la ligne de retraite de l'ennemi.

Nous avançons lentement et avec précaution. A cinq heures, les Spahis s'arrêtent tout à coup et regardent dans la direction du nord. Abomey est en vue.

Abomey! Abomey! Le nom de la ville mystérieuse et terrible court les rangs. Nous ressentons tous une vive émotion.

En avant!

Mais voilà que dans la nuit, qui approche rapidement,

nous apercevons à l'horizon une grande lueur rouge, comme une immense tache de sang.

A mesure que nous avançons, la lueur devient plus vive.

Soudain la ville apparaît, elle flambe de tous côtés. Béhanzin n'a pas voulu subir la honte de voir les blancs entrer dans son palais. Comme Rostopchine à Moscou, il a préféré incendier sa capitale, plutôt que de la laisser tomber intacte entre les mains de l'envahisseur.

Les reconnaissances de cavalerie rendent compte que la ville est en flammes sur une étendue de 3 kilomètres; les faubourgs sont abandonnés et brûlent également. Au milieu, une immense construction craque déjà sous l'action du feu : c'est le palais de Béhanzin.

Dans ces conditions, on ne peut songer à pousser plus loin. Le bivouac est établi sur place, et fortement retranché, dans l'éventualité d'une surprise toujours possible.

Vers les neuf heures, la pluie se met à tomber. Mais elle n'empêche point l'incendie de durer toute la nuit.

Abomey, jeudi, 17 novembre.

Ce matin, à six heures, reprise du mouvement.

Pas un coup de feu, pas un ennemi en vue. Tout est désert et abandonné.

A six heures et demie, les compagnies d'avant-garde arrivent jusqu'à l'enceinte fortifiée de la ville, sans rencontrer aucune résistance, et franchissent les larges fossés qui contournent Abomey sur l'un des quatre ponts, protégés par un corps de garde, qui donnent accès dans l'intérieur de la place.

Comme nous le pensions, Béhanzin a abandonné sa capitale. Évidemment c'est notre mouvement tournant

On hisse les couleurs nationales.

qui, en menaçant sa ligne de retraite, a provoqué sa fuite précipitée. Avant de se retirer, il a mis le feu à son palais, ainsi qu'aux maisons des princes et des chefs, afin de forcer ceux-ci à le suivre. Heureusement la plupart des maisons, — des *tatas* dans la langue du pays, — sont construites d'une sorte d'argile très dure, avec un toit en feuillages ; de telle façon que l'incendie n'a guère dévoré que le toit et les meubles, en laissant les quatre murs debout, puis s'est éteint tout seul.

A huit heures précises, par une chaleur torride, le gros de la colonne, précédé par les Spahis, fait son entrée solennelle dans Abomey. Nous nous sommes donné un coup de brosse pour la circonstance, et nos drapeaux flottent fièrement au vent, comme à la revue du 14 juillet.

Dans les rues, du reste, pas un être humain. Mais que nous importe ? Les frimousses des jeunes Dahoméennes ne sont pas tellement régalantes que nous regrettions de ne pas les voir assister à notre triomphe.

Une heure après, le bivouac est établi dans la cour principale du Palais du Roi. Le Général et le Lieutenant-Gouverneur s'installent dans un des coins du palais qui a échappé au feu, et sur lequel on hisse les couleurs nationales.

Nous les saluons du cri de : Vive la France !

Vendredi, 18 novembre.

Ce matin, après le rapport, on nous donne lecture de l'ordre du jour du Général, qui nous félicite de l'heureuse et rapide façon avec laquelle cette dernière affaire a été enlevée, et de la dépêche suivante du Ministre de la Marine qui vient d'arriver au campement :

Marine au Général Dodds, Porto-Novo.

« La Chambre des Députés, par un vote unanime et sans attendre l'issue qu'elle espère de la campagne conduite par le Général Dodds au Dahomey, associe ses félicitations à celles que le gouvernement lui a envoyées déjà, ainsi qu'à ses vaillantes troupes.

Signé : « BURDEAU. »

Sans doute il est regrettable que nous n'avons pu mettre la main sur Béhanzin ; mais qu'importe, après tout, puisque désormais il est réduit à l'impuissance ? La bête n'est pas morte, mais le venin est bien mort.

Nous aurons peut-être encore quelques petits soulèvements sans gravité à réprimer, des maraudeurs isolés, derniers débris de l'armée dahoméenne, à pourchasser, mais voilà tout. Quant à Béhanzin, lorsqu'il en aura assez de crever de faim, lui, ses femmes, ses ministres, ce qu'il appelait sa cour, dans des solitudes qui n'offrent aucune espèce de ressource, il viendra de lui-même se livrer à discrétion.

On peut donc dire que dès aujourd'hui la campagne est finie.

CHAPITRE XVII

Abomey.

Voici trois jours que nous sommes à Abomey. Nous avons tant bien que mal remis un peu d'ordre dans la ville bouleversée, et fortifié ses abords, de manière à nous défendre contre tout retour offensif, si invraisemblable qu'il puisse être.

Aujourd'hui, on nous laisse enfin un peu de liberté et nous en profitons, quelques camarades de l'escouade et moi, pour nous promener à travers la ville, comme nous l'avons déjà fait à Cana.

Le ciel est bleu, le soleil pâle, mais brûlant.

Le Palais du Roi, au milieu duquel nous campons, est une agglomération de masures enfermées dans un enclos qui n'a pas moins de trois kilomètres de circonférence, et dont les murailles en terre battue, hautes de six à sept mètres, étaient surmontées, quand nous y arrivâmes, d'un cordon de têtes humaines, plus ou moins fraîchement coupées. Bien entendu, notre premier soin fut de faire disparaître cette décoration macabre, témoignage trop éloquent de la férocité abominable de l'ancien occupant.

La porte principale est surmontée d'une construction à un étage, qui rappelle la façade du palais du roi Toffa à Porto-Novo.

Cette porte franchie, on arrive à la cour, ou plutôt à la Place, où notre bivouac est installé. C'est une grande place toute nue, entourée de galeries pour les réceptions, et semée d'une fine poussière grise qui recouvre l'argile rouge du sol.

Le milieu est occupé par un figuier gigantesque, aux branches duquel on accrochait par les pieds les cadavres des suppliciés. En outre, à chaque extrémité des mêmes branches on piquait des têtes humaines, que l'on y laissait jusqu'à ce qu'elles fussent complètement desséchées.

C'est en effet sur cette place qu'avaient lieu les sacrifices humains à l'époque des Grandes Coutumes et à la mort du souverain, voire même à l'avènement de son successeur.

Mais il vaut mieux ne point parler de toutes ces horreurs, maintenant que, grâce à nous, elles sont rejetées pour jamais dans le domaine des rêves — des cauchemars plutôt.

Le Palais proprement dit, c'est-à-dire la partie du Palais qui était habitée par le Roi, n'a rien de particulier: c'est une énorme bâtisse, sorte de caserne, dont le sommet est percé d'une quantité d'ouvertures sans fenêtres, béantes et noires. Du reste, il paraît que Béhanzin, qui possédait sept palais à Abomey, ne couchait jamais

dans le même par excès de prudence, et dormait princi-
palement le jour.

A droite et à gauche du Palais, nous remarquons deux
agglomérations de cases, réservées, les unes celles de
gauche aux amazones, les autres celles de droite aux
femmes du roi.

Il paraît que tout le monde est plus ou moins poly-
game au Dahomey; l'époux achète son épouse à beaux
deniers comptants, et il en achète autant que ses moyens
le lui permettent. Aussi dans cet aimable pays la femme
est-elle considérée purement et simplement comme la
propriété de son mari.

C'est seulement quand elle devient une des femmes du
Roi que la Dahoméenne s'élève d'un degré. Malheur
alors à l'imprudent qui l'insulterait, ou seulement la
profanerait du regard.

Au point de vue physique, les Dahoméennes n'ont
absolument rien de commun avec l'idée qu'on se fait
chez nous de la beauté, ni même de la femme.

Nubiles de bonne heure, elles se marient avant l'âge, et
sont flétries très rapidement par la maternité et les durs
travaux auxquels elles sont soumises.

Quant à leur costume, il est des plus sommaires. Elles
portent autour des reins une ceinture formée de plusieurs rangées de grosses perles de terre ou de corail,
qui sert à supporter le vêtement le plus intime, à savoir
une pièce d'étoffe fixée par devant et par derrière à
ladite ceinture. Par-dessus elles passent un pagne très
court en soie ou en cotonnade, qui s'enroule autour de
la taille et qu'un foulard de soie retient à mi-cuisse.
Enfin elles jettent encore sur ce premier pagne un second

pagne plus grand, roulé autour des seins et descendant jusqu'à la cheville.

Ainsi vêtues, on ne peut pas dire que les Dahoméennes soient jolies, jolies; mais enfin, quand elles sont jeunes encore et point trop déformées, elles ne sont pas hideuses.

En revanche, elles deviennent tout à fait ridicules, grotesques, abominables, quand leur époux, grand négociant de la côte, croit de bon goût d'adopter pour lui-même et d'imposer à ses femmes le costume européen. Nous en avons vu à Porto-Novo de ces Dahoméennes affublées de défroques achetées aux factoreries françaises, au hasard des déballages. On les aurait dites échappées d'une baraque de chiens savants, avec leurs chapeaux à plumes gigantesques, leur robe de couleurs criardes, leurs innombrables bijoux de pacotille, et leurs bottines à hauts talons qui donnaient à leur démarche une vague ressemblance avec celle du canard.

Mais je reviens à Béhanzin et à ses femmes. Je ne sais pas combien le gracieux monarque s'en était offert; peut-être lui-même en avait-il oublié le compte, ou bien, dans la précipitation de son déménagement rien moins que volontaire, n'avait-il emmené pour le consoler des rigueurs de l'exil que celles de ces dames qui n'avaient pas encore cessé de plaire. Toujours est-il qu'en visitant au hasard les nombreuses cases réservées à toutes ces reines pour rire, nous reculâmes soudain effarés, en face de l'apparition la plus étrange, et la moins régalante : c'étaient quatre espèces de sorcières, noires comme des taupes et plus qu'à demi nues, qui se tenaient accroupies par terre dans l'angle d'une de ces cases. Avaient-elles été abandonnées par leur volage époux? Ou bien s'étaient-

On les aurait dites échappées d'une baraque de chiens savants.

elles énergiquement refusées à quitter le toit (pour le moment, il était pourtant en bien mauvais état!) qui avait abrité leurs royales amours?

Quoi qu'il en soit, elles semblaient plus ahuries qu'effrayées, comme si elles n'eussent rien compris à ce qui se passait, et demeuraient immobiles dans leur coin, sans même lever les yeux sur nous.

Inutile d'ajouter que nous respectâmes, avec un scrupule dont il ne faudrait pas exagérer le mérite, le repos de ces quatre mégères, et qu'après les avoir dévisagées curieusement pendant quelques minutes nous les laissâmes à leur malheureux sort.

Derrière le Palais, il y a une seconde Place plantée d'arbres, sur laquelle le marché se tient la nuit, à la lueur des torches; le pittoresque du coup d'œil doit y gagner sensiblement, d'ailleurs. Pour le quart d'heure, bien entendu, la Place est vide et le marché ne brille que par son absence, la nuit comme le jour.

La ville proprement dite est assez grande pour contenir environ cinquante mille habitants. Elle se compose de deux parties distinctes, entourées toutes deux d'un fossé comblé sur certains points, et de murailles en fort mauvais état qui sont même remplacées partiellement par une haie de cactus et d'arbustes épineux. D'où peut-être son nom, lequel signifie, paraît-il, la cité dans l'enceinte.

Les rues sont larges et bien entretenues; et les maisons s'alignent assez régulièrement de chaque côté. Ce sont des cases carrées, bâties en argile rougeâtre, coiffées de chaume (pour l'instant, elles sont presque toutes décoiffées, par suite de l'incendie) et entourées de maigres palmiers. La plupart ont pour décoration des sculptures en relief représentant des caïmans, des tortues, des arcs lunaires, des triangles et autres fétiches, destinés à protéger les habitants contre toute espèce de maléfices.

A l'angle d'une de ces rues, nous rencontrons une bande de nos porteurs, affublés de cotonnades de nuances éclatantes.

Nous les interrogeons sur la provenance de ces splendeurs multicolores, et nous apprenons que c'est une trouvaille qu'ils ont faite dans la case d'un cabécère, et qu'ils se sont appropriée sans autre forme de procès. Dès leur entrée dans la ville, nos gaillards, chez qui l'instinct du pillage est infiniment plus développé que les vertus guerrières, se sont mis en quête de tous les côtés, et ils ont déniché sans trop de peine de nombreux pots aux roses.

Du reste, le Général, avisé que Béhanzin avant son départ avait fait enterrer tout ce qu'il n'avait pu emporter, a ordonné de pratiquer des fouilles un peu partout dans la ville et ses environs immédiats. On a pu mettre ainsi la main sur un grand nombre de cachettes dans le Palais même et les principales maisons, et recueillir quantité de canons, de mitrailleuses, de poudre, de ballots d'étoffes européennes et un chiffre vraiment effrayant de bouteilles de tafia, de genièvre et d'absinthe. Toutes ces boissons alcooliques sont d'ailleurs de très mauvaise qualité, et le Général s'est empressé de les faire jeter, au grand désespoir de nos auxiliaires indigènes qui en auraient fait leurs choux gras.

Il paraît, assure-t-on, que c'est le plus clair du butin que nous aurons trouvé à Abomey, bien qu'on ait parlé du trône de Béhanzin, un superbe trône en or d'après les

uns, un misérable fauteuil d'opéra-comique en bois doré
d'après les autres, qui aurait été découvert dans une des
cases du Palais. Je ne l'ai point vu pour ma part, et n'en
puis rien dire.

En continuant notre promenade, nous sommes sortis

En entendant le tintement...

de la ville, et nous voici maintenant longeant de nombreuses habitations entourées de jardins, de champs de
manioc, de patates et de haricots, avec par-ci par-là
quelques palmiers à huile. Ces habitations sont tantôt
groupées ensemble, tantôt au contraire isolées les unes
des autres et à moitié perdues dans de hautes herbes qui

cachent un terrain marécageux. Ce n'est point l'eau qui doit manquer ici, surtout pendant la saison pluvieuse ; même à l'époque de la saison sèche, on doit pouvoir en obtenir, rien qu'en creusant légèrement le sol. Mais c'est de l'eau boueuse et malsaine.

Quant à l'eau potable, elle se vend, paraît-il, au marché comme une denrée précieuse. Les habitants n'ont en effet ni citernes ni puits, et sont forcés d'aller très loin faire leur provision.

Le Roi lui-même envoyait ses femmes, ou les esclaves du Palais, à un petit ruisseau distant de deux kilomètres ; et tel est le respect qui s'attachait à tout ce qui approchait la personne royale qu'en entendant le tintement de la sonnette, par laquelle ces porteuses d'eau officielles annonçaient leur passage, tout le monde devait s'écarter soigneusement et détourner le visage.

La grande plaine, au milieu de laquelle Abomey est bâtie sur un plateau peu élevé, est cultivée comme un jardin et fournissait aux besoins de la Cour. Le climat est beaucoup plus sain que celui de Porto-Novo.

A proximité de la ville, nous apercevons le Palais de Goho, construction assez importante, qui va être mise en état de défense, pour servir de casernement aux troupes qui seront désignées pour tenir garnison à Abomey, après la dislocation de la colonne.

.   .   .   .

.   .   .   .

CHAPITRE XVIII

Les fièvres du Dahomey.

A bord du vaisseau-hôpital le *Mytho*, en rade de Cotonou.

Après une nouvelle interruption de vingt et un jours, je reprends mon journal seulement aujourd'hui 14 décembre.

Le 24 du mois dernier, en rentrant de cette promenade, que j'ai racontée, à travers la ville et les champs marécageux qui l'environnent, et où j'avais sans doute respiré quelque émanation pestilentielle, j'ai été pris subitement d'un accès de fièvre si violent qu'on dut me transporter immédiatement à l'Ambulance volante, installée tant bien que mal dans l'une des cases les moins délabrées des femmes du roi.

Ces fièvres du Dahomey sont tout autres, paraît-il, que celles du Sénégal, mais elles ne sont guère moins mauvaises. En outre, mon organisation, anémiée par l'action débilitante du climat, était sans doute hors d'état de résister désormais au premier choc, une fois dissipée l'excitation de la bataille ou de la marche en avant.

Malgré les soins de nos excellents docteurs je tombai presque tout de suite dans un état alarmant. Ma faiblesse était telle que non seulement je ne pouvais plus faire un mouvement, mais que le moindre bruit retentissait dans mon cerveau affaibli comme un coup de canon ou un roulement de tonnerre.

On avait beau me bourrer de quinine, les accès de fièvre, que rien ne pouvait enrayer, devenaient de plus en plus graves et de plus en plus fréquents. Je tremblais de tous mes membres et je grelottais de froid, par trente-cinq degrés de chaleur. Avec cela, une soif terrible que rien ne pouvait apaiser !

Je n'étais pas seul aussi mal en point. On a raison de dire que les Européens ne peuvent résister plus de deux mois, dans l'intérieur des terres, au climat meurtrier de ce pays. L'Infanterie de Marine, composée en grande partie d'hommes très jeunes et de volontaires peu préparés à une endurance aussi prolongée, avait été particulièrement éprouvée. Il avait fallu accaparer successivement presque toutes les cases voisines de celles où s'était d'abord installé l'hôpital provisoire.

Les médecins de 1ʳᵉ et 2ᵐᵉ classe qui faisaient partie du Corps expéditionnaire avaient peine à suffire à la besogne, malgré leur zèle et leur nombre.

Aussi, dès que cela fut possible, se hâta-t-on d'organiser un premier convoi pour transporter à petites journées les malades les plus gravement atteints jusqu'à Porto-Novo, où un véritable hôpital militaire avait été organisé par le service de Santé.

Je fis partie de ce premier convoi et repris, en sens inverse et dans des conditions bien différentes, le chemin que j'avais parcouru une première fois, le fusil au poing et la chanson à la bouche.

Bien qu'il n'y eût plus guère de surprise à craindre, nous étions accompagnés d'une escorte suffisante pour que tout danger fût écarté. Béhanzin d'ailleurs était très loin dans le Nord, paraît-il, mais quelques rôdeurs échappés de son armée auraient pu se jeter sur nous au passage.

La plus dure partie du voyage, ce fut le trajet d'Abomey jusqu'aux bords de l'Ouémé, où une canonnière nous attendait pour nous transporter en quelques heures et sans secousse à Porto-Novo.

Encore le chemin à travers la brousse était-il tout tracé, puisque nous suivions celui qui avait été pratiqué à coups de hache et de coupe-coupe pour ouvrir le passage à la colonne.

Bien entendu, comme presque tous nous étions incapables de nous traîner, voire même de nous tenir sur nos jambes, c'est dans des hamacs, à défaut de cacolets et de mulets, que nous fîmes le voyage.

Le hamac est d'ailleurs le seul moyen de locomotion possible pour voyager au Dahomey, dans l'intérieur tout au moins. Le mien était fait d'une étoffe de coton très solide, zébrée de dessins bizarres de couleurs voyantes, et ornée de franges rouges et jaunes. Il était suspendu par deux chevilles à une perche longue de quatre mètres environ et formée de la nervure centrale de la feuille d'un palmier qui, une fois séchée et redressée, constitue un support très léger et très résistant à la fois. Une tente en cotonnade rayée et un oreiller complétaient l'aménagement de ce véhicule original, auquel je m'habituai assez vite. La tente était fixée aux deux chevilles du hamac par un double cordon qui me permettait de la maintenir dans la position que je préférais.

Si la force ne m'avait point manqué, j'aurais pu voyager assis, les jambes ballantes ou croisées à la mode turque; mais j'étais si faible qu'il me fallait rester couché.

J'avais pour moi tout seul quatre hamaquaires — on appelle ainsi les porteurs de hamac — qui se relayaient deux par deux. Ces hommes ont une façon bien curieuse de porter leur hamac; ils placent l'extrémité du support sur leur tête, en protégeant celle-ci du frottement au moyen d'un petit coussinet rond en paille. Ils maintiennent leur fardeau en équilibre avec une seule main; le plus souvent même ils l'abandonnent complètement, quelque rapide que soit leur allure.

Parfois mes porteurs s'excitaient entre eux et, pris d'émulation, se livraient à une course échevelée. Jamais pourtant ils ne firent le moindre faux pas, si merveilleuse était leur adresse. Il fallait voir, lorsqu'ils étaient fatigués, avec quelle prestesse leurs camarades, pour les relayer, saisissaient le hamac sans ralentir l'allure et sans imprimer la moindre secousse à son chargement.

Quand une lagune se rencontrait devant nous, ils entraient dans l'eau sans hésitation et, dès qu'ils avaient de l'eau jusqu'aux cuisses, deux autres porteurs empoignaient le hamac par-dessous, me soutenaient aux épaules et aux bras et me soulevaient afin de m'éviter de prendre un bain de siège, tandis que les deux premiers portaient le hamac à bout de bras.

Néanmoins, ce voyage me parut interminable. Si atténués, si insensibles que fussent les mouvements de la marche, j'en ressentais une souffrance incroyable. La soif qui me dévorait ne me laissait pas un instant de répit; et, malgré les soins attentifs et dévoués de l'aide-major qui accompagnait le convoi, je commençais à croire que je n'arriverais pas vivant jusqu'à l'*Ouémé*.

J'y arrivai cependant, mais dans quel état! Le transbordement sur la canonnière *Topaze* fut très pénible, et plus douloureux encore le débarquement à Porto-Novo, et le transport à l'hôpital militaire.

J'étais mourant quand on me coucha enfin dans un vrai lit. Quelques jours après, mon état ne s'améliorant pas, le Major ordonna mon transport immédiat à bord du *Mytho*, vaisseau-transport changé pour le quart d'heure en hôpital flottant, et stationné en rade de Cotonou, assez loin des lagunes pour que les malades fussent soustraits à leur influence pernicieuse.

Il y avait déjà près de quatre cents malades sur le *Mytho*, lorsque j'y arrivai. Je n'avais plus que le souffle, et j'étais si faible que l'on croyait que j'allais passer d'un moment à l'autre.

Une après-midi que j'étais au plus mal, j'aperçus, comme à travers un brouillard, quelques personnes qui s'approchaient de mon cadre, puis j'entendis une voix qui disait :

— Comment? c'est vous, mon pauvre Blanchard? Du courage, que diable!

Je fis un effort pour ouvrir les yeux, en reconnaissant la voix du Général. C'était lui en effet qui, revenu d'Abomey à Porto-Novo, faisait une tournée sur le

Mytho avec le major, l'aumônier et je ne sais qui encore.

Sa vue me rendit un peu d'énergie et je pus murmurer quelques mots de réponse :

— Fini, mon Général !

— Eh bien ! que dis-tu là ? Tu es absurde ! reprit aussitôt le Général, avec une bonne chaleur émue dans la voix. Allons ! Allons ! Tu t'es battu contre l'ennemi, tu peux bien te battre contre la fièvre. Écoute-moi, Blanchard. Je suis ton Général. Tu me dois l'obéissance. Eh bien ! je ne veux pas que tu meures, tu entends ? Ce serait trop bête ! D'ailleurs, je connais bien le moyen de te guérir.

Détachant alors la médaille militaire de la poitrine d'un sergent de la Légion qui se tenait debout à côté de mon cadre, il me la mit dans la main en disant :

— Je t'avais porté sur la liste pour ta conduite à Dogba, à Akpa et dans toute la campagne. Mais tu es plus pressé que les autres, paraît-il, et tu as voulu être servi le premier. Allons ! adieu, Blanchard. Je reviendrai te voir ces jours-ci et, si tu n'es pas guéri, gare à toi !

Mon cher général ! Il voulait sans doute me donner une dernière consolation, avant que je mourusse ; car j'étais si bas, si bas, que tout le monde regardait comme impossible que je m'en tirasse à moins d'un miracle.

Le miracle se fit pourtant. Fut-ce l'ordre du Général me disant : « Je ne veux pas que tu meures ! » ou bien la vertu de cette médaille si ambitionnée du soldat ? toujours est-il qu'à la grande surprise du major, mon état qui était complètement désespéré, commença à s'améliorer à partir de ce moment.

Bientôt mon pouls diminua, ma tête me fit moins mal, et la lassitude immense qui pesait sur tous mes membres se dissipa peu à peu.

— Je connais le moyen de te guérir.

Puis le mieux s'accentua et, sans rien pouvoir garantir encore, le major entrevit la possibilité de la guérison. si aucune complication ne survenait.

Quelques jours se passèrent encore, après quoi je me repris un peu à la vie. Je m'intéressais maintenant à ce qui se passait autour de moi ; et, pour la première fois, je songeai à demander où nous en étions, si Béhanzin avait été pris, si on se battait encore, si le Général était retourné à Abomey.

J'appris avec plaisir qu'après avoir installé dans le palais de Goho une compagnie d'Infanterie de Marine et quatre compagnies de Tirailleurs sénégalais avec de l'artillerie, le Général avait quitté définitivement Abomey, et que dans la première semaine de décembre le reste de la colonne était rentré à Porto-Novo avec l'État-major.

Ce me fut un véritable soulagement de songer qu'on ne s'était plus battu depuis que j'étais tombé malade, et que par conséquent je n'avais point perdu l'occasion de tirer encore quelques coups de fusil.

Mais c'était la pensée du Général qui m'occupait surtout ; à la vérité, elle ne me quittait guère. J'avais fait accrocher ma médaille au petit rideau blanc de mon cadre, bien en face de moi, afin de ne jamais la perdre de vue, et j'attendais avec impatience la visite que le Général m'avait promise.

Il arriva un matin ; et, dès qu'il m'aperçut, il s'approcha de moi.

— A la bonne heure, Blanchard ! ça me fait plaisir de vous voir en bonne voie de rétablissement, me dit-il : je savais bien, moi, que vous ne mourriez pas.

— Dame ! Vous me l'aviez défendu, mon Général ! répondis-je.

— Il est bien faible encore ! dit le major en intervenant. C'est l'air du pays qu'il lui faudrait pour le remettre.

— Eh bien ! dit le Général, vous le comprendrez dans

le premier convoi de rapatriement. Vous y penserez, Docteur?

Et je l'entendis qui, en s'en allant, disait au major :

— Quels hommes! on peut tout leur demander.

Et moi, j'avais envie de lui crier :

— Oui, mon Général, surtout quand c'est un homme comme vous qui demande !

CHAPITRE XIX

Rapatriement.

Enfin me voici à bord du paquebot qui doit me ramener en France, la *Ville de Maceïo*, simple steamer de commerce de la Compagnie des Chargeurs Réunis, de Bordeaux. Il n'a pas été affrété spécialement pour nous par l'État, comme le *Thibet* et d'autres; mais en passant à Cotonou, il nous a pris à son bord et c'est conjointement avec douze cents ponchons d'huile de palme et cinquante billes de bois d'acajou que nous voguons vers la terre natale.

L'installation n'est pas des plus confortables. On a été obligé de disposer des couchettes jusque dans l'entrepont, aménagé tant bien que mal.

Il y a une soixantaine de malades et de blessés à bord : le commandant Bathreau de la Légion étrangère, les capitaines Gallenoy et Passagua de l'Infanterie de Marine, puis cinquante-six ou cinquante-sept sous-officiers, caporaux ou soldats de toute arme. Parmi mes camarades de l'Infanterie de Marine, je retrouve les caporaux Froment et Hoffman, et les soldats Derrider, Roses, Rusera, Gaillot, Perrin, Hérig, Auch, Mathet, Feller, Schneider, Messans, Vinck et Szmigielski.

La plupart sont convalescents, ou en bonne voie de guérison; cependant quelques-uns sont encore assez malades pour qu'on ne soit pas sûr qu'ils fassent la traversée jusqu'au bout.

Serai-je de ceux-là? J'ai bonne envie de vivre maintenant. Mais les forces me font toujours défaut et l'appétit ne revient pas.

Ce n'est point la viande fraîche qui manque pourtant à bord, ni les vins réconfortants, ni même les distractions. Mais elles sont terriblement tenaces, ces maudites fièvres dahoméennes! On dirait qu'elles veulent se venger sur nous des humiliations et de la ruine que nous avons infligées à leur pays.

Le coup d'œil du pont est tout à fait pittoresque, surtout lorsque le temps permet aux blessés de sortir de leurs chambres. Ici, c'est un lieutenant blessé à Akpa; il est affalé sur ses deux béquilles, le pied droit enveloppé d'un volumineux pansement. Là un autre officier, qui a eu les deux cuisses traversées d'une balle au combat de Poguessa; sa mine n'est point trop mauvaise, mais ses deux jambes sont fixées dans un appareil, et il faut quatre hommes pour le transporter avec son matelas sur le pont du bateau. Puis ce sont des bras en écharpe, des têtes bandées de linges, et surtout des figures amaigries, des yeux caves, de pauvres mines de fiévreux et d'anémiés. Mais tous, nous sommes soutenus par la joie de revoir prochainement le pays, et aussi, pourquoi ne le dirais-

je point? par l'orgueil patriotique d'avoir fait notre devoir,
et tenu haut et ferme le drapeau de la France. Aussi avec
quelle impatience nous allons attendre cette médaille du
Dahomey, que les Chambres nous ont votée, à ce que
nous avons appris, et comme nous serons fiers de la
porter!

Le 25 décembre, arrivée à Dakar. Là nous débarquons
quelques Volontaires sénégalais, qui ont fait la campagne
avec nous. Les trois compagnies sénégaliennes avaient
été recrutées parmi les hommes libres de la colonie. La
première a fait toute la campagne jusqu'à Abomey et a
eu de nombreux tués et blessés. Les deux autres ont
eu, à vrai dire, un rôle moins actif, ayant été affectées à
la garnison des postes de la côte, ou à la garde des
postes de ravitaillement qui étaient installés derrière
la colonne expéditionnaire au fur et à mesure qu'elle
avançait; elles n'en ont pas moins eu aussi leur contingent de tués et de blessés dans divers engagements, dont
quelques-uns fort importants. Toutes les trois ont fait
preuve d'un véritable dévouement. Peut-être cependant
faut-il attribuer en partie à ces troupes indigènes la
responsabilité du nombre relativement considérable
d'officiers qui ont été tués ou blessés au cours de la campagne. En effet, ces troupes sont braves et se battent fort
bien, mais c'est à condition qu'elles soient entraînées et
que leurs chefs marchent devant elles.

En quittant le Sénégal, nous avons eu une grave avarie.
L'arbre de la manivelle s'est cassé et on a dû renverser
la machine. Enfin nous avons réussi tant bien que mal
à gagner les îles Canaries.

La réparation terminée, nous avons repris la mer. A

la hauteur de Ténériffe, nous avons croisé un bâtiment français, le *Melpomène*, dont l'équipage s'est rangé tout entier sur le pont, officiers et drapeau en tête, pour saluer au passage les blessés et les malades du Dahomey.

Dans les eaux de Madère, nous perdîmes un camarade, le caporal clairon, Louis Jay de la Compagnie d'Infanterie de Marine, qui souffrait d'une dysenterie invétérée.

C'était le troisième décès de la traversée, mais celui-ci m'a particulièrement impressionné, parce qu'il s'agissait d'un brave garçon que je connaissais et que j'aimais beaucoup ; aussi ai-je tenu à assister à la triste cérémonie de son immersion en mer.

Le corps, une fois cousu dans un sac de toile imperméable, avec aux pieds un poids en fer de trente kilogrammes pour assurer la descente en ligne droite, fut couché sur une longue planche et porté à la coupée. Puis le navire stoppa. L'aumônier du bord récita les dernières prières. Après quoi, au coup de sifflet du capitaine, la planche fut soulevée, le corps glissa lentement et s'engouffra dans la mer qui se referma silencieusement sur lui.

Alors un de nos officiers adressa au pauvre disparu quelques paroles d'adieu pleines de cœur, qui me touchèrent jusqu'aux larmes.

Puis un jeune volontaire de la Compagnie, nommé Jean Baril, s'approcha à son tour et lut de très beaux vers, dont je n'ai malheureusement retenu que les quatre derniers :

> Les vagues maintenant de leur fifre sonore
> Vont bercer son sommeil ; et peut-être là-bas,
> Dans l'Océan profond, rêvera-t-il encore
> Du clairon qui sonnait le branle des combats.

Funchal (île Madère).

Puis la machine se mit de nouveau en mouvement et nous reprîmes notre route.

Cependant le capitaine était resté sur le pont et je l'entendis qui disait à un passager :

— Nous avons ici 2 400 mètres de profondeur. Le corps a dû s'arrêter à deux cents mètres environ au-dessus du fond de la mer, et il y restera suspendu au milieu de l'eau, droit, debout et immobile, jusqu'à ce qu'il soit complètement désagrégé. Un simple calcul d'après la pression de l'eau et sa densité suffirait pour déterminer, étant donné le poids que nous lui avons mis aux pieds, le point exact où il est arrivé.

C'est égal, nous autres natifs de la campagne, nous préférerons toujours à cette sépulture grandiose l'humble cimetière de notre village.

Enfin, après une traversée assez bonne en somme, nous approchons. Le 18 janvier, nous nous réveillons en vue des côtes de France. En vue est bientôt dit; la vérité est que nous ne distinguons rien du tout, car il y a de la brume. Mais cela ne fait rien; nous savons que la France est là, derrière ce rideau opaque, et notre cœur bat plus vite. Je tressaille de joie à la pensée que dans quelques heures je poserai de nouveau le pied sur ce sol de la patrie, que j'avais, un moment au moins, désespéré de revoir.

Vers les sept heures, le brouillard se dissipe quelque peu et nous reconnaissons devant nous le Phare de Cordouan, à l'entrée de la Gironde. Nous montons tous sur le pont, tous ceux qui peuvent se tenir debout; et, appuyés contre les bastingages, nous embrassons du regard cette terre française qui nous semble la plus belle de toutes. Officiers, sous-officiers, soldats, Marsouins, Spahis, Artilleurs, matelots, nous sommes mêlés et confondus, comme nous sommes unis par un même sentiment de joie patriotique.

Une heure et demie se passe encore et nous voici en rade de Pauillac. La vigie du poste sémaphorique a dû signaler notre arrivée, car du pont du bateau nous voyons le môle et les quais envahis par une foule de gens désireux sans doute de nous saluer au passage.

Quelques embarcations viennent même au-devant de nous et tournent autour de la *Ville de Maceïo*, en nous acclamant chaleureusement.

Enfin nous stoppons. Un canot accoste. C'est le médecin de service de la Santé qui vient nous visiter : après un court colloque avec le capitaine, il appose sa signature sur le livre du Bord. Le pavillon jaune est amené. Nous pouvons reprendre notre route et remonter la Gironde jusqu'à Bordeaux. Mais le télégraphe et les journaux ont annoncé sans doute que nous arrivions ce matin, car le fleuve se remplit de petits vapeurs et d'embarcations pavoisées d'où partent des hourrahs frénétiques.

A mesure que nous approchons, le mouvement augmente et à peine commençons-nous à apercevoir les premiers mâts des navires embossés en face du quai des Chartrons, qu'une lointaine acclamation arrive jusqu'à nous ; évidemment, nous sommes signalés.

Les quais, les bateaux, tout est noir de monde. Les ponts des navires et jusqu'aux hunes sont remplis de matelots, qui agitent leurs bérets, lorsque la *Ville de Maceïo* longe leur bord.

Enfin, un coup de canon tiré de la Division annonce

que nous allons mouiller au ponton de la Compagnie des Chargeurs Réunis.

Le navire évolue lentement au milieu de clameurs étourdissantes, il approche, il est à quai maintenant.

Le spectacle devient inimaginable. L'enthousiasme est indescriptible. Hommes, femmes, enfants, la ville entière s'est portée à notre rencontre. De tous côtés, les drapeaux flottent aux fenêtres des maisons, aux mâts des navires. Devant le ponton de débarquement, on a dressé un arc de triomphe; nous apercevons des personnages en uniforme et des dames en brillantes toilettes avec des bouquets à la main, qui nous attendent pour nous souhaiter la bienvenue au premier pas que nous allons faire sur le sol de la patrie.

Les dernières formalités accomplies, l'échelle est amenée, et quelques personnes privilégiées montent à bord, serrent chaleureusement les mains de nos officiers; puis nous commençons à descendre.

Que de scènes touchantes se passent alors dans le tohu-bohu d'un débarquement, opéré au milieu de cette foule bruyante et sympathique, que le service d'ordre organisé n'a pu empêcher d'envahir les quais et les alentours des bureaux de la Compagnie! Ici c'est une vieille dame qui aperçoit parmi les rapatriés son petit-fils, sergent à la compagnie d'Infanterie de Marine, et se précipite en sanglotant à son cou. Là un homme aux allures militaires reçoit son fils au bas de l'échelle. Hélas! le pauvre garçon n'a plus qu'un bras, mais il est décoré! Et le père, les larmes aux yeux, fier quand même de son fils, l'emmène par le bras — par le seul bras qui reste! Puis ce sont deux belles dames, deux Parisiennes, toutes pâles;

elles ont aperçu leurs maris sur le pont et leur font des signes, leur envoient des baisers : ils ont bien mauvaise mine, les pauvres maris, mais aucune blessure.

Enfin mon tour est venu de franchir l'échelle. Au milieu de cet accueil enthousiaste qui s'adresse à la masse des rapatriés, je suis un peu triste tout de même, au fond, de ne pas voir une seule figure de connaissance.

Aussi quelle n'est pas ma surprise, en quittant le dernier échelon de la petite échelle, de me sentir enlevé littéralement par deux bras vigoureux, pendant qu'une grosse voix me crie aux oreilles :

— Eh bien! clampin, on ne reconnaît donc plus les amis?

M. Marchand! Le Commandant Marchand, de Montmo-rency! c'était lui!

Ma foi! je m'attendais si peu à le trouver sur le quai des Chartrons, à Bordeaux, que j'étais bien excusable de ne pas l'avoir reconnu tout de suite.

Mais voilà qu'en le revoyant brusquement, c'est comme si un rideau se déchirait : tout le pays reparaît devant moi, avec ceux que j'aime, le père, la mère, Marie, mes frères, les amis. Je les vois tous défiler les uns après les autres.

Aussi mon premier mot est-il pour demander au bon commandant :

— Ça va bien chez nous?

— Très bien tous, très bien! Ils m'ont chargé de t'embrasser pour eux. Ils auraient bien voulu venir, mais ils n'ont pas pu. C'est hier que nous avons su par les journaux que tu étais du premier convoi des rapatriés. Ça nous a donné un coup à tous. Tu penses si on était heureux

de te revoir; seulement on avait peur que tu ne sois un
peu abîmé. La pauvre Marie en était toute blanche. Alors
quand j'ai vu ça, je les ai remontés comme j'ai pu et je
leur ai dit : Je vais prendre le rapide de Bordeaux et aller
vous le chercher. Et
puis je ne voulais pas
qu'il fût dit que tu ne
trouverais pas en dé-
barquant quelqu'un
du pays pour te sou-
haiter le bonjour.

— Comment? m'é-
criai-je. C'est pour
moi que vous êtes
ici? Vous n'aviez pas
affaire à Bordeaux?

— Des affaires? Je
n'ai pas d'affaires ici :
c'est la première fois
que j'y mets les pieds.
Mais parlons de toi,
mon pauvre clampin.

— On ne reconnaît donc plus les anciens?

Sais-tu que t'as une fichue mine? Mais rien de cassé?
C'est l'essentiel.

A partir de ce moment je ne m'appartins plus, j'appartins à cet excellent M. Marchand, qui s'était emparé de
moi et ne voulait plus me lâcher, écartant même assez
vivement du coude les enthousiastes qui s'approchaient
de moi pour m'embrasser, ou me fourrer des bouquets
énormes dans les mains.

Du ponton de débarquement on nous conduisit en cortège au milieu des acclamations jusqu'aux Colonnes Rostrales des Quinconces, où les autorités, le Préfet, le Général, le maire et une foule de gens nous attendaient. Cette dernière étape ne fut qu'une longue ovation. De tous côtés on faisait pleuvoir sur notre passage des fleurs et des couronnes de lauriers, surtout devant ceux d'entre nous qui, mal rétablis encore, s'avançaient péniblement d'un pas chancelant.

Quant à ceux qui ne pouvaient pas marcher, on avait pris toutes les dispositions nécessaires pour les recevoir au débarqué et les transporter sur des civières à l'hôpital militaire; devant eux tous les yeux se mouillaient, et les chapeaux se soulevaient respectueusement.

Ce fut seulement cette réception terminée que M. Marchand, après un léger entretien avec le capitaine qui avait rempli à bord les fonctions de commandant des troupes, put m'emmener triomphalement et me faire monter dans une voiture, en disant au cocher : A l'« Hôtel Richelieu », Cours du Chapeau-Rouge.

Là il m'installa dans une bonne chambre au premier étage, et me dit :

— Ce n'est pas tout ça, clampin. Fais-moi le plaisir de te mettre au lit immédiatement, pour te reposer à fond. Pendant ce temps-là, je vais me décarcasser pour obtenir qu'on me laisse t'emmener tout de suite à Montmorency. Je ne connais âme qui vive dans leur Bordeaux, mais le diable sera bien fin s'il m'empêche d'enlever notre affaire. J'ai promis de ne pas revenir là-bas sans toi, et il faut que je tienne ma promesse. Allons, dors bien, clampin. A six heures, je viendrai te chercher pour dîner.

A six heures, heure militaire, le Commandant rentrait dans ma chambre. Je ne sais pas comment il s'y était pris, mais il avait toutes les autorisations nécessaires et j'étais libre de filer immédiatement sur Montmorency. Seulement, le terrible homme jugea que j'étais trop faible encore, et décida que nous ne partirions que le lendemain matin, par le rapide de 9 h. 2. Toutefois, avant de rentrer à l'hôtel, il était passé au télégraphe pour annoncer à ma famille qu'il m'avait vu, que j'étais relativement bien portant, et qu'il me ramènerait avec lui.

Pendant le dîner, un excellent dîner « au Chapon-Fin », le meilleur restaurant de Bordeaux, le Commandant ne se lassa pas de m'interroger sur les faits les plus importants de la campagne, sur Dogba, le passage de l'Ouémé, Cana, Abomey, et sur le Général. Il voulait tout savoir, et ne me laissait pas seulement le temps de lui répondre, ponctuant mes explications d'exclamations admiratives et de grandes claques sur les genoux.

— Sacré clampin, va ! — Bravo les Marsouins ! — Un rude lapin, ton Général !

Au dessert, il commanda une bouteille de Gruau Larose 1858, un vin comme on n'en trouve qu'à Bordeaux, paraît-il, et il voulut que nous la buvions tout entière à ma santé.

— Il n'y a pas à dire, mon pauvre Jean-Baptiste, tu n'es pas brillant, s'écria-t-il, en vidant le dernier verre. Mais bah ! le coffre est toujours solide. Dans un mois il n'y paraîtra plus. C'est là-bas qu'on va être content de te revoir ! Figure-toi — je peux bien te l'avouer mainte-nant — que ton père et ta mère avaient fini par se laisser

fourrer des idées noires dans la tête, ils étaient convaincus que tu y resterais. Il n'y a que la petite Marie
qui a tenu bon. Jamais elle n'a voulu croire qu'elle ne
te reverrait pas. Elle a du nez, cette petite, décidément. Moi aussi, d'ailleurs, j'étais absolument certain
que tu nous reviendrais. Je savais que c'était un billet
d'aller et retour que tu avais pris en partant pour le
Dahomey !

Puis, frappant de la main la médaille militaire accro-
chée sur mon veston, il ajouta :

— Et en première classe, encore !

CHAPITRE XX

La dernière étape.

Le lendemain soir, à six heures moins le quart, nous arrivions à Paris, le Commandant Marchand et moi. Je me figurais que nous n'allions faire qu'un saut de la gare d'Orléans à la gare du Nord, et prendre nos billets pour Montmorency ; mais le Commandant n'entendait pas de cette oreille-là. Sous prétexte qu'après ces neuf heures de chemin de fer — moi qui venais d'avaler vingt-huit jours de mer ! — j'avais besoin d'une bonne nuit pour me refaire et arriver au pays avec une figure présentable, il déclara que nous coucherions à Paris.

— D'ailleurs, me disait-il, on ne nous attend que demain matin.

Il n'y avait pas moyen de discuter avec ce diable d'homme, et il me fallut en passer par où il voulait, c'est-à-dire aller nous installer dans un hôtel qu'il connaissait sur le Boulevard Magenta, et après dîner, — un fort bon dîner, ma foi ! — nous coucher immédiatement.

Il est certain que ma mine n'était pas encore bien brillante. Les traces de la fièvre qui avait failli m'emporter n'avaient pas disparu, loin de là. J'étais maigre comme un cent de clous et jaune comme un cent de coings ; et l'état lamentable de mon uniforme, élimé, décoloré par le soleil, la pluie et les mille accidents de cette dure campagne, n'était pas assurément pour relever ma piteuse apparence.

C'était un triste amoureux que je rapportais à la petite Marie, qui m'avait quitté solide, et bien portant. Heureusement que l'amour est aveugle, et les quelques mots que M. Marchand m'avait dits à son sujet me rassuraient sur l'affection fidèle qu'elle devait m'avoir gardée.

Je m'endormis en pensant au joli visage de ma fiancée, à ses bons yeux si tendres, à son sourire qui découvrait ses dents blanches ; et je rêvai qu'elle était là, penchée au-dessus de moi, guettant mon réveil pour m'embrasser la première au retour, comme elle avait voulu être la dernière à m'embrasser au départ.

A sept heures du matin, après une nuit excellente, je sautai en bas du lit et courus à la glace de la cheminée. Hélas ! la mine n'était guère meilleure que la veille, bien que j'eusse dormi comme un loir. Décidément, il me faudrait plus d'une bonne nuit et plus d'un bon dîner pour effacer les traces des épreuves que je venais de traverser.

Je m'habillai à la hâte, convaincu que M. Marchand allait venir me chercher bien vite pour courir à la gare du Nord. Mais une demi-heure se passa et pas de M. Marchand.

J'attendis encore un peu ; puis, voyant qu'il n'arrivait

pas davantage, je me décidai à aller cogner à la porte de sa chambre.

— Qu'est-ce que c'est? Qu'est-ce qu'il y a? répondit la grosse voix que je connaissais bien.

— C'est moi, mon Commandant. Est-ce qu'il n'est pas l'heure de filer?

— Nous avons bien le temps! répondit la voix. Veux-tu me laisser dormir, clampin?

Je ne le reconnaissais plus, lui qui, je m'en souvenais très bien, ne se levait jamais plus tard que cinq heures, hiver comme été. C'était à croire qu'en prenant de l'âge il avait changé ses habitudes du tout au tout.

J'essayai d'insister, mais le terrible Commandant ne voulut rien entendre.

Il finit tout de même par sortir du lit, et m'ouvrir la porte de sa chambre, mais ce fut pour me dire :

— Nous allons d'abord commencer par déjeuner. Tu ne t'es pas mis dans la boule que nous allions partir sans rien dans le coffre? D'ailleurs, j'ai télégraphié que nous arriverions à dix heures, par le train de 9 h. 25.

Je bouillais d'impatience, mais que faire? Il fallut me résigner, sonner le garçon, demander du chocolat, l'avaler tout brûlant. L'émotion me coupait l'appétit; je n'avais plus de pensée que pour le père, la mère, ma chère petite Marie, dont je n'étais séparé maintenant que par une demi-heure de chemin de fer; et les tartines beurrées, que M. Marchand entassait méthodiquement sur la soucoupe de ma tasse, ne parvenaient pas à passer, tellement j'avais la gorge serrée.

Quant au Commandant, il mangeait consciencieusement, trempait ses tartines dans son chocolat, les tour-

nant et les retournant avant de les porter à sa bouche
avec une tranquillité qui m'exaspérait, d'autant plus qu'il
n'avait pas l'air de s'en apercevoir.

Mon déjeuner terminé tant bien que mal, je me levai,
ne pouvant plus tenir en place, et je me mis à tourner
dans la chambre comme un écureuil dans sa cage.

— Quand tu auras fini de virer comme ça! me dit
le Commandant, en me regardant du coin de l'œil. S'il
y a du bon sens! Puisque je te dis que nous ne partons
que par 9 h. 25. Nous avons encore une heure devant
nous. A quoi ça nous servira-t-il d'arriver en avance et
de faire le pied de grue sur le quai de la gare?

Je crois cependant qu'il finit par avoir pitié de moi;
car, sa dernière bouchée avalée, il consentit enfin à
quitter l'Hôtel, et à gagner avec moi la gare du Nord.

— Là, je te l'avais bien dit! grogna-t-il en arrivant.
9 h. 10. Encore quinze minutes à croquer le marmot. Te
voilà bien avancé!

Mais je ne l'écoutais plus. La vue de cette gare fami-
lière, dont je reconnaissais les salles d'attente, les quais
et jusqu'aux employés, m'avait rappelé soudain au sentiment de l'heure présente.

Il me semblait que j'étais déjà un peu chez moi. Je
regardais tout avec une joie attendrie. J'avais envie de
serrer la main aux voyageurs qui allaient et venaient
sur le quai; je cherchais si je ne retrouverais pas quelques
figures de connaissance; il me semblait que rien n'était
changé depuis mon départ.

J'entraînai rapidement mon compagnon de voyage,
qui grommelait tout en me suivant, et je le forçai à monter
en wagon cinq minutes avant l'heure.

— Comme si ça allait nous faire partir plus tôt, disait-il. Ah! quel sans patience tu es! Tu ne peux donc pas te faire une raison? Voyons, puisque dans une demi-heure tu les reverras tous, un peu de bon sens, que diable! Cette fois, va, clampin, c'est bien ta dernière étape!

Eh! justement, c'était parce qu'elle était la dernière qu'elle me paraissait interminable, cette étape.

Enfin le train s'ébranla lentement, trop lentement à mon gré; puis il prit une allure un peu plus rapide. Voici les hautes cheminées de Saint-Denis — voici Epinay, Enghien. Je les salue au passage, comme de vieux amis qu'on est bien aise de retrouver après une longue absence.

A Enghien, nous descendons pour monter dans le train de Montmorency. C'est toujours le même conducteur, le grand Briquet, avec son épaisse barbe noire.

A partir de Soisy, je ne quitte plus la portière. Je veux, du plus loin qu'il me sera possible, apercevoir mes parents, les chers vieux et la petite Marie, qui sans doute seront venus au-devant de moi à la gare. Il me semble que ce train ne marche pas. Il y a deux ans, il allait plus vite.

Enfin la machine siffle. Nous arrivons.

— Tiens! c'est donc fête à Montmorency, aujourd'hui? m'écriai-je. Mon Commandant, voyez donc tous ces drapeaux.

En effet la gare est pavoisée comme au quatorze juillet. De loin, le quai paraît noir de monde et, au milieu de la foule, on distingue les casques brillants des pompiers et les uniformes des Sociétés de Musique et de Gymnastique.

— Mais qu'est-ce qu'il y a, Commandant? Ce ne peut pourtant pas être la Revision, encore moins le Tirage au sort.

— Est-ce que je sais? Comment veux-tu que je sache? repond le brave M. Marchand, avec un sourire dont j'aurais dû me méfier.

Voilà maintenant la musique qui attaque la *Marseillaise*, et une bombe d'artifice qui part, juste au moment où le train arrive en face de l'escalier.

L'idée me passe tout à coup dans l'esprit que c'est pour moi que tout ce monde s'est dérangé, et que Montmorency veut faire, comme Bordeaux, une réception chaleureuse au rapatrié du Dahomey.

Mais je n'ai pas le temps d'en demander plus long. Je viens d'apercevoir aux premiers rangs de la foule mes chers vieux, le père, la mère, puis mes frères et la petite Marie. Je ne vois plus qu'eux et, la portière ouverte, je me jette à leur cou. Je voudrais les embrasser tous à la fois, les tenir et les serrer tous en même temps dans mes bras. Je n'y vois plus clair, et mes moustaches sont trempées des larmes que la joie et l'émotion font couler sur ces chers visages. Pas plus que moi, ils ne peuvent rien dire, tant ils ont la gorge serrée, et nous nous embrassons sans parler.

Combien de temps cela dura-t-il? Je serais bien embarrassé de le dire. Je ne voyais, je n'entendais rien, pas même les acclamations qui me partaient aux oreilles, pas même la *Marseillaise*, que la Musique Municipale et la Fanfare des Pompiers jouaient chacune de leur côté.

Il fallut que le père me tirât de cet état de somnambulisme, en me disant :

— Jean-Baptiste, allons! Jean-Baptiste! Monsieur le Maire qui veut te parler!

Je me retournai et vis en effet Monsieur le Maire, avec son écharpe et sa cravate blanche. Il me prit les mains et m'adressa un petit discours, dont je n'entendis pas grand'chose. Je compris vaguement, cependant, qu'il félicitait tout le Corps expéditionnaire en ma personne, qu'il disait que la ville était fière de son enfant, qu'il parlait de ma vaillante conduite, de ma médaille militaire, des fatigues et des maladies que les bons soins et l'affection de mon excellente famille sauraient bien vite me faire oublier.

Puis, tirant de la poche de son habit un petit écrin, il l'ouvrit et en sortit une belle médaille en argent avec un large ruban noir et jaune, qu'il voulut accrocher lui-même à côté de ma médaille militaire, en me disant que c'était la nouvelle médaille votée par les Chambres pour les soldats du Dahomey, et qu'il avait obtenu de M. le Préfet l'autorisation de me la remettre lui-même en présence de toute la population.

Seulement, comme il est un peu myope, il n'arrivait pas à piquer l'épingle du ruban sur mon veston. Heureusement la petite Marie était là; elle s'offrit bravement et, avec ses vaillants petits doigts de couturière, elle eut bientôt fait de m'accrocher ma jolie médaille. Pour sa peine, elle eut deux gros baisers, qu'elle s'empressa, d'ailleurs, de me rendre aussitôt.

Là-dessus tout le monde se jeta sur moi, à m'étouffer; on voulait me voir, me serrer la main, me féliciter. Je ne savais à qui entendre, je riais et je pleurais en même temps. C'était à devenir fou.

Ce fut encore le Commandant Marchand qui se chargea
de dénouer la situation.

Avec sa plus belle voix de commandement, il cria à
Martin d'exécuter un roulement; et, profitant de la diver-
sion, il fit ranger la foule en cortège, les musiques en
tête, puis le drapeau de la classe que deux camarades,
Liégeois et Étienne Cormeille, tous deux en congé pour
l'instant, avaient apporté à la gare afin de me faire honneur.

Je venais ensuite, donnant le bras à la mère, mon père
de l'autre côté dans sa belle redingote des jours de fête.
Puis, sur le même rang, M. le Maire, ses adjoints et le
Commandant Marchand; puis Marie avec mes frères et
les amis. Les pompiers avec la Société de Gymnastique
formaient la file de chaque côté.

Nous remontâmes ainsi l'Avenue Émilie et la Place du
Marché pour aller jusqu'à l'Hôtel de Ville, où M. le Maire,
au nom de la Commune, devait m'offrir un vin d'honneur.

Sur le passage du cortège, toutes les maisons étaient
pavoisées. Ceux qui avaient été prévenus trop tard et
n'avaient pas eu le temps d'accrocher des drapeaux à
leurs fenêtres les tenaient à la main sur le pas de leur
porte et les inclinaient pour nous saluer.

Et tous, les bourgeois, les ouvriers, les femmes, les
enfants, tous se découvraient, agitaient leur chapeau ou
leur mouchoir, et criaient : « Vive la France ! Vive l'Armée !
Vivent les Marsouins ! Vive Jean-Baptiste Blanchard ! »

Je rendais les saluts à droite et à gauche, comme un
roi qui fait sa rentrée dans sa bonne ville, aux acclamations de ses fidèles sujets.

Elle eut bientôt fait de m'accrocher ma jolie médaille.

A l'Hôtel de Ville, M. le Maire avait fait préparer un lunch superbe; et là encore, en levant son verre de Champagne, il m'adressa une petite allocution très flatteuse et en même temps très patriotique.

Ce fut le Commandant qui répondit à ma place, car j'étais bien trop ému pour prononcer une seule parole : et ce qu'il dit était si juste, il venait si droit de ce brave cœur si vaillant, si chaud malgré ses soixante-treize ans, que je sentis un flot de larmes me monter aux yeux et je me jetai dans ses bras.

M'avait-il assez joué le tour, tout de même, cet excellent M. Marchand? Car c'était lui qui avait tout mené, je m'en apercevais bien maintenant. Je commençais à comprendre pourquoi il n'était pas plus pressé d'arriver avant l'heure fixée par lui, et aussi pourquoi il souriait dans le wagon, en me disant qu'il ne savait pas en quel honneur on avait sorti tous les drapeaux. Évidemment c'était lui qui avait donné l'idée à M. le Maire de faire cette belle réception à l'enfant du pays retour du Dahomey. Et c'était pour être sûr de ne pas me manquer, pour me ramener lui-même à l'heure où j'étais attendu, qu'il était allé en personne me chercher à Bordeaux.

— Vous auriez dû m'avertir, au moins, mon Commandant, lui dis-je. On se serait donné un coup de fion, tandis qu'avec mon képi tout déformé, ma vareuse trouée au coude et râpée comme une vieille peau de lapin, j'ai l'air d'un simple malfrat.

— Laisse donc, clampin! me répondit-il. Je t'aime vingt fois mieux comme ça, avec tes nippes et ta mine de Marsouin à moitié claqué. Au moins, on sent que ce n'est pas une campagne pour rire que celle d'où tu reviens.

Et puis, tu sais? avec des petits ornements comme les deux médailles, ça ne se voit pas du tout, les trous aux coudes ou les taches de la vareuse.

— Le Commandant a raison! dit quelqu'un. Vive le Commandant! A la santé du Commandant!

On pense si je bus de bon cœur ce dernier verre de Champagne. Le cher M. Marchand rayonnait, plus fier que moi-même de tous ces honneurs qu'on me rendait.

Enfin, le moment vint de m'en retourner avec mes chers vieux et ma bonne petite Marie, qui ne cessait pas de pleurer de joie depuis la gare, bien qu'elle n'osât guère me parler en me voyant entouré par tant de beau monde.

J'avais bien vu, moi, ce petit nuage sur le front de ma fiancée; mais je connaissais le secret de le dissiper; et, emmenant Marie un peu à l'écart, je lui glissai à l'oreille:

— Marie, tu m'as attendu fidèlement, ainsi que tu me l'avais promis. Moi aussi, je n'ai pas cessé de penser à toi. Maintenant j'ai comme une idée que nous ne serons plus longtemps avant de revenir ici même tous les deux, mais dans un autre costume. Qu'en dis-tu?

Pour toute réponse, voilà la petite Marie, qui, sans plus s'occuper de tout ce monde qui était là à nous regarder, me saute au cou, en pleine mairie, et me dit, toute en larmes:

— Mon Jean-Baptiste! mon Jean-Baptiste!

Là-dessus, nous partîmes bras dessus bras dessous avec la mère, le père, mes frères et quelques amis, qui voulurent absolument me faire la conduite jusqu'à la maison.

Dans l'escalier de la Mairie nous nous croisâmes avec
M. Brouchon, l'adjoint, comme il y avait deux ans, au
tirage au sort.

— M. Brouchon, ils frisent toujours.

— Eh bien, te voilà revenu, mon brave Blanchard! me
dit-il, en me serrant la main.

— Comme vous voyez, M. Brouchon! lui répondis-je.

Et, retirant mon képi pour lui faire voir mes cheveux,
j'ajoutai :

— Et puis, vous savez, M. Brouchon, ils frisent toujours!

TABLE DES MATIÈRES

CHAPITRE I. — Numéro Un.. 1

— II. — De Montmorency au Dahomey................... 13

— III. — Cotonou.. 29

— IV. — Ouverture des opérations..................... 51

— V. — Dogba.. 63

— VI. — A travers la brousse.......................... 77

— VII. — Ghédé.. 105

— VIII. — Pincé !.. 115

— IX. — Dans les fers.................................. 121

— X. — Le camp de Béhanzin......................... 139

— XI. — L'évasion.. 157

— XII. — Poguessa, Cossoupa, Akpa................. 177

— XIII. — Les lignes du Coto............................ 203

— XIV. — Prise de Cana.................................. 213

— XV. — Au camp des Canards........................ 229

— XVI. — Entrée à Abomey.............................. 249

— XVII. — Abomey.. 261

— XVIII. — Les fièvres du Dahomey.................... 271

— XIX. — Rapatriement.................................. 281

— XX. — La dernière étape............................ 295

Coulommiers. — Imp. PAUL BRODARD.

Armand COLIN & Cⁱᵉ, Éditeurs, 5, rue de Mézières, Paris.

Les Bardeur-Carbansane, histoire d'une famille pendant cent ans (Récits historiques pour la jeunesse), par JACQUES NAUROUZE.

I. *La Mission de Philbert.* 1 vol. in-8°, nombreuses gravures, broché, **7** fr.; relié toiel, tranches dorées.. **10** »

II. *Frères d'armes.* 1 vol. in-8°, nombreuses gravures, broché, **7** fr.; relié toile, tranches dorées.. **10** »

III. *A travers la Tourmente.* 1 vol. in-8°, nombreuses gravures, broché, **7** fr.; relié toile, tranches dorées............................ **10** »

IV. *L'Otage.* 1 vol. in-8°, nombreuses gravures, broché, **7** fr.; relié toile, tranches dorées... **10** »

V. *Séverine (1814-1815).* 1 vol. in-8°, nombreuses gravures, broché, **7** fr.; relié toile, tranches dorées............................ **10** »

Paris, Histoire, Monuments, Administration, Environs, par FERNAND BOURNON, archiviste-paléographe. 1 volume in-8°, illustré de 151 gravures et 11 planches dont 3 hors texte, broché 7 fr.; relié toile, tranches dorées. . . . . **10** »

Ennemis d'enfance, par DAVID-SAUVAGEOT. 1 vol. in-8°, avec de nombreuses gravures d'après EMILE MAS et A. DEROY, broché 7 fr.; relié toile, tranches dorées. . . . . **10** »

Contes du pays d'Armor, par Mᵐᵉ MARIE DELORME. 1 vol. in-8°, illustré de nombreuses gravures d'après BOURGAIN, LANOS, MOULIGNIÉ, MARTIN, ROBIDA, etc., broché 7 fr.; relié toile, tranches dorées. . . . . **10** ».

La Famille Fenouillard, par CHRISTOPHE. Un magnifique album illustré et colorié, in-4° oblong, relié toile, fers spéciaux. . . . . **10** »

Les Expédients de Farandole, par PIERRE PERRAULT, nombreuses illustrations par HENRI PILLE. 1 magnifique volume in-4°, format album, broché, 7 fr.; relié toile, fers spéciaux, tranches dorées. . . . . **10** »

Flossette, par GABRIEL FRANAY, illustrations par GEOFFROY. 1 vol. in-4° format album, broché 7 fr.; relié toile, fers spéciaux, tranches dorées. . . **10** »

Mémoires d'un Éléphant blanc, par Mᵐᵉ JUDITH GAUTIER. 1 magnifique volume in-4°, avec de nombreuses gravures d'après MUCHA, ornementation par P. RUTY, broché, 7 fr.; relié toile, tranches dorées, fers spéciaux. . . . . **10** »

Passe-Partout et l'Affamé, par M. GUÉCHOT, très nombreuses illustrations par CHRISTOPHE, en-têtes et culs-de-lampe par P. RUTY. 1 élégant volume in-4°, broché 7 fr.; relié toile, tranches dorées, fers spéciaux. . . . **10** »

Contes antiques, par CH. NORMAND. Un magnifique volume in-4°, illustration par CHRISTOPHE, ornementation par P. RUTY, broché **7** fr.; relié toile, fers spéciaux, tranches dorées. . . . . **10** »

Paris. — Imp. E. Capiomont et Cⁱᵉ, rue des Poitevins, 6.

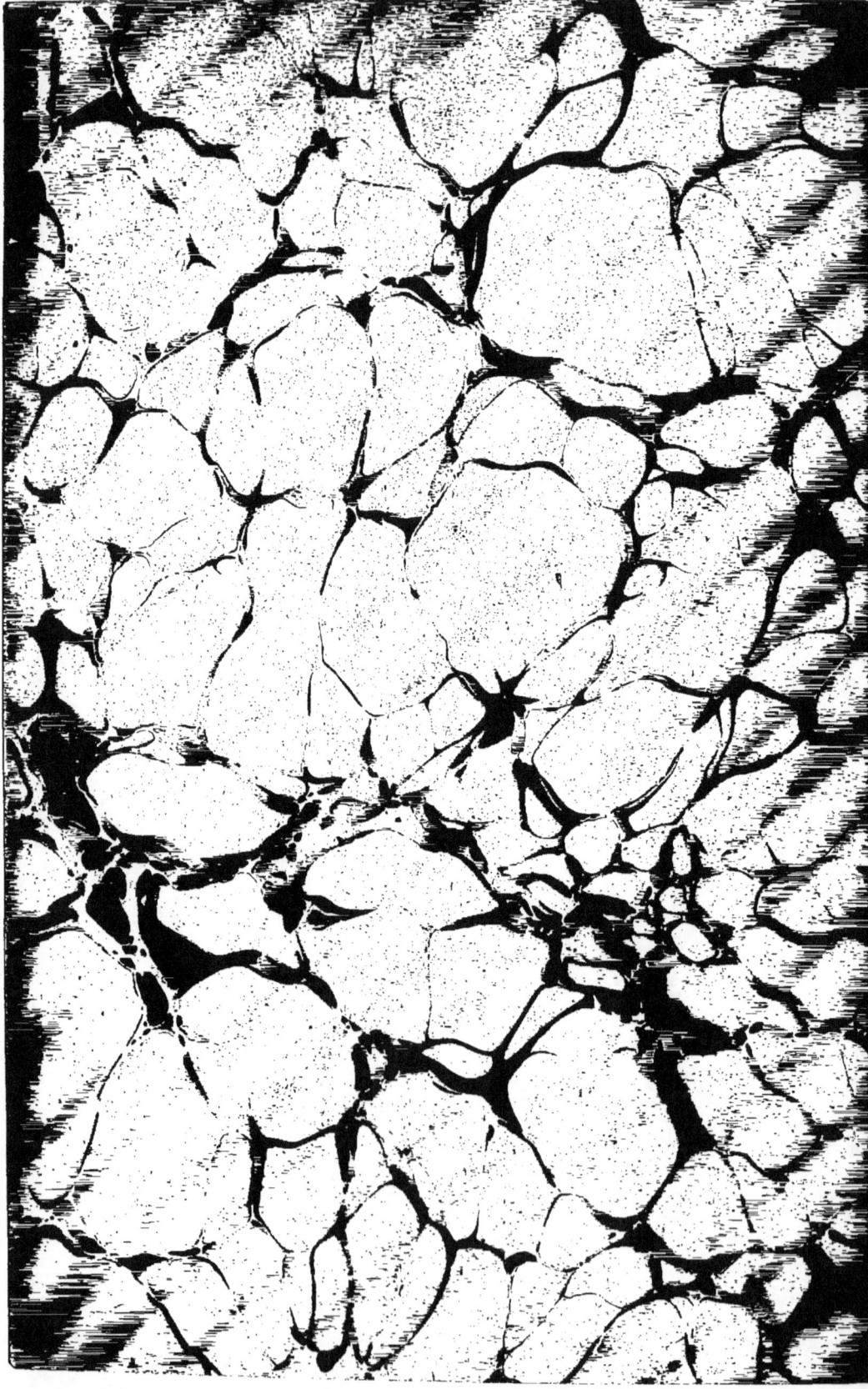

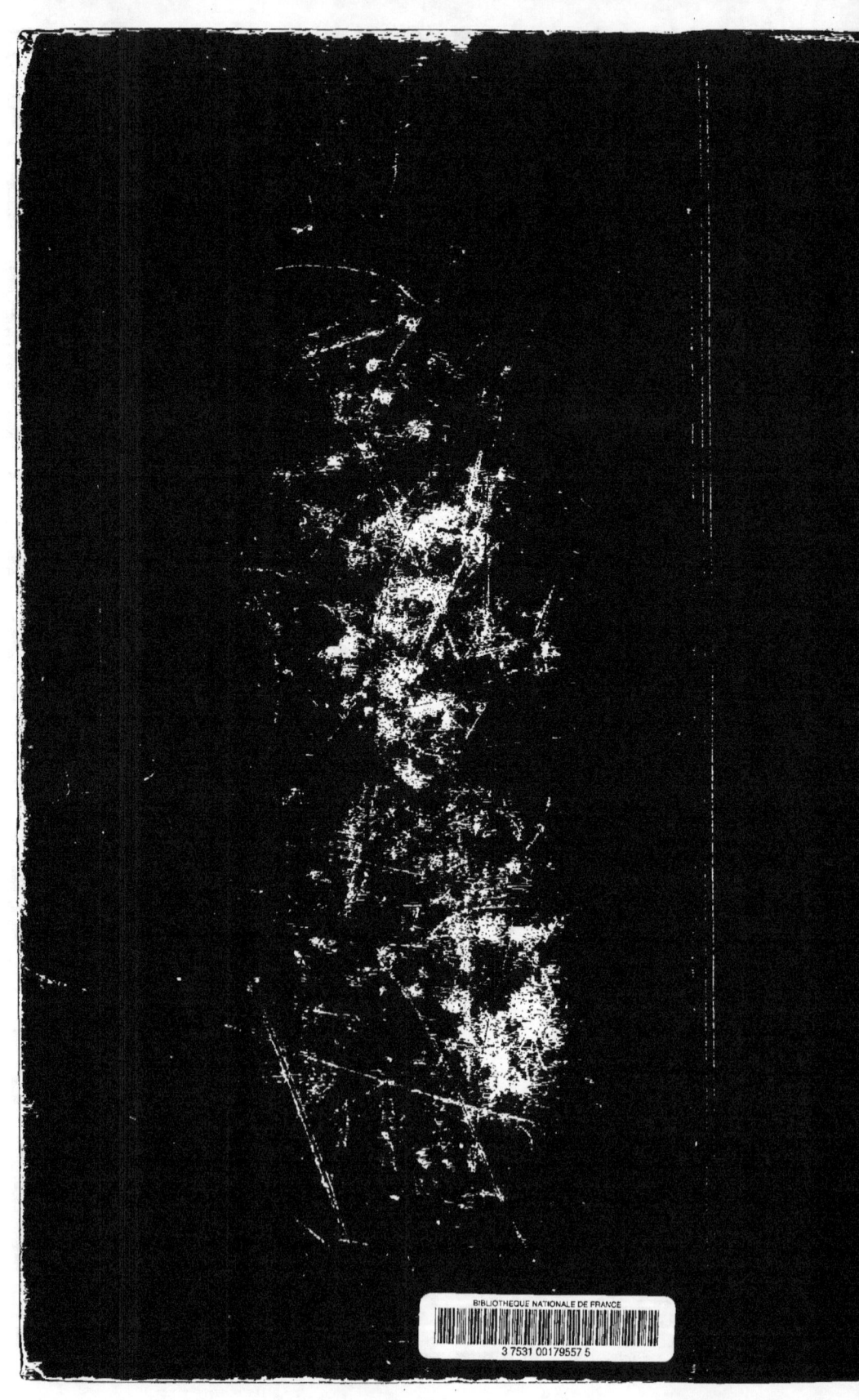

www.ingramcontent.com/pod-product-compliance
Lightning Source LLC
Chambersburg PA
CBHW072352030726
47505CB00014B/1470